U0464262

　　本书的出版受到吉林省社会科学基金项目《在华朝语文学对东北文化的接受问题研究》（项目编号2017B32）和吉林师范大学博士科研启动项目《20世纪前半期朝鲜移民文学中的中华文化认同意识研究》（项目编号吉师博2016050号）的资助。

伪满时期"满洲"朝鲜人文学研究

夏　艳　著

中国社会科学出版社

图书在版编目(CIP)数据

伪满时期"满洲"朝鲜人文学研究/夏艳著. —北京:中国社会科学出版社,2018.6

ISBN 978 - 7 - 5203 - 2187 - 7

Ⅰ.①伪… Ⅱ.①夏… Ⅲ.①伪满洲国(1932)—朝鲜族—少数民族文学—文学研究 Ⅳ.①I207.919

中国版本图书馆 CIP 数据核字(2018)第 047957 号

出 版 人	赵剑英
责任编辑	陈肖静
责任校对	韩海超
责任印制	戴 宽

出 版	中国社会科学出版社
社 址	北京鼓楼西大街甲 158 号
邮 编	100720
网 址	http://www.csspw.cn
发 行 部	010 - 84083685
门 市 部	010 - 84029450
经 销	新华书店及其他书店

印 刷	北京明恒达印务有限公司
装 订	廊坊市广阳区广增装订厂
版 次	2018 年 6 月第 1 版
印 次	2018 年 6 月第 1 次印刷

开 本	710×1000 1/16
印 张	15
字 数	223 千字
定 价	66.00 元

凡购买中国社会科学出版社图书,如有质量问题请与本社营销中心联系调换

电话:010 - 84083683

版权所有 侵权必究

目　录

摘　　要

　　伪满时期"满洲"朝鲜人文学作为特殊时期、特定地域朝鲜（韩国）文学的一部分，是韩国和中国文学史上一笔珍贵的遗产。本书将按"离乡和思乡、扎根和融合、对峙和斗争、妥协和逃避"四类主题对伪满时期"满洲"朝鲜人文学进行分类研究，并深入剖析各部分的文学主题、结构模式和艺术手法，力图推进这一时期文学的主题研究向纵深方向发展。

　　伪满朝鲜文学中有关移居主题的作品渗透着朝鲜农耕民族在被迫离乡后溢于言表的思乡之情。在艰难的现实面前，生活于夹缝中的朝鲜人试图交流、妥协，甚至不惜借助日本人的力量，这是"农民道"和"北乡精神"产生的前身，也是集中了移居民生存意志的选择。阶级和民族意识强烈的作家以抗争、对立的主题和模式直抒胸臆，这些作品形成了伪满时期带有鲜明风骨气韵的反抗文学核心，也代表了朝鲜文学中最具民族情怀的脊梁书写。与此相反，有一部分作家为避开敏感的政治性内容而选择通过现代派文学的创作方式回避时政和现实，其中不乏透露出颓废和败北意识的作品。此外还有人在统治阶级的文化镇压和物质诱惑下逐渐沦落为背叛民族、迎合现实的御用文人。

　　移居现实和殖民统治形成了伪满朝鲜文坛极其特殊的社会背景，这一环境造就了它有别于正常时期文学的特质。伪满时期"满洲"朝鲜人文学作为韩国文学的重要组成部分和中国朝鲜族文学的前身，无论其文学水准还是艺术成就高低，都是韩国和中国文学史上不可或缺的一部分。

第一章 离乡和思乡

——移居文学的主旋律

近代朝鲜移民文学具有与 19 世纪欧洲离散文学相似的特质，在移居的血泪史中书写着故土离别的苦痛。"这一时期的小说将失去国家、失去土地的朝鲜民族在异国土地上遭受的各种侮辱和压榨、各形各色移居民的生活面貌和命运、受难移居史和他们苦难生活的现场多角度地捕捉下来并生动地刻画出来，作为朝鲜民族满洲移居史和定居史的见证具有重大历史意义。"①在以现地居住、现地取材为收录原则的"满洲"朝鲜人小说集《发芽的大地》中的作品中，有半数以上是对朝鲜人离乡移居和苦难生活的记录。对于世代面朝黄土背朝天的农耕民族来说，家和故乡有着超越地域意义的文化内涵，它始终是一个农耕民族的基础文化符号，其中饱含着永远无法述尽的故事和情感。而对于被迫离开家乡在外漂泊生活的人们来说，对家和故乡的依恋则更为强烈和持久。伪满时期"满洲"朝鲜人文学中有关移居这一主题的作品，渗透着朝鲜农耕民族在被迫离乡后溢于言表的思乡之情。因此可以说，离乡和思乡是这一时期朝鲜移居文学的主旋律。

众所周知，朝鲜人是从 19 世纪 60—70 年代开始偷渡到中国东北地区生活的。纵观这些朝鲜人的越江过程，大体上经历了三个阶段。第一阶段

---

① 오상순, *중국조선족소설사*, 심양：묘녕민족출판사, 2000, pp.151-152.

是 19 世纪 60—70 年代，这一时期朝鲜北半部发生了罕见的自然灾害，为了生存人们不顾清政府"封禁令"和"越江罪"的规定，冒着生命危险越过图们江和鸭绿江来到中国东北地区安家落户；第二阶段是 1910 年"韩日合并"后，许多仁人志士为了民族救亡来到中国，进行各种形式的抗日斗争；第三阶段是伪满洲国成立之后，大批朝鲜人被集团移民到"满洲"进行所谓的"满洲开拓"。纵观这三次移居，从规模、人数和影响范围来看要数伪满时期的这次为最，也正是这次最具代表性的大规模移居，使朝鲜移居民经历了民族史上从未有过的变迁和磨难。而伪满时期"满洲"朝鲜人文学与此同步，将朝鲜人在这一过程中所经历和饱尝的切肤之痛以民族精神史的方式记录了下来。因此，离乡和怀乡是这一时期"满洲"朝鲜人文学一个很重要的文学内容，也是其与韩国同一时期文学倾向的主要差异之一。

第一节　离乡和移居的情恨

"离开对岸的山麓，渡船滑向了江心。因为是傍晚、行客不多，但坐在船里的却有几位。这又是一批越江居民吗？不知道有多少一无所有、只背着行囊顺水流渡过这条江的人，移居民们也不知道他们的越江从什么时候开始、到什么时候结束。"这是中国朝鲜族作家崔红日在他的长篇小说《泪洒图们江》中对朝鲜人渡江场面的描写，这一描写形象地勾勒出了当时朝鲜人越过图们江和鸭绿江移居到中国的场景，而伪满时期中国东北的朝鲜文学就是以这样一批又一批冒着生命危险偷渡越江的人们的移民生活作为背景写作的。无论是什么原因来到中国，在这里他们都是异族，都过着颠沛流离的生活，远离家乡的处境和异国他乡的陌生感使他们难免产生思乡之情。

一　故土情与思乡情

与生活上的物质匮乏和艰苦相比，异国他乡的非人待遇带给人们精神上的苦痛是更加深刻而经久不能愈合的。朝鲜民族向中国的移居大多是迫于生计而不得已的选择，被迫移居的背后饱含着无奈和不舍，从决定移居到路途上的颠沛流离，再到异乡的艰苦生活，每一次坎坷和波折都会触动人们思乡的神经。深深浸透于内心的乡愁，会在文学创作中不可抑制地表露出来。李民求认为："'乡愁和忧郁'是现代知识分子的精神食粮，移民文学理所当然要描写乡愁和忧郁。"①对于离开故土的民族来说，异乡生活的哀愁是浸润于骨髓的情绪，这样的乡愁如果离开"满洲"和朝鲜人的生活而只是一种感伤的话就会成为一种病态。因此，李民求极力倡导"文学要回归现实"，并热情地期待出现把"满洲"乡愁融入移民生活的文学家。

毋庸置疑，这一时期朝鲜移居文学的首要话题是记述那些流浪人民对故乡深切的留恋和不舍。这类作品或寄情于自然，或寄物以深意，或回忆儿时美好，或撷取生活片段，无论以何种方式，它们都流露出一种对离乡现实的无奈与痛楚。在离乡和思乡情绪的表达上，诗歌这一体裁更易于此类情感的抒发。这一时期表现故土依恋和离别情感主题的诗歌作品众多，如宋铁利的《故乡》、《五月》、《道拉吉》，尹东柱的《故乡的家——在满洲呼唤》、《悲哀的族属》、《故乡的故居》、《山林》、《数星星的晚上》，沈连洙的《旅窗的夜晚》、《游子 B》，千青松的《先驱民系列》、《德牧》，咸亨洙的《归国》，金朝奎的《胡弓》，金达振的《龙井》，等等。除诗歌作品外，一些小说也在前期表现出了思乡情绪，通过人物对话和心理活动描写出来的无尽乡情，诉说着这一时期朝鲜民族内心的真实。

这一时期在表现思乡情绪的作品中，有相当一部分是与乡土生活直接

---

① 전성호，림연，윤윤진，조일남，*중국조선족 문학비평사*，북경：민족출판사，2007，p.161.

相关的,宋铁利的作品正属于这一类。与一般思乡作品不同的是,他很少描绘记忆中的乡情,而是擅长将乡愁寄于自然物中,通过对现存景色的描绘来表现对于故乡的怀念。在田园牧歌式的作品《五月》中,作者从视觉、听觉和感觉等方面将山村五月柔和的美立体化,从对蓝天、鸽子、哨子、蒲公英、小鹿等景物和动植物的刻画中渗透出作者在自然与生命融合的倡导中溢满的乡愁。从无法回归故乡的愁绪到由丧失感而生的孤寂和愁苦,最后形成隐遁和飘逸的情绪在《呜咽》、《道拉吉》、《山阳地》和《落乡》等作品中得到了一一展现。在"满洲"险恶的现实中,陷于幻灭挣扎中的诗人通过自然物表现着诗化的自我,通过纯熟的语言和静谧的意境含蓄地透露出隐晦的乡情。由于受到中国汉诗的影响较大,宋铁利在作品中善用古辞、反复和对句等表现手法,在继承传统的同时赋予诗歌时代的特征,周密的结构和凝练的诗句构筑了他简约的诗世界。金宇哲认为"他的诗歌作品以平实的形象化和幽远的抒情性为特征,由此可以看出宋铁利是一位富有才气和品位的独创型诗人。"[①]虽然对于自然美景和原初感觉的追求会不可避免地透露出一种逃避现实的情绪和隐遁意识,但这一缺陷却未能掩饰宋铁利创作中乡愁美学的表达。

　　与牧歌般田园生活的憧憬略有不同,尹东柱笔下的家乡描绘有着更深的含义。众所周知,一个民族大规模的移居一般都是由于无法保持原有民族的整体性,这一时期朝鲜人向中国的大量移居正是源自这一原因。当移居民面临与本民族传统完全不同的环境时,他们必然会处于新旧文化尖锐的冲突和交融中。在这一情势下,移居民一方面难以割舍原有的文化传统,另一方面还要借传统的韧性去克服现实的困难,在跨民族的新环境中把原有文化加以翻译,繁衍出一种新型、富于生机的新文化。因此,每当这两种文化发生冲突时,家乡和故土作为朝鲜人自己的文化符号就被赋予了十分重要的象征意义,对故土的思恋和怀念深深地印刻在他们的心里。尹东柱即是这样一位作家,他在作品中不但流露出了作为离散民族一员的身份意识,而且将个人离散感受提升到民族共同

---

① 김호웅, *재만조선인 문학연구*, 서울 : 국학자료원, 1997, p.49.

体的高度。在经历和目睹了离乡之痛以后，民族使命感促使他用诗作去展现民族的离别史和苦难史。

在《故乡的故居》中，尹东柱满含幽怨地描绘出一幅朝鲜人移居至东北后受尽凌辱和盘剥的凄惨画面。回望故乡，凄切的生活之苦和骨肉分离之痛不禁涌上心头，唯有故居的回忆尚存一丝儿时的温暖和慰藉。对于故土的怀念和留恋往往会在异地经历坎坷之时变得更加强烈，作为慰藉心灵港湾的过往总是满载着回忆与美好，而这一切都因现实而阻隔，因而幽怨和愤懑会更加难以抑制。尹东柱在意象的选取上十分注重具有回忆唤起意义的对象，"故乡"和"故居"对于在失乡路途中迷茫苦痛的人们来说，是心底最为柔软的一隅，从这一作品中可以看出尹东柱在场景意象选择上的独到之处。

除了人文意象之外，通过自然意象展现离别痛的诗歌在尹东柱的作品中也占有很大的比例。在《山林》中作者这样写道：

> 时钟滴滴答答撞击人们的心，
> 山林在忐忑不安地呼唤共鸣。
> 年轮已有千载的幽暗的山林，
> 自有其愿意拥抱疲乏之躯的基因。
> 黑暗出自山林黑色的波动，
> 践踏着年幼的心灵。
> 晚风飒飒摇晃树叶，
> 令人在恐怖中颤抖心惊。[1]

千载山林在沉寂幽暗中呼唤的共鸣，疲乏之躯在黑色波动中的苦苦求索……这一画面将客观景物与主观感受融为一体，触动了人们对于生命本源的思索。虽然其中的苦痛没有给出缘由，但整体昏暗的色调已使人失去

---

[1] 허경진，허휘훈，채미화，*중국조선민족문학대계 6—김조규·윤동주·리욱*，서울：보고사，2006，p.233.

了寻找缘由的兴趣。时空的交叠将历史凝固于此，在黑暗与凄冷中年幼心灵的战栗再现了生活的残酷。青年的忧郁来自过去，而苦痛则来自现实，山林这一象征物将这些感受融为一体，真实地展现了作者挣扎的内心世界。"疲乏之躯"、"被践踏的心灵"、"在恐怖中颤抖心惊"等意象映射出移居民在殖民统治下的生活状态，苦痛和无助更加剧了人们思乡情感的迸发。作品笔触犀利而悠远，将思乡情绪与殖民现实相连接，在志忑中展现了作者朦胧而深远的愤懑情怀。

此外，《数星星的晚上》也深切表达了尹东柱对故乡和母亲的思念之情。

> 一颗星是追忆，
>
> 一颗星是爱，
>
> 一颗星是孤寂，
>
> 一颗星是憧憬，
>
> 一颗星是诗，
>
> 一颗星是妈妈、妈妈。[①]

当诗人在远离北间岛的深秋仰望星空，颗颗繁星就会勾起儿时的记忆。"爱"、"孤寂"和"憧憬"之情不禁涌向心头，曾经的过往都在回忆中浮现，而这些过往正是作者梦想中的精神家园。面对这些最本原纯真的事物，作者会情不自禁地回想过去的种种美好。可这些思绪，却常常被现实的残酷所阻断。对于移居民来说，故乡的意义和一般人所理解的故乡有所不同，对故乡认识的复杂性也使作品的乡愁和情感更为多元化。对作者来说已经成为异乡之地的"故乡"阴差阳错间曾留下了多少冥冥中的思念与爱恋，中国土地又寄托了作者多少故乡情和民族怨，这些情感在此时都凝结在同星星的对话之中。乡愁作为尹东柱创作中经常出现的情感基调，对于它的表达并未只停留在对过往美好事物的回忆上，而是在此基础上增

---

① 허경진, 허휘훈, 채미화, *중국조선민족문학대계 6—김조규·윤동주·리욱*, 서울 : 보고사, 2006, p.353.

添了一份悲凉的色彩，这份悲凉正源自痛失过往的遗憾。

"从 1931 年的 63 万到 1945 年 6 月的 216 万，朝鲜人不断地涌向满洲并在这里扎根下来。"[1]在朝鲜完全落入日帝的魔爪进而成为全殖民地之后，失去国家的朝鲜人迫于生计不得不舍弃祖辈生活的故乡。大规模的移居使民族意识再次得到确认，他们开始把"满洲"认定为"第二故乡"，但对原故乡的眷恋却永远无法磨灭。金昌杰的《第二故乡》记录了一家朝鲜人移居"满洲"的全过程，作品中多处流露着人们对故乡的眷恋和不舍以及在接受新移居地过程中经历的心理阵痛。当京哲离开送别的亲人，遥望逐渐模糊的故乡山水之时，

　　不禁发出感慨："啊，故乡！生我养我的故乡！就这样离我远去了吗？"此时，泪水已经浸湿了衣衫，这是他离开故乡后第一次流泪。"啊，远离我的故乡，请多保重！"他再次朝着故乡的方向失魂地望着，像丢了东西一样落寞。[2]

经过一段时间的调整，他们逐渐适应了移居地的新生活，并开始准备将这里作为新的故乡建设起来。可就在这时，父亲却突发急病而去世，全家人由此陷入无尽的悲痛之中。

　　"唉，真的很痛心，被从好好的故乡赶出来，本以为过了图们江就可以生活得更好，可谁料想第一年竟连粮食都没种上。唉，这么难受，你怎么能闭上眼睛呢？"
　　听到发着牢骚母亲的哭诉，大家更难过了，京哲一家和弟弟妹妹都放声痛哭起来。[3]

① 오상순, 중국조선족소설사, 심양 : 료녕민족출판사, 2000, p.118.
② 연변대학 조선언어문학연구소, 중국조선민족문학대계 (11), 소설집—김창걸 외, 하얼빈 : 흑룡강조선민족출판사, 2002, p.52.
③ 위 책과 같다, p.63.

对于一个正常的移居民族来说,思乡是一种普遍的情感。当在新的移居地扎根下来并生活得很好时,这种故土情和离别痛就会成为过往美好的追忆珍藏在心底。但如果生活状况不如之前甚至更痛苦的话,那么这种情感就会被蒙上一层悲情的色调。"第一年竟连粮食都没种上"是他们在移居之前未曾料想到的,这时再回想故乡的生活,与其说是对过去怀有的一种美好和憧憬,不如说是对现实表现出的一种无奈和悲苦。日本殖民统治下异乡生活的身不由己让朝鲜人更想重新回到虽艰难但自由的过去,可"被从好好的故乡赶出来"这一现实已不允许他们回头,这种苦痛和思乡情感更让人难以承受。

作为殖民铁蹄下的异族,朝鲜人在移居过程中饱尝了诸多一般人无法体会的情感,而这其中最为深挚的当属思乡之情。对故土的眷恋是每个自然人的本性,然而这一移居文学中原本的常规主题在伪满时期却被赋予了特殊的意义,他们的思乡情和离别痛更多地与现实生活的扭曲相关。面对殖民生活的狰狞,朝鲜人本能地将情感转向对过往的追忆和对自然的向往,因此这一时期以思乡为主题的作品整体上都透露出一种悲凉的氛围。可以说,伪满时期移居主题的作品几乎都与"离乡和思乡"有着天然的亲缘关系,这种情绪不仅源于移居民对故乡本能的眷恋,殖民统治下的残酷现实在另一个角度也加剧了人们对往昔生活的追忆和向往。

二 移居苦与生活苦

在伪满时期"满洲"朝鲜人文学中,以民族移居生活为主题的作品占据了很大的比例。虽然移居民在朝鲜半岛也曾饱尝生活的困苦,但与移居历程中常态化的颠沛流离却不可同日而语。移居初期的朝鲜人不但要忍耐东北异常严寒的折磨和语言不通的苦闷,还要承受着民族歧视、阶级欺压和官匪迫害的煎熬。而这些生活上的不如意又在另一方面进一步加深了人们对故乡的思念和缅怀,这也是在离乡历程中思乡情绪始终环绕在移居民左右的主要原因。移居文学作品不但将伪满时期对于生活苦的描绘生动化和典型化,而且在苦难的展现方式上也从物质和精神层面进行了全面观照。纵观这一时期的朝鲜文学，在移居苦和生活苦的表现上主要体现在以下几方面：一是第一代开拓民赤手空拳初到"满洲"之后，在人权无法保障的情况下失去基本尊严的无助；二是没有经济来源和生活基础的人们在殖民环境中时时处于胆战心惊状态的愤懑；三是最底层的极贫群体不得不承受病痛和贫穷双重折磨的无奈；四是知识分子阶层目睹现实后无力改变的精神痛苦。通过这些内容的分析，能够将朝鲜人在移居过程中承受的苦难较为典型地展现出来，同时也可以更加深入地探寻他们深切怀乡的现实缘由。

从"满洲"朝鲜人的重要作品集《发芽的大地》中可以看出朝鲜文学对于移民生活的关注程度之深。"满洲"朝鲜文学中表现移居历程的文学作品所占比例不少，在《发芽的大地》序文中，廉想涉这样写道：

> 与其说它在满洲旷野上掘土发芽，不如说它是朝鲜先住开拓民流尽血汗种下的最初文化果实……无论是哪部作品，都出自满洲这片土地，它是在朝鲜文学的任何一个角落都找不到的大陆文学，在这里能够发现开拓文学的特征和新颖，不能不说这是全朝鲜文学的一大收获，值得作家和编者骄傲。[1]

文学记录了朝鲜人越过图们江后在移居过程中经历的苦难和"满洲"定居后的艰难，这类作品无论在"满洲"文坛还是朝鲜文坛都占据着重要位置。

对于移居生活记录最为全面、真实和生动的当属移民作家安寿吉，"作为当时诺贝尔奖的候选人他在解放后的韩国文坛上写出了最优秀的作品"。[2]文坛对于安寿吉在新中国成立前的小说作品评价不一，主要分为三种观点：一种观点认为安寿吉的文学"将日本军阀的大陆侵略合理化"[3]，

---

① 렴상섭：〈싹트는 대지〉서，재만조선인작품집〈싹트는 대지〉，강덕 8년（1941），제 2 페지. 오상순，*중국조선족 소설사*，심양：료녕민족출판사，2000，p.59 재인용.

② 백철，〈북간도〉서문，서울：삼중당，1967.

③ 장덕순，〈일제암흑기의 문학사〉，〈세대〉，1963 년 11 월호，제 254 페지.오상순，*중국조선족 소설사*，심양：료녕민족출판사，2000，p.65 재인용.

"小说《稻子》、《牧畜记》等作品是'王道乐土'的说教、农村振兴运动的鼓吹"①，以此将他的作品全部否定；另一种观点认为安寿吉的小说不能只从对日帝"国策顺应"的角度来解释，"安寿吉的间岛移民小说是当代朝鲜文学作品中将强烈的民族倾向意志形象化最好的例子。"②还有一种观点主张"虽然他的作品有着对殖民地政策明显的归顺，但不能说这是作家进行时代迎合的渗透，而是他为避开高压政策和严密审查的手段。"③事实上，无论从亲日角度对安寿吉作品全盘否定，还是将其归为民族意志的代表，都具有一定的局限性。

对于安寿吉，我们主张采用辩证法的观点对其进行评价，这是矛盾普遍性世界观所要求的科学方法论。矛盾存在于每个事物当中，在对它进行评价时我们不仅要看到矛盾的这一面，而且还要分析矛盾的那一面。只有这样，才能对事物有一个完整的认识。因此，我们既不主张将安寿吉的作品归为亲日文学进而全盘否定，也不赞同将其作看作是体现民族意志的文学典范，而是应当在肯定文学价值的同时对其存在的问题进行客观的评判。从民族精神记录史的角度来看，安寿吉十分全面地记录了从离乡到定居过程中朝鲜人所经历的喜怒哀乐和悲怨情仇，同时他也从号召人们进行第二故乡建设的角度对民族未来的发展进行了思考和规划，并提出了具体的解决方案。应当说，他包括这一解决方案的文学作品与主动迎合"满洲"国策和美化日本人的亲日文学在本质上是不同的。但同时也不可否认，安寿吉通过文学所透露出的政治主张是一种对现实怀柔和消极的应对方式。他没有从根本上颠覆和改变既有现实的勇气和意识，而是试图借日本人的力量去助力本民族完成扎根和发展的理想。他通过文学创作传达政治理想的精神虽然值得肯定，但在选取依附对象上却出现了偏差。把民族

① 조선족략사편찬조，〈조선족략사〉，연변인민출판사，1986 년，제 303 페지. 오상순，중국조선족 소설사，심양：료녕민족출판사，2000，p.65 재인용.

② 오양호，〈한국문학과 간도〉，문예출판공사，1988 년，제 65 페지. 오상순，중국조선족 소설사，심양：료녕민족출판사，2000，p.65 재인용.

③ 민현기，〈안수길의 소설과 '간도' 체험〉，〈한국현대소설사연구〉，1984 년 제 376 페지. 오상순，중국조선족 소설사，심양：료녕민족출판사，2000，p.65 재인용.

发展的希望寄于自身就违背历史发展潮流和规律的侵略者身上，其结果必然不可能稳固和持久。因此，安寿吉作为朝鲜移民作家的代表，在伪满时期"满洲"朝鲜人文学中占据着十分重要的地位，但我们不能因此对他不加分辨地给予肯定，而是应该从二分法的角度出发对他本人和文学作品做出"美学的历史的"评价。从美学的观点出发，着重考察文学的审美本质；从历史的观点出发，则着重考察文学的社会本质。只有从审美本质和社会本质辩证统一的角度来对安寿吉及其作品进行分析，才能体现出尊重历史的文学研究态度。

考虑到发表的问题虽然作品中透露出许多趋从于时政的倾向，但从文学史上来看，不能不说安寿吉的作品具有再现和记录移民史的重要价值。它反映了朝鲜民族在失去国家后来到陌生"满洲"在开拓过程中经历苦难、受到日本帝国主义反动军阀野蛮迫害以及面对死亡威胁之时，仍保持强烈生活欲望并继续开拓生活根基的不屈性格。而这一切，几乎都通过对移居苦难的记述和体验表现出来：《黎明》中为求生计来到"满洲"被同族恶人朴致万欺凌而致姐姐自杀、父亲被群殴致死、母亲疯掉的家族惨剧；《稻子》中受到"满洲"原住民排斥和敌视的益洙被打死，为保护将被烧掉的学校赤手空拳的朝鲜人勇敢地站在枪口前的凄绝结局；《市场》中在金矿失去一条腿的残疾老头沦落为乞丐的悲惨身世；《在车中》的朝鲜人罹患肝脏疾病、在延吉腰部受伤导致失去劳动能力，又因没钱而无法回到故乡只能在车中乞讨的多舛命运……从代表作的主题脉络不难看出安寿吉对民族生存疾苦的高度关注，这种关注的使命感使他的作品成为再现民族移居苦难史的典型。

把间岛想象为人间天堂的人们，相信在那里会找到赚钱的捷径，但在来到以后却无法重返故乡的他们或贫穷，或死去，或沦落为乞丐流离失所。安寿吉的《市场》在众多展现生活苦的作品中最具有代表意义，贫穷之外的身体障碍将苦难体验推向了极致。

想问我腿什么时候变成残疾的是吧？那是前年的事情了。听说间岛是个好地方，我为了赚钱而去了巴图沟的金矿做搬石工，哪成想伤到了腿。因为没钱去不起医院，只能任由它自己烂掉。之后就把它切掉了。①

　　从乞丐的描述中可以看出，在腿受伤后因无法得到及时的医治，而只能眼睁睁看着其"烂掉"并"把它切掉"。看似轻描淡写的叙述，其中却包含了许多朝鲜移居民在向中国迁移过程中所遭受的非常人所能想象的肉体折磨和精神痛苦。金矿负伤沦落为乞丐的老人、苦恼于家庭矛盾的店主、周围旁观冷漠的人们……这一图景幻灭了朝鲜人对人间天堂——间岛的憧憬。"作品以同一阶层不幸人们的偶然冲突为题材，但人物并未被放在当时社会的必然关系——阶级关系或者民族关系中，这使作品缺乏历史的深度。虽有这样的不足，但以写实主义手法生动描绘满洲朝鲜民族的悲惨现实这一点却是作品的意义所在。"②安寿吉对于民族生存疾苦的关注虽然与他作为朝鲜人的身份密不可分，但更多的还是源自他根植于底层生活的质朴创作风格，由这种风格而形成的细腻和真实是他作品具有感染力的根源所在。

　　如果把安寿吉看作是移居苦难生活再现的端始和典型的话，那么申曙野在创作中所展现出的风格则与安寿吉十分近似，他的作品《秋夕》也是集中展现了移居之后生活的困苦。这部作品发表于 1940 年的《满鲜日报》，主人公金氏为给子女买衣料而在运沙的牛车上偷装了大米，卖掉米后赚了二十元钱，这时突然听到巡警的呵斥。

　　　　金氏气喘吁吁地跑到巡警跟前，弯腰询问。
　　　　"那个牛车是谁的？"
　　　　"那……那是我的。"
　　　　"瞅你就不像个好人，刚才就叫你，怎么刚出来？藏哪儿了？"
　　　　发火的巡警大声斥责着。

---

① 연변대학 조선언어문학연구소，중국조선민족문학대계（10），소설집—안수길，하얼빈：흑룡강조선민 족출판사，2001，p.8.
② 오상순，중국조선족소설사，심양：료녕민족출판사，2000，p.100.

"把牛车拴马路上，是交通妨碍罪，你不知道吗？"

金氏听到斥责，心里却释然了。

本以为自己买卖私米被发现了，没想到竟是因为交通妨碍，真是不幸中的大幸。①

事实上，一向循规蹈矩的金氏自从开始买卖私米就已经处于一种战战兢兢的状态。当听到巡警的呵斥时，他更因自己被发现而深感绝望，"弯腰询问"和结结巴巴的回答反映了他内心的纠结和无助。因移居而造成的贫瘠迫使金氏不得不去铤而走险，然而其背后的代价却并非其所能承受。在听到巡警告知是交通妨碍罪之后，金氏突然觉得这是"不幸中的大幸"，但结果仍未能逃脱被逮捕的命运。以交通妨碍罪被逮捕，年逾花甲的金氏在巡警的责骂和拷问中受到了惊吓和冲击，不久便身患重病不治身亡。在基本生活得不到保证的社会，是无法奢求政治尊严的，无助中吟唱的"春江花月夜"诉尽了金氏一生的愁苦和悲凉。虽然作品以相对轻松的笔调表现了他的心理活动，但其中仍然难掩移居民如履薄冰的生活状态。来到"满洲"的朝鲜人作为移居民族，在异乡的生活始终处于高度戒备状态。《秋夕》展现了朝鲜人在物质极度匮乏下的精神紧张状态，可以看出被剥夺生存尊严和社会尊严的朝鲜人在卑微中苟延残喘的艰难。

伪满时期"满洲"朝鲜人小说立足于现实，对当时民族的生存状况给予了真实再现，用迂回手法暴露黑暗的社会现实、表现民族抵抗意识。在展现极贫阶层生活现实的作品中，姜敬爱的《地下村》可以说达到了一个极限。这部作品的登场人物基本上都是残疾人，而他们的残疾都和贫穷或多或少有关。主人公七星在小时候的一次麻疹过后抽风而成残疾，七星的妹妹英爱因头部的脓疮无钱医治贴老鼠皮而几近死亡，七星的妈妈因产后过力染上重病一直呻吟于病榻，七星喜欢的大妞从小就是瞎子。这些底层百姓所忍受的痛苦非常人所能想象，因贫穷无法医病的人们经常用一些传说中的偏方

---

① 연변대학 조선언어문학연구소, 중국조선민족문학대계 (11), 소설집—김창걸 외, 하얼빈 : 흑룡강조선 민족출판사, 2002, p.663.

来救急,可结果却常常适得其反。极度的贫苦剥夺了他们作为一个正常人的权利,也扭曲了人们的性格、破坏了正常的家庭关系和人际关系。人与人之间变得冷漠,破败的生活时时充斥着暴力、侮辱、诅咒和嘲笑。

> ……他挠了挠自己都不愿意多看一眼的脑袋,无心地看着远方。树林里阳光长长的倾斜下来,叽叽喳喳的鸟叫声听起来很凄凉。我为什么是个残疾人,为什么要被他们耻笑,一想到这些他不禁抓起一把旁边的野草,手腕却觉得隐隐作痛。[①]

短短一小段描述七星行为和心理活动的文字,就出现了"自己都不愿意多看一眼""无心""凄凉"等词语,这些词语意在展现主人公在极度贫苦中对生活失去信心的状态。在身体缺陷和生活困苦的双重打击下,七星不但无法获得正常的生存保障,而且连正常人的尊严都无法维持。生活在冷漠和耻笑中的他郁闷而苦痛,就连"旁边的野草"都成了撒气的对象。对贫穷和病痛的描述如此真切,正是姜敬爱儿时穷困和病痛缠身影子的投射。姜敬爱成年后一直缠绵于病榻,病情几经反复,加重以后不得不回到朝鲜,最后年仅 36 岁就离开了人世。她创作的旺盛阶段恰逢日本侵略中国东北最为黑暗的时期,从作品中透露出的绝望可以参透社会环境每况愈下的现实。

此外,《北乡》第四期刊登的金喜坤的《泥醉》也从另一个侧面展现了朝鲜移居民底层入不敷出的艰苦生活面貌。脚夫锡春劳动了一天后在回家的路上经过一个饭店,虽然想到了在家中挨饿的妻儿,但仍忍不住花掉好不容易赚来的十块钱买酒喝。他的这一做法遭到了周围人的讽刺和嘲笑,他也因此陷入深深的自责中。不远万里移居至"满洲"的朝鲜人尽管拼命劳作,但仍难以满足基本生活,展现浸满血泪的贫苦和哀愁虽然不是作品的着力点,但仍可透过一个嗜酒之徒的生活侧面揣测出来。

---

① 허경진, 허휘훈, 채미화, *중국조선민족문학대계 8—강경애*, 서울 : 보고사, 2006, p.145.

在展现移居民苦难生活的主题方面，诗歌体裁的作品很少，但并非没有特例。在《五月的红心》中，作者李旭用诗歌表达了对因饥饿而死亡的姐姐的怀念。

> 接过邻居花芬给的松饼，
> "爸爸回来给他吃吧。"
> 在那个清雪纷飞的秋天，
> 妈妈哽咽着，
> 死什么，今天还买药回来呢，
> 说着不会死、不会死，
> 可姐姐还是带着疑惑、无力地闭上了眼睛，
> 在爸爸回来之前死去了，
> 现在想起仍觉得心塞。①

这部作品表现朝鲜人在极度贫困中死去的场面，不似其他作品那样在歇斯底里的狰狞中诅咒现世的残酷，而是把这种苦痛建立在对姐姐高尚人格赞赏的基础之上。虽已生命垂危，但她仍惦记着留松饼给父亲，亲情的温暖和现实的残酷所形成的反差带给人的震撼透露出作品主题设计的精巧。作为"满洲"朝鲜移民受难史的一个缩影，诗歌在思索和缅怀中被沉重的氛围所笼罩。

很多研究者曾主观断言伪满时期"满洲"朝鲜人文学就是呼应伪满国策的亲日文学，并对这一时期的全部文学成果采取了漠视的态度。然而事实上果真如此吗？《市场》中在金矿失去一条腿的残疾老头沦落为乞丐的悲惨身世、《秋夕》中金氏为维持生计在巡警的责骂和拷问中身患重病不治身亡的不幸命运、《地下村》中的残疾人充满诅咒和暴力的破败生活……从以上例子不难看出，这些作品无一不是通过暴露移民生活的苦难

---

① 허경진, 허휘훈, 채미화, *중국조선민족문학대계 6—김조규, 윤동주, 리욱*, 서울 : 보고사, 2006, p.420.

来表现出一种现实否定和批判。这一时期的大部分朝鲜文学作品都是在通过文学的方式去记录和反映移居民的生活现场，并非具有政治意图和倾向。由此，可以从一个侧面反映出伪满时期"满洲"朝鲜人文学是以朝鲜移民史为主线、其中包含殖民时期文学特质的一段文学历史，并非一部分研究者所认为的单纯的亲日文学。此外，对苦难的描写也在另一角度印证了移居时期朝鲜文学以离乡和思乡为中心的主题倾向，即现实生活的不如意进一步加深了人们对过往的留恋和对故乡的思念，这种情感自始至终都萦绕于朝鲜人的内心深处而久久不能挥散。

三 乡土情结的延伸

在中国东北，自清朝的"封禁令"解禁开始到韩日合并后就不断地有朝鲜文人来到这里定居，他们在"文化部队"的推动下形成新的"满洲"文坛。"虽然这一时期的文学创作和文学批评未能达到很高的水准，但在'满洲'这一特殊的地域，于朝鲜移居民中生成的民族文学却因延续了朝鲜文学的一脉而具有独特的意义。"①伪满时期"满洲"朝鲜人文学与半个多世纪的移居过程相伴，以开拓民为主轴的朝鲜移居文学的形成既包括来自朝鲜"文化部队"的先导，也有乡土文人的出现和协同。与以往的朝鲜文学不同，作为一个独立的文学分支，这一时期的文学作品展现出更多的是乡土气息。移居东北的朝鲜文人肩负历史使命，他们在这里传承民族文学传统、延续文学余脉。在伪满文坛，不能不提到几个重要的文学团体和文学刊物，它们的出现给"满洲"朝鲜人文学带来了一线曙光，让它扎根于新的沃土。"按照朝鲜文人的'现地主义'原则，文学到伪满时期已从前一时期的亡命文学逐渐转化为乡土文学，在广泛开展的同时形成了包括朝鲜半岛在内的朝鲜民族文学的一个分支。"②朝鲜文学在"满洲"形成新的乡土文学并延伸发展过程中，文学团体和文学刊物的出现是

① 전성호，림연，윤윤진，조일남，*중국조선족 문학비평사*，북경：민족출판사，2007，p.101.
② 위 책과 같다，p.105.

一个重要标志，下面首先将这一时期具有代表性的文学团体和刊物做一归纳和介绍。

"北乡会"是伪满时期在中国出现的第一个文学团体，在创立之初朝鲜文人们就以建设"第二故乡"文学为己任，并创办了代表朝鲜文学的专门杂志——《北乡》，东北的朝鲜文学创作和批评就是在这里起步的。虽然在作品内容和文学批评等问题上仍存在争议，但在朝鲜文学史上它的功绩却是无可代替的。"北乡会"是 1932 年由李周福、姜敬爱、金国振、朴花城、千青松和金裕勋等人创办的，会员大多为爱好文学创作的中小学校教师。同人会的宗旨正如其命名一样，旨在"把间岛作为韩国人的第二故乡，在这里形成我们的文学。"①在《北乡》的创刊词《创刊之际》中对于它的创办意义有这样的记载：

> ……我等公布文学之力于天下，宣言奋斗，执着比武力还伟大之笔的人们呀，君等之胸，会涌出清新之乳……我等将向彷徨于荒野而不得吸文化之乳的白衣大众呐喊，快快醒来，快快由幻想、错觉醒来，集聚在明朗的旗帜之下，快从彷徨踌躇觉醒，走向堂堂的阵营……
>
> 该志对于满洲鲜系文学，不啻是一个温床。②

这段文字对于伪满洲国时期朝鲜人文学的面貌和《北乡》的创刊意义进行了事实性介绍和借喻式展望。如果没有这一"温床"，"满洲"朝鲜人将无法接受"清新之乳"，更无法"从彷徨踌躇觉醒"。"'北乡会'以其大众性和活泼的文学活动文化式地启蒙了广泛大众，同时也唤起和引导很多青年学生走上了文学道路，为朝鲜人文学的生成种下了坚实的种子。"③但

---

① 안수길，《龙井·新京时代》，연변대학 조선언어문학연구소，*중국조선민족문학대계（10） 소설집（안수길）*，흑룡강조선족출판사，2011，p.539 재인용.

② 高在骐：《在满鲜系文学》，《新满洲》，康德九年六月号，第 4 卷六号，pp.92-93. 김장선，*위만주국시기 조선인문학과 중국인문학의 비교연구*，서울：도서출판 역락，2004，p.53 재인용.

③ 김장선，*위만주국시기 조선인문학과 중국인문학의 비교연구*，서울：도서출판 역락，2004，p.54.

遗憾的是，由于受到日本严苛的审查、遭遇经济窘境及其他诸多因素的影响，《北乡》只刊行了四期。截至闭刊，有近 40 名的创作者发表了小说 10 篇、诗歌 50 首、随笔 9 篇、文艺论文和评论 6 篇，这些作品中的大部分表现出了浓厚的民族意识和现实主义倾向。

在《北乡》停刊的第二年，即 1937 年《满鲜日报》创刊成立。《满鲜日报》是将当时的朝鲜语报纸《满蒙日报》和《间岛日报》合并之后于 1937 年 10 月 21 日在新京发行唯一的一种朝鲜语报纸。《满鲜日报》开设了宣传日帝殖民政策的专栏——"文艺栏"来布道他们的"五族协和"、"王道乐土"理念。由于《满鲜日报》以"日本国策在满洲国朝鲜人的指导机关"为主旨创立，因而遭到了很多人的指责与非议。但吴养镐认为："虽然这是代表日本军国主义的《满鲜日报》，但文艺栏的实际却与这样的偏见有出入，我们发现抒情文学和纯文学的基本要素在这里得到了延续。"[1] 可见，《满鲜日报》虽然是御用报纸，但仍不乏纯文学和大众性作品。在 1940 年 1 月 12 日《满鲜日报》的文艺栏中，有关《满洲朝鲜文学建设新提议》的讨论中，很多中坚文人都发表了自己观点。虽然内容各有侧重，但意图建设"满洲"国内朝鲜人民族文学的强烈意欲和愿望却是一致的。黄健主张的建设自主性朝鲜人文学、尹道赫主张的建设具有"满洲"特色和朝鲜民族性的文学、朴卿骏主张的"满洲"朝鲜人文学需要文化人的携手共建和金贵主张的农民文学论等观点都表达了当时文人对于民族文学发展的深切关注和高度热情。

除综合刊物之外，还有两部诗集也是这一时期具有代表性的文学刊物。《满洲诗人集》是 1942 年 9 月新京第一协和俱乐部文化部发行的第一部诗集，《在满朝鲜诗人集》在其后一个月由间岛艺文堂发行，两部诗集的主编分别为朴八阳和金朝奎。这两种刊物所刊发的作品基本是以《满鲜日报》为中心选定的，但无论从主编在学界的权威性还是发行时间来看，这两部诗集都比《满鲜日报》更具代表性。

在小说集方面，主要刊物包括《发芽的大地》和安寿吉的个人作品集

---

① 오양호, 일제강점기 만주조선인 문학연구, 서울：문예출판사, 1996, p.101.

《北原》。《发芽的大地》是 1941 年由申莹澈主编、满鲜日报社发行的
"满洲"朝鲜人小说集。"申莹澈的后记和崔基正的读后感给予这部小说
集以极高的评价，他们认为它将半个多世纪的满洲开拓史进行了文学形象
化，反映了开拓民的命运和情绪，体现了以往朝鲜文坛上所没有的大陆风
格。"①但事实上，从它所收录的七篇作品来看，《流氓》、《密林的女人》、
《草原》和《祭火》是描写移居民中特殊群体的作品，而《黎明》、《暗
夜》和《秋夕》则是对依赖于农业的移居民苦难生活进行刻画的作品。
应当说，在移民血泪史的记录上，这些作品具有一定代表性，但在主题
特征和大陆风格方面还不够典型。安寿吉的个人小说集《北原》"不仅因
其取材于朝鲜人生活的时代变迁和历史使命而具有文学价值，而且还具
有记录在满朝鲜人开拓史的文献价值。"②安寿吉在小说集的后记中提
到，虽然《北原》的每部作品都是独立存在的，但在自然时代的联结上
还是有一定规律的，希望读者按照《黎明》《新村》《稻子》《圆觉村》
《土城》《牧畜记》这样的顺序来阅读。金允植认为："从第一部作品《黎
明》到最后的《牧畜记》，九年期间的创作活动潜藏着安寿吉文学的本
质，这也当然是满洲国朝鲜界作家的本质。"③作为端始的开拓性和扎根于
土地的生活化是体现这些本质的重要一面，这一点从安寿吉为小说集所著
的序文中可以看出：

　　……《北原》在手，此时再次想起的是，希望今后满洲由我们手
　　中形成的开拓文学、甚至农民文学就是以此为起点的，这一作为先导
　　的重任将寄付于著者之肩。④

文学团体和文学刊物的出现在促进朝鲜文学形成"满洲"乡土文学并

　　① 김호웅, 재만조선인 문학연구, 서울：국학자료원, 1997, pp.123-124.
　　② "만선일보"（1943.4.12）.김호웅, 재만조선인 문학연구, 서울：국학자료원,
1997, p.140 의 재인용.
　　③ 김호웅, 재만조선인 문학연구, 서울：국학자료원, 1997, p.141.
　　④ 연변대학 조선언어문학연구소, 중국조선민족문학대계（10）, 소설집—안수
길, 하얼빈：흑룡강조선민 족출판사, 2001, p.534.

延伸发展上的功绩不可小觑，但乡土文人在这其中所起的作用同样功不可没，李旭和金昌杰就是其中两位重要代表。李旭 1907 年出生于俄罗斯海参崴高丽村，本生活于吉林省和龙县的一家人在他三岁时因生活所迫又迁回了原故乡。和其他来自朝鲜半岛的作家不同，他的作品中很少有关"思乡"的主题。因为对于李旭来说，间岛是祖辈们埋下尸骨的土地，是他毫无异议的故乡，"乡土爱"是他创作的源泉，李旭的大部分创作也正是在间岛完成的。对于故乡的一山一水，他都倾注着原始的挚爱，作品中透露出其民族意识和反抗意识支撑下的强烈信念和热情，因此李旭被称作是"开拓了中国朝鲜族现代诗坛的乡土作家"和"朝鲜族诗坛的诗魂"①。

从小便谙熟汉学的李旭始终没有忘记朝鲜民族的文化传承，在他的诗作中经常引用朝鲜神话和民间传说，而民谣、俗语和谚语的惯用使得他的作品更加生动而富有民族韵味。对于朝鲜语写作的作品，李旭十分注重其原味的保持。在回忆中他曾提道："有的读者问我，创作的时候是否先用汉语，然后翻译成朝鲜语呢？……听到这话我感到很不快。我用汉语直接创作的诗歌确实不少，但从没有蹩脚地把它们翻译成朝鲜语，何苦要把那些翻译过来的诗展现给读者呢？用我们民族的视角去观察生活、用民族的感情去感受，把这样美好的诗歌作品献给读者是我的愿望。"②

说到伪满时期"满洲"朝鲜人乡土作家，不能不提及金昌杰。金昌杰六岁随父母来到中国龙井居住，自幼就展现了对朝鲜"新倾向派"和"卡普"文学的兴趣，通过《满鲜日报》登上文坛以后共发表了四十余篇的小说、诗歌和随笔。金虎雄在《在满朝鲜人文学研究》中对其评价道："金昌杰是在'间岛'土地上受'文化部队'影响而成长起来的第一位乡土作家，他将自己的一生都与'间岛'人民的命运联系在一起，他是朝鲜文学的开拓者和先驱者。"③至今，这一评价仍得到人们的中肯。金昌杰同李旭一样，不但在民族受难时期一直保持着对民族火一样的热情，而且在解放

---

① 김호웅, *재만조선인 문학연구*, 서울 : 국학자료원, 1997, p.221.
② 위 책과 같다, p.191.
③ 위 책과 같다, pp.192-193.

后依然坚持自己的创作活动。可以说，将朝鲜光复前后的文学连接起来是金昌杰对朝鲜文坛最为突出的贡献。

作为朝鲜近现代文学的一个重要分支，伪满时期"满洲"朝鲜人文学的繁盛与韩国文学被遏制的窘境形成了对照，它使朝鲜的文学余脉在非本土实现了延续和发展。无论从文学团体的建立、文学刊物的创办还是作品的创作与发表，这一时期都将多年累积的文学成果逐渐显像化。具有前期创作基础的朝鲜本土作家与"满洲"乡土作家的结合，实现了朝鲜文学根干基础和现地文学地域特色的融汇。这种融汇的规模和影响在朝鲜文学史上并不多见，也由此决定了它必然会表现出这一时期所特有的文学价值。

第二节　多重矛盾的结构

离散写作蕴含着悲剧意识，这种意识来自失去文化母体漂泊到异地的生存体验。他们寄人篱下、前途未卜，成为主流文化之外的"失语者"。在生活中，他们有着超越生命极限的理想追求，知其困苦而为之。因此，离散文学普遍蕴含着一种悲剧感，这种悲剧感既源于对家乡的不舍和眷恋，也来自文化选择和重构时对命运无可奈何的情绪，而这种情绪的形成过程中必然会与矛盾和冲突相伴相生。伪满时期"满洲"朝鲜人移居过程中所经历的磨难从心理结构模式转化为文学形式大体上可以从理想与现实的矛盾、思乡情结与故乡幻灭的冲突、虚伪表象与真实内在的二律背反三个角度进行解读，这三对矛盾基本包括了移居过程中朝鲜人所经历的物质和精神多层面上的问题，本章即将从这三个方面进行分析。

一　理想与现实的矛盾

朝鲜人大规模向中国的移居自 19 世纪 80 年代"封禁令"的废止开始，虽然人口移居混杂着主客观因素，但大多数朝鲜人在移居之前还是怀着对未来的憧憬而至。在家乡时，人们听说"间岛是一个连讨厌鬼都会给黄米饭的地方，能吃到棒槌大的玉米棒子和枕头大的土豆……"①对于这样一个土地肥沃、风调雨顺、与世无争的世外桃源，人们寄予了无限的希望。在准备踏上中国的土地之前，他们踌躇满志，幻想着未来吃饱穿暖的美好生活。但当背井离乡、带着妻儿老小来到"满洲"后，他们所目睹和经历的现实却与之前他人的描述和自己的想象大相径庭。这种强烈的事实反差让大多数移居民始料未及、不知所措，由梦想破灭而形成的心理落差为文学创作提供了现实源泉。这一时期的部分移民作品就是围绕这种理想与现实形成的矛盾而构架的，对立冲突成为此类作品在结构模式上的显著特征。

《北乡》中收录的大部分作品为"满洲"作家前期的习作作品，因此整体文学水平不高，但很多作品仍沿袭了之前阶级文学的特性，即以矛盾对立为中心的结构模式。朴启周的《麦芽糖生意》描绘了一幅麦芽糖商贩在一个严寒的冬日夜晚为生计而辛苦奔波的画面。相对于之前理念类作品对阶级差距的批判，这部作品回避了很多阶级角度的表现，只是以一种同情心境展现了移居民凄惨的生活现实。作为发表于伪满洲国成立四年后的作品，这首诗歌透露了这一时期文学表现的典型特征，即使不满于现实也不再直抒胸臆，而是将内心的挣扎融于对劳苦生活的哀怨。千青松的《不是梦的梦》在结构布局上与《麦芽糖生意》近似，但在表现手法上却更加地隐蔽和凝练。象征知识分子的"白色的手"和象征农民的"沾满泥土的手"未能实现联合，其原因就在于某种力量的阻隔。"冷酷的严寒是妨碍他们结合的势力，在 1936 年这样的时代背景下，日帝破坏了知识分子和农民的纽带，失去纽带的知识分子的孤立处境让人不禁慨叹。"②与《麦芽糖生意》中生活理想的破灭不同，这部作品更强调阶级理想的破灭。

进入《满鲜日报》时期，用朝鲜语发表的文学作品受到了当局的严

---

① 연변대학 조선언어문학연구소, 중국조선민족문학대계 (11), 소설집—김창걸 외, 하얼빈 : 흑룡강조선민족출판사, 2002, p.51.

② 장춘식, 일제강점기 조선족 이민문학, 북경 : 민족출판사, 2005, p.46.

密监控和审查，因此在此刊物发表的现实批判主题的作品寥寥无几，以理想和现实矛盾为结构的作品则更难寻踪迹。这其中，体现出些许现实对立情感的只有柳致環的《哈尔滨道里公园》，作品描绘了一幅"满洲"移居地寒冷昏暗的景象。虽然自然现象本身如此，但对于朝鲜人来说，这其中包含更多的却是移居后不得不忍受荒芜和严寒的无奈。自然气候和心境的交织形成了越发凄冷的氛围，生活境遇的惨淡成为移居民心理落差的重要因素。

对于曾经在民族黑暗中不断摸索出路的李旭来说，以自我省察和民族意识为基础的抵抗意念表现是他创作的核心。但在前期尚未展现出这一意识之时，作者则通过作品《金鱼》传达出一种因理想与现实的矛盾而困顿无奈的心境。

> 白孔雀展开羽翅，
> 想念着大海，
> 和七色的彩虹，
> 在莲花鱼缸的
> 朦胧思绪中，
> 啪啪地拍着尾巴。
>
> 因不幸的命运，
> 而内心焦灼，
> 黑色眼窝里发出了火光，
> 并抖动着金黄的鳞片。
>
> 想在赤色的山林中，
> 随心所欲地玩耍珍珠，
> 隔窗望去，
> 在青色的南川，

让希望起飞。①

全文很短，只有三小节，但几乎每一小节都在结构上体现着一种对立。第一节中虽向往着"大海"和"彩虹"，却被困于"莲花鱼缸"中，无计可施只有"拍着尾巴"来舒缓急切之情。第二节因"不幸的命运"而"焦灼"至"眼窝发出火光"，对理想的追求因现实命运的阻隔无法实现，其悲情自是不言而喻。第三节虽然向往着"山林"和"珍珠"，但因窗的隔阻而只能止步于仰望"希望"。从全诗来看，作者巧妙地用金鱼受困与自身相联系，鱼的被困和期待映射着作者在凄惨处境中并未失去对信念的坚持，理想和现实矛盾的不可化解使他苦闷，从鱼的视角让读者更真切地体会困顿的无助和渴望的急迫。从 1938 年这部诗作的发表开始，李旭的创作逐渐受到人们的关注，他的作品也集中了朝鲜诗人高超的创作成就。崔三龙认为："李旭解放前的诗文学，特别是初期作品，并不是来自于诗人坚定的阶级意识和民族意识，而是来自于他原始的和个体的生命力。"②这种原初的生命力从对未来的执着中可以清楚地感知到，梦想与现实的差距也主要通过结构上对立传达给读者。此外，李旭前期发表的《岩石》和《新花园》等作品也都着眼于自然景观、个人思想和故乡情感的表达，并未展现鲜明的阶级立场和民族意识。也正由于两大主要理念尚未形成，才使作者根植于本能的内在理想和现实的矛盾得以表达。

在表现理想与现实的对立矛盾中，突出对春天和梦幻的向往是伪满时期"满洲"朝鲜作家较为青睐的一种意象表现。此类作品不能从表层看出冲突，但在向往春天和梦境的结构深层中却体现了理想和现实的矛盾。李旭的《春梦》描绘了一幅梦中的景象，诗歌把对恋人的想念比喻成思念故乡的凄婉之心。创作于 1940 年的这部作品正值伪满政府倡导创氏改名和皇民化运动的高潮时期，作家为回避敏感的政治话题而只去描绘自然、思乡和爱情等。这里的春梦虽然重心在于"梦"，但"春"的加入却给梦注

---

① 허경진, 허휘훈, 채미화, 중국조선민족문학대계 6—김조규, 윤동주, 리욱, 서울：보고사, 2006, pp.394-395.
② 김호웅, 재만조선인 문학연구, 서울：국학자료원, 1997, p.171.

入了颜色和生机。在周围黑暗的年代，对"春"的描绘成了作家潜意识中的自觉，也正因自己所处的环境是冬天，因此他们对春天的向往和迷恋就更深一层。这种冬与春的矛盾映射着现实和理想的差距，在将冬和春分别用现实和理想替换后，这种矛盾构架便可一目了然。而金北原的《等待春天》与其他作品体现的哀怨不同，整体风格较为明快和积极。前半部分诸多的回忆和思乡的情感形成了与现实的矛盾，但后半部分却重在倾向于民族生存意志、建设第二故乡信念的表达。作品曾因最后一句"在五色旗下村子，等待春天"而被质疑具有现实顺应意识，虽然不排除这一倾向，但在克服现实困难、寻找新生活的希望方面，这部作品却在设置了理想和现实矛盾之后为其提供了一种解决方案。

有关梦幻背后暗示的矛盾，移民作家尹东柱的作品具有一定代表意义。尹东柱出生于基督教信仰的家庭，自幼的熏陶使他在创作中经常展现出宗教的色彩，这其中"复活精神"最具代表性。在基督教中，人们相信战胜罪恶和死亡之人可以重新复活并分享基督的生命，因此反抗和忍耐成了尹东柱诗作颇具矛盾意味但又同时共存的精神支撑。在诗作《另一个故乡》中，尹东柱以现实故乡为蓝本勾勒出另一个梦想中的故乡。但从深层分析这部作品，与其说它是对故乡的描绘，不如说是对矛盾选择的记录。

> 回到故乡的那晚，
> 我的白骨也一起回来。
>
> 昏暗的房直通宇宙，
> 带着似从天而来声音的风吹着。
>
> 看着在昏暗中
> 美丽风化的白骨，
> 眼泪是我哭，
> 白骨哭，
> 还是美丽的灵魂哭呢？

> 志操高洁的狗，
> 整夜地吠着黑暗。
>
> 吠着黑暗的狗，
> 追着我。
>
> 走吧、走吧，
> 像被驱赶的人们一样走吧，
> 白骨切切地，
> 走向另一个美丽的故乡。[①]

　　诗歌中的"我"回到故乡时看到的已不再是儿时记忆中的景象，而是漆黑和破烂不堪的废墟。此时的"我"表现出失去故乡的悲哀、不安和落寞，但同时也充满着对未来世界的憧憬和渴望。作品中"白骨"是本质的自我，"我"是现实的自我，而"美丽的灵魂"则是理想的自我。从潜意识出发，作者一直对故乡充满着期待并希冀能够长久安住下去，灵魂深处的声音也是积聚在作者内心的渴望，这是"白骨"的本体；现实中，所见的故乡让人感到窒息和绝望，虽已今非昔比，但却无法逃避残酷的事实，这是真实的"我"；而理想要求作者摆脱失去故乡的苦痛和黑暗的现实，为追求理想而寻求新的出路，这才是"美丽的灵魂"。三者的矛盾困扰着尹东柱，适值毕业选择的重要时刻，按照父母的意愿留在家乡就意味着选择"白骨"，面对现实的衰败"我"必须做出自己的抉择，最后他还是选择了追寻新世界"美丽的灵魂"。在短短二十八年的人生历程中，尹东柱经历了龙井、平壤、首尔、东京、京都和福冈等多地的辗转生活，最后的尸骨回到故乡入土之时才真正让漂泊的灵魂安顿下来。应该说，理想和现实的矛盾结构在尹东柱的很多作品中都有所表现，生命追求的自由高尚和

---

① 허경진, 허휘훈, 채미화, *중국조선민족문학대계 6—김조규, 윤동주, 리욱*, 서울 : 보고사, 2006, p.351.

现实生活的卑微渺小一直困扰着这位年轻而富有才情的作家。

在小说作品中，以理想和现实矛盾为主线的作品较少。金裕勋的《叛逆心》虽不是以理想和现实矛盾作为主要结构的作品，但哥哥的错误行为却将社会普遍存在的矛盾渗透于作品的局部结构中。小说讲述了一个哥哥疲于农村的艰苦生活而欺骗弟弟和母亲将土地变卖后逃到城市生活的故事，这种背叛至亲的自私行为在混乱的伪满社会具有普遍性。实际上，哥哥的这一做法确实是当时大多游走于现实和理想之间的人都有过的冲动，只是他付诸了实施。无法忍受当下生活之苦而追求理想的做法本身无可非议，但主人公的追求却建立在严重损害亲人利益的基础上，在性质上从追求转为背叛，因而遭到了人们道德上的谴责。这篇作品以个人生活背叛后的家人反应为主线，对这一不合理的社会现象进行了控诉。但作品缺乏阶级意识和历史深度，弟弟的愤怒和母亲的绝望也是建立在家庭亲情基础上的本能情感。作为在《北乡》第二期刊登的作品，《叛逆心》的创作技巧和作品意识仍有待成熟和磨砺。

理想和现实距离所形成的心理落差是朝鲜移居民精神苦痛的主要来源之一，围绕这种苦痛而展开结构的作品占有不小比例。此类文学作品大多以描绘理想之境为起始，却以憧憬和梦想的破灭为终结。在体裁选择上，这一结构的作品以诗歌居多，原因在于诗歌的形式更适合于表达幻灭和失落的情感，也能够恰到好处地再现作者内心的无力和绝望。无论是对自由和春天的向往，还是对未来的憧憬和渴望，这些作品都饱含着移居民最初的深挚情感，然而现实的残酷却对这种情感不断践踏。理想与现实矛盾不可调和结构的设置，很好地展现出了移居民在离乡移居过程中经历苦痛的一个侧面，同时也为思乡情绪的萌发和溢满搭建着情感基础。

二　思乡情绪与故乡幻灭的冲突

思乡是移居文学中必然出现的主题之一，然而伪满时期"满洲"朝鲜人的思乡与一般移民的思乡有所不同，他们对家乡的留恋和向往与日本的殖民侵略和强制移民有着密不可分的关系。20世纪初移居至中国东北的朝鲜人大多是因极度的贫困而被迫离家求生，物质上的生存需求使他们不得不违背精神上故土难离的意愿。当离开故乡之时他们已知无法重新回去，这也就意味着将永远失去故乡，这种由思乡情绪和故乡幻灭形成的冲突使人们矛盾和痛苦。但这种矛盾的设置在文学表现上不同于理想和现实之间的矛盾，它一般都以"隐结构"的形式铺设于表层结构之下。同时，我们应当看到，在这对矛盾冲突形成的过程中，理想和现实的矛盾也起到了推波助澜的作用。当生活境况不如从前时，人们更倾向于怀旧和回忆，但无法回乡的现实却将移居民推向了难以转圜的边缘，这使他们更深感无助。

作为在《北乡》收录的作品，崔奉录的《思乡》将移居民对故乡的渴望和向往以极为直白的方式表达出来。充溢的情感和单纯的表现虽然在文学手法上略显幼稚，但这种意识却代表了当时人们的无助心境。一方面是对故乡炙热的情望，而另一方面却"像迁徙的大雁一样"对故乡的消息一无所知，背离之情夹杂着无奈和伤感，将矛盾直白地展现出来。进入《满鲜日报》时期，表现思乡和失乡矛盾的作品开始逐渐繁盛起来，如赵鹤来的《乡愁》、朴相勳的《离乡》、柳致環的《归故》、咸兴洙的《归国》和金达镇的《乡愁》等。在柳致環的《信》中，前半部分作者记忆中荒废零落的故乡景象让人倍感凄凉，然而这种感受绝大部分是来自现实生活不如意所激发的情感。诗歌的末尾部分埋下伏笔，并未透露来自故乡信件的内容，但按照常理来判断徘徊于留恋、痛苦和忧患中的心境代表了当时大多数生活在"满洲"朝鲜人的感受，迷惘而模糊的结局设计使作品意境更凸显颠沛流离之感。此外，宋铁利的《道拉吉》也是一首表现故乡幻灭的诗歌，作品中的山、水、路、石锁、哈巴狗等意象再现了离乡人脑海中时常出现的景象，这些能够代表故乡的典型物品饱含着移居民们深厚的思乡情结，也正是这种个性化和典型化激起了人们的共鸣。然而这里的故乡已不同于一般意义的故乡，而是代表着永不可能回归之地。这种思乡让人们从心底迸发出一种悲凉，这种悲凉从"八月凋零的道拉吉"这一意象中渗透出来。此句一出，诗歌的重心立刻从对故乡的怀念转向了对永远无法再回到故乡这一哀苦结局的关注，矛盾结构成为这首诗歌最撼动读者心灵的形式构架。

对于尹东柱来说，"北间岛"是他孕育和生长的故乡，他的作品也经常将诗心锁定在这里，对母亲的依恋、儿时的生活以及一切美好的回忆都在作品中被升华为某一象征物。在作品中，他常常用星的意象来寄予回忆和向往的情绪。"对于在北间岛生活的很多诗人来说，南方的某个地方是他们乡愁和思念的对象，但对尹东柱来说，渴望的却是将北间岛和母亲像辰宿一样拥揽入怀。"①在《路》中，作者为寻找丢失的东西而徘徊之时，被突然出现的一堵墙挡住了去路，再也无法找回丢失的东西。这里丢失的正是他儿时的故乡，虽然最终在梦里又回到了故乡，但故乡却不再是儿时记忆中的样子，现实和回忆的迥异让作者陷入深深的痛苦之中。

> 丢了。
> 不知道在哪里丢了什么
> 两只手在兜里摸索着
> ……
> 路从早上通向晚上
> 又从晚上通向早上。
>
> 摸索着墙石我不禁落泪
> 定睛望去天空蓝得很羞愧。
>
> 走在一棵草都没有的路上
> 墙的那一边只剩下了我，
>
> 我活着，
> 只为找回丢了的东西。②

---

① 김호웅，《재만조선인 문학연구》，서울：국학자료원，1997，p.198.
② 허경진，허휘훈，채미화，《중국조선민족문학대계 6—김조규，윤동주，리욱》，서울：보고사，2006，p.352.

"寻找丢失的东西"和"墙"所形成的冲突是他惆怅苦闷的根源，"寻找"这一动作的初衷和因墙的阻隔最终无法找到东西的结果是诗歌表面体现出的对立。在这种表面对立的基础上，实际上隐藏的是作者对欲回儿时故乡但却无法回去的矛盾的苦闷。回忆中的故乡和现实中的无法回去形成的对立是诗歌的底层结构，在这一底层结构基础上我们不难看出作品的诗心，即思乡情怀。思乡作为尹东柱作品的一个重要思想倾向，常常与民族情结融合在一起，在怀念故乡的同时饱含对往昔独立自由生活的向往。作为一位具有反抗意识的作家，他在不同题材的作品中都渗透出了由往昔故乡追忆和现实冲突而形成的苦闷，以唤起人们本能的追求。

朝鲜人有着与生俱来的民族情结，然而身处"满洲"又会在自然生活中受到环境无形的影响和渗透，即作为一个"满洲人"而存在。对于一个正常离开故乡的人，都会在异地产生一种强烈的思乡之情。但对于这一时期的朝鲜人来说，与其说是"离乡"，不如说是"失乡"，他们离开故乡的原因更多是源自外力的被迫和无奈。在与过去生活的对比中他们常常会对现实产生一种否定或抵制，由此形成或反抗或堕落的情绪。然而，整个过程本人却很难察觉到，直至遭遇巨大困境或者在生命即将结束之时，这种情感才会迸发而出，以这种方式表现思乡对立情感的作品常常带有一种无可挽回的凄美。这种情感的表露同时也揭示出作品底层的矛盾结构，将作品人物鲜为人知的堕落根源挖掘出来。

朴启周的《母土》就是属于这一类型的作品。它虽是以描写移居民因鸦片中毒而丧失人性、最终走向死亡的经历为主线，但在主人公即将离世的瞬间却透露了他失去故乡的哀怨。

> 从水中挺起再次将身子浮上水面的时候，他伸出一只手抓起那些土，然后拿到鼻前嗅闻着。星光已微弱，不，是完全暗淡下去，但还在嗅闻祖国泥土味道的他把母土紧贴在脸颊，惬意地笑了。[①]

① 연변대학 조선언어문학연구소，중국조선민족문학대계（11），소설집—김창걸 외，하얼빈：흑룡강조선민족출판사，2002，p.459.

　　这一场面将移居民在异国的思乡之苦表现得十分清楚，即使失去了人性，却依然在临别前痴心留恋故乡的气息。因失去生活根基而被迫移居中国，精神上的空虚造成的堕落和自弃使他们沉迷于毒品，最终步入死局。身在此而情存彼的矛盾使移居民的精神生活逐渐扭曲，这是小说悲剧形成的开始。对故乡的眷恋和记忆中故乡的消失成为移居民潜在意识中挥之不去的情结，从异乡生活最终的悲剧结局透露出了他们无比纠结的心理。

　　《祭火》中"我"无尽的彷徨、苦闷和孤独最终也可以追溯到"亡国恨"和"失乡情"这一源头。

　　　　我终于回到了江边幽静的故乡。在这里成长到十三四岁的我，看到了周围高耸的坟墓、曲折蜿蜒的江水，听到了凄吼的波涛，我是多么地思念这里，这是一种期望所有的苦恼和烦闷都回到我怀抱的召唤。她离开我怀抱时的彷徨、那些日子的晕眩，我仍然刻骨铭记着。我回来了……我的母亲！我的故乡！①

　　尽管这部作品的主要矛盾并非集中于思乡之情感，但在作者潜意识中，生活的苦难却与无奈之下的背井离乡有着不可分割的关系。无论是"彷徨"还是"眩晕"，都在表征着现实的不如意。造成这些不如意的主要原因是被迫离开故乡，同时这些不如意又进一步加剧了人们对家乡的怀念。处于这一矛盾循环中的移居民在内心深处始终都处于苦痛中，这一切都与故乡有着千丝万缕的联系，但在思想的表层人们却很难察觉。这些隐秘的情感，只有当回到故乡"看到了周围高耸的坟墓、曲折蜿蜒的江水，听到了凄吼的波涛"之时，才能够被挖掘出来并感知到。然而，此时的故乡却不再属于移居民，失去它和离开它的感受与孩子离开母亲的感受一样，眷恋和不舍的矛盾始终铺陈于作品之中。

　　思乡，几乎是所有离乡人无法回避的正常情感。然而对于移居至"满

---

　　① 연변대학 조선언어문학연구소, *중국조선민족문학대계*（11）, *소설집—김창걸 외*, 하얼빈：흑룡강조선민족출판사，2002，p.607.

洲"的大多数朝鲜人来说，由于他们的移居大多源自被迫，所以这种情感就会与一般思乡的留恋和美好有所区别，而在失去故乡和无法回乡的现实下表现为一种情感上的矛盾和对立。现实生活的惨淡激发了人们对遗失美好的回忆，在与往昔的对比中构建了大多数移居民内心底层抵制现实的盾牌。由于这种情绪在人们的情感中就是以非显性的形式存在，因而思乡和失乡的矛盾在大多数作品结构中也未能成为主体结构，而是以根源矛盾的形式潜藏于作品深层。即便如此，从细枝末节处着手进行挖掘，也能够探寻出朝鲜移居民在离乡和移居过程中源于思乡情结的种种矛盾。通过这种方式，可以把对移居民思乡情结的研究引向更高的层次。

三　虚伪表象与真实内在的二律背反

二律背反是康德在其代表作《纯粹理性批判》中提出的哲学概念，意指对同一个对象或问题所形成的两种理论或学说虽然各自成立但却相互矛盾的现象，又译作二律背驰。朝鲜民族从大规模移居到成功定居经历了曲折而漫长的过程，在这半个多世纪的时间里，他们从最初的热情和憧憬到之后的艰难和困苦，再到最后的坚持和忍耐，这期间的付出超乎常人想象。生活中所面临的问题，除来自现实的残酷和思乡的痛楚之外，对于朝鲜人来说一直潜藏于心底的矛盾却是源于其民族自古以来的一种性格特性——隐忍。在朝鲜的道德体系中，自古以来就对"体面"和"名誉"十分重视。然而，进入殖民时代以后，他们在生活都无法正常维持的条件下，很难再从根本上去维护体面和名誉。但血脉中传承下来的民族性格却无法在一夜之间改变，因此为继续维持曾经的尊严，很多朝鲜人都选择了忍耐。表面看来，隐忍只是一种性格特征，但其内在却包含了一种矛盾，即虚伪表象和真实内在的矛盾。当这两种矛盾通过隐忍的方式可以取得平衡时，人们在表象上还可以维持一种体面，可一旦这种平衡被打破，即隐忍达到极限之时，人们就会以一反常态的爆发将这种矛盾暴露出来。表象和内在的矛盾以二律背反的形式体现出来并被运用于在这一时期的朝鲜文学的结构上，同时也成为推进作品情节不断向前发展的一种动力。

崔曙海作为 20 世纪 20 年代在中朝鲜作家的代表，他作品中的很多主人公在恶劣的条件下，诸如马匪掠夺、中国地主压榨和同族欺压时，大多选择痛快淋漓的复仇，而后放弃"满洲"生活而选择回国。但进入 20 世纪 30 年代以后，"满洲"朝鲜作家诸如金昌杰、安寿吉、姜敬爱、申曙野等人笔下的主人公在无论多么恶劣的环境中、生存受到怎样地威胁，他们都会选择坚持下来。这种坚持，除来自明确顽强的定居意志外，来自维护体面尊严的民族性格也是打消他们重回家乡念头的重要因素。离乡之前的踌躇满志和热血豪情迫使移居民不能回头，与其被人耻笑，不如咬紧牙关坚持下去。即使现实不如意，也宁愿让家乡的人们相信他们在这里过上了更好的生活。

金昌杰的《第二故乡》描述了一家人从朝鲜半岛北上来到间岛的艰辛历程，从前半部分有关离乡不舍的描述到后半部分逐渐适应生活的过程，小说始终伴随着主人公京哲在语言和内心的冲突。在一家人刚踏上"满洲"土地之后，有这样一段描述：

> 听了父亲的话，母亲说到，
>
> "马桃江看起来也没那么好吧？现在过来了，什么时候能再回去呢？"说着，她眼里掠过一丝凄然。
>
> "嗯，不管怎么说，我们都一定要北上了不是吗？去那里把它建成更好的地方！"
>
> 听起来京哲似乎很有信心地回答，可一想到越过图们江，他却也止不住无比悲怆的心境。不知何时，京哲下意识地把毛巾拿到了眼底。①

从京哲"似乎很有信心地回答"和"无比悲怆的心境"可以看出，这是一对明显的矛盾。"北上"之后看到自然环境之时，他们不禁产生了一

---

① 연변대학 조선언어문학연구소，*중국조선민족문학대계（11），소설집—김창걸 외*，하얼빈：흑룡강조선민족출판사，2002，p.52.

种不好的预感，对未来生活的不确定让京哲开始担忧。但面对母亲的询问，他却不得不装作信心满满，而承诺去建设 "更好的地方"。这种心口不一的举动让京哲很为难，但为维护体面和宽慰家人，他又不得不选择用假象去掩盖现实。不喜欢假装喜欢、没把握装作有把握，当眼泪马上要涌出时他 "下意识地把毛巾拿到了眼底"。为维护尊严而形成的表象与内在的矛盾，在实质上却推动了情节的发展——即让全家人在继续开拓新故乡的征程上不能回头和退缩。

其后随着时间的流逝，虽然经历了很多波折与磨难，但是京哲一家人始终没有放弃，他们在逐渐以一种积极的姿态去面对移居地的新生活。孩子进入学校学习之后，家人们的生活也开始走向了正轨。迎接新年时，孩子们玩家乡传统游戏的场景让京哲和母亲产生了一种重回故乡的感觉。

这些所有的节日游戏都是以前在故乡几百年延传下来的，他们依旧这样玩着。

京哲一家沉浸于节日的氛围中，就像回到了思念的故乡，间岛也和故乡一样，人们不禁产生这里真的就像故乡一样的感觉。

"就像在故乡过节一样！这里待久了也会产生感情！" 一向沉默寡言的母亲不知怎地冷不丁这样说道。京哲听后说，

"嗯，哪有硬留在这里生活的道理，都是我们自己愿意的。" 他回答着，却露出并不情愿的笑。[①]

生活逐渐归于平静并走上正轨，是京哲一家人最希望看到的。然而事实上真的 "像在故乡过节一样" 对这里 "产生感情" 了吗？母亲一改往日的不善言谈表达内心所想，然而事实的真相却在之后父亲去世时母亲的哭诉中暴露出来：抱着过上好日子的想法来到间岛，然而到这里的第一年就没能种上庄稼。至少在父亲去世之后不久的一段时间里，母亲并没有从内

---

① 연변대학 조선언어문학연구소，*중국조선민족문학대계（11），소설집—김창걸 외*，하얼빈：흑룡강조선민족출판사，2002，p.63.

心接受这个新故乡。在看到孩子们玩游戏时，母亲在被曾经熟悉的场面感染，其话语虽然透露了移居民在接受新故乡的征程中所付出的努力，但他们在内心却并未真正实现这种情感的转化。在京哲的回答中，他提到这"都是我们自己愿意的"以及之后"并不情愿的笑"暴露了他与母亲同样心口不一。无论是否愿意，一家人都不可能再重回故乡的事实让京哲不得不硬着头皮支撑下去。虽然不想笑，但又不得不勉强为之。这从京哲在这期间的遭遇中可以看出，无论是变卖家产后将赌注都压到这里的悲壮，还是遭遇征收令人瞠目结舌的"门槛税"的无奈，都让他很难从内心真正地去接受这个新故乡。

如果说《第二故乡》中有关人们外在表象和内心感受矛盾的表现和结局还稍微和缓一些的话，那么安寿吉的前期作品《黎明》在暴露这一矛盾时则始终伴随着激烈的冲突，最终也以家破人亡的惨烈结局而告终。起初来到间岛的一家人，本打算以诚实和勤劳去奠定未来生活的根基，但现实却没有给他们提供这样一个平台。在无任何生活根基的前提下，父亲不得不向当地地主筹借生产资料。虽然明知被盘剥和搜刮，但又别无选择。当所借债务通过正常的农业劳作无法偿还时，他不得不选择走私食盐，然而这却面临着巨大的风险。在父亲差点被巡警发现时，他的表现暴露了其内心的惶恐。

> 当回到家时，我看到父亲脸色铁青，他似乎已经预知了巡警的到来，拿着盐袋子在厨房不知所措。第一次见到一向沉默而耿直的父亲如此地惶恐不安，这场景至今在我脑海中一直难以抹去。[1]

父亲在"我"的脑海中的印象一直是沉稳、耿直和无所畏惧的，可当觉察到会被巡警发现走私食盐时，"不知所措"暴露了他一直隐藏很好的"惶恐不安"。由此看来，在外人面前表现出来的稳健只是父亲维护体

---

① 연변대학 조선언어문학연구소, 중국조선민족문학대계 (10), 소설집—안수길, 하얼빈 : 흑룡강조선민족출판사, 2001, p.131.

面的盾牌,在遭遇意外情况时这个盾牌就失去了它的效用。这一场景如此地让人难忘,以至于给"我"幼小的心灵留下了难以抹去的印记。之后因无法偿还债务,无奈之下父亲只得将姐姐抵给地主朴致万做姜。姐姐的强烈反抗让他很气愤,因而动手打了姐姐,但外在看似的恼火实际上却包含了父亲很多的无奈。

> 父亲虽然狂吼着,但声音听起来却不似之前像老虎吼叫一样地尖锐。那声音不知为什么,其中似乎隐藏着为守住尊严强压住的哭声。
> 实际上,父亲流泪了。我看到了父亲流泪的样子,看到了他流下眼泪那个瞬间的脸。
> 那一瞬间父亲的脸,至今在我心里仍记得十分清楚,但却不是我努力要将那张脸记在心里。而是那支带着墨迹的笔在我心里神圣的一隅留下了印迹。①

在不能守护住家人的周全时,父亲发自内心更多的是一种自责。可不以女儿的牺牲为代价又在这里无法生存下去,面对这样的两难境地父亲只有用隐忍去抗衡这种矛盾。表面看来,父亲是在惩罚女儿的激烈反抗,但内心却"为守住尊严压住了哭声"。事实上,自来到间岛寻求生存之初,父亲就已经背上这副忍耐的枷锁。从对朴致万的野蛮搜刮的憎恶到不得不走私食盐维持生计的苦楚,再到将自己的女儿来偿还债务的无奈,父亲在内心中一直背负着沉重的包袱。这样接踵而至的苦难不但让他们始料未及,而且将一家人推进了万劫不复的深渊。当得知女儿割脉自杀的消息之后,父亲再也无法继续隐忍下去,最终用与朴致万的拼死搏斗将自己从这种矛盾中解脱出来。

除以上作品外,金昌杰的《暗夜》、安寿吉的《稻子》、姜敬爱的《二百元稿费》和《黑暗》等作品也都包含着虚伪表象和真实内在的矛盾结

---

① 연변대학 조선언어문학연구소, 중국조선민족문학대계 (10), 소설집—안수길, 하얼빈 : 흑룡강조선민족출판사, 2001, p.159.

构。此类矛盾不似理想和现实的矛盾与思乡和失乡的冲突那样普遍，但在平衡二者矛盾时处于离散时期朝鲜人表现出的忍耐意志却体现了其民族特有的性格，这种隐忍加快了移居民对新故乡的认同速率，同时也降低了他们对新文化的接受难度。从以上的分析不难看出，理想与现实的矛盾、思乡情绪与故乡幻灭的冲突、虚伪表象与真实内在的二律背反这三对矛盾将移居民在离开故土、寻求新生活过程中所经历和承受的心理冲突从不同角度表现出来，这些矛盾也比较全面地反映出了以离乡和思乡为主题的文学在结构上的特点。

第三节　移居期独有的艺术特色

移居期朝鲜文学在主题表达上展现出更多的是一种由离乡和思乡而形成的痛苦，以故土情和离别痛为中心交织的各种矛盾让移居民们深感困顿和无助。在艺术表现方面，这一时期呈现出较为鲜明的特点，家族的整体描绘、典型的地方情调和自然描绘成为此类文学最具代表的艺术特色。移居的举家搬迁形式使家族成为移民作品中重要的书写单元，从典型的社会细胞中映射出的移民史更贴近移居和离乡现实，家族的整体迁移也在一定程度上减缓了人们对故土和家乡的依恋和不舍。在此基础上，居住地的变化要求朝鲜人不断适应新环境、接受新文化，因此在当地乡土作家的影响下，朝鲜文学开始接受并展现着具有地方特色的风格和面貌，这种面貌反映了移居民在新环境中产生的新情感。而面对战争和殖民的现实环境，他们则不约而同地表现出了回避姿态，转而通过对自然景致和田园回归的向往来填补远离故土的情感缺失。由此看来，无论是家族史记录、地方情调表现还是自然描绘，这些艺术特色都和离乡移居的主题密切相关。

一 家庭和族群的整体描绘方式

朝鲜民族自 19 世纪末开始向中国东北地区的移居,其规模在近代中国历史上都实属罕见,无论从移居人数、持续时间还是区域影响来说这种人口迁移都可堪称是民族历史上一次重大事件。朝鲜民族自古以来就以农耕为主要生产方式,在从事农业生产过程中形成以家族为主体的劳作方式。对于以农民为主的移居群体来说,长久以来根深蒂固的家族观念使得他们在迁移中必然选择举家搬迁的形式。伪满时期有关移居主题的作品大部分与家庭命运相关,这与朝鲜自古以来源自农耕民族自然特性的深厚家庭观念不无关联。这场声势浩大的移居具有移地易主的转折性意义,有关移居文学的记录也自然会从家族的视角进行宏观观照。

在《满洲诗人集》中收录的作品中,千青松的"先驱民系列"是一部典型的描绘家族移居史的诗歌作品。这一系列共包括《移住民》、《酒幕》、《雪夜》、《江东》和《墓地》五个部分,这几大部分以移民时间为主轴,旨在回顾朝鲜人迁徙的苦难史。第一部分和第二部分主要讲述最初的朝鲜人背井离乡来到间岛这片不毛之地,在寻找新生计过程中的彷徨和失落。在第三部分《雪夜》展示了一个移居民家庭在陌生土地上近乎原始的生活状态,物质上的极度匮乏和精神上的孤寂单调是大部分移居民不得不去面对的首要问题,即使在举家搬迁的形式下仍难免会遇到未曾预想的困难。除定居于间岛的人们之外,还有一些为生活所困而不得不再次远赴他乡的朝鲜人,第四部分《江东》表现的是一个女人对远赴俄罗斯丈夫的殷切思念,这种亲眷分离是在物质贫乏和精神困苦之上的离别苦,映射了底层人们的生活处于随时风雨飘摇的状态。而第五部分《墓地》最后将朝鲜人悲惨的一生归于间岛,这一结局可以看作是人们对于"满洲"新故乡的认同,也预示了最终的结果。千青松的这一先驱民系列将移居前史作为对象,以家庭为单元微缩了朝鲜人从移居到离世的全过程,从纵横两个维度对移居生活进行了立体复现,可以称作是较为完整反映移居前史的系列化作品。

　　除系列化作品外，这一时期描写家族生活的单篇小说也十分普遍。李石薰发表于 1935 年的《移居的列车》就是一部典型以家庭单元展开情节的小说，作品记录了朝鲜沦为日本殖民地过程中一个农村家庭所经历的生活衰败和在日本帝国主义政策下被迫移居间岛的过程。金氏一家本来在铁路周边作为自耕农过着衣食无忧的生活，但随着日本村庄通电和修路计划的实施原始农业受到冲击，谷物、蚕茧价格的下跌和各种税金的上涨使得金氏一家由自耕农逐步沦为佃农。但即便如此，他们的生活依然难以为继。无奈之下，金氏一家人不得不进入山里过起了垦民的生活。在辗转于群山耕种之际，妻子和小女儿因山体滑坡而不幸遇难。在遭遇了家庭的变故之后，金氏经人介绍与其他受害者家属一起登上了去往猛兽经常出没的"满洲"北部的列车。一同乘车的人中既有之前的朝鲜贵族和地主，也有手工业者和农民。这些人的命运因日本势力的侵入而在现实中被改写，他们也被迫沦为亡国奴。

　　通过作品，我们可以由一个家庭的断面推断出日本对于朝鲜农村的掠夺以及由此给农民和手工业者带来的致命打击。从金氏一家由自耕农变成佃农，又从佃农被迫沦为垦民而过起近乎原始生活的这一过程能够看出，日本表面宣称工业化和现代化是给农村带来的发展契机，但实际上却是一场骗局。他们把朝鲜当作剩余商品的倾销地，使当地的农业和手工业遭受重创，原本以此为生的人们因生活无以为继而流离失所或被驱赶至间岛。这部作品通过一个家庭的悲剧反映了日帝统治下朝鲜人生活的普遍落魄，让人们更加真实地了解了朝鲜人的血泪移民史。

　　无论从文学成果还是发表数量上来看，安寿吉都可以称作是伪满时期移民文学中最具代表性的作家之一。从 1935 年起的十年间，他陆续发表了《黎明》、《卖盆子的老头》、《富亿女》、《在车中》、《稻子》、《圆觉村》、《土城》、《新村》、《牧畜记》等多篇短篇小说和《北乡谱》长篇小说。这些作品大多采用群体描绘的方式，将朝鲜移居民从离乡到定居过程中经历的苦难整体呈现出来。作为移民开拓史前史部分的作品，《黎明》展示了一个开拓民家庭的生活历程，从这个切面可以透视出历史的一个片段。这部小说与其他作品的不同之处在于它将家族的生活历程通过一个少年的视角展示出来,这种以点带线、以线带面的形式在前期作品中并不多见。最终以姐姐自杀、父亲被害、母亲疯掉的悲剧作为结局,实际上是对前期开拓民牺牲的一种缅怀。此后发表的《稻子》是一部从村落族群视角讲述朝汉民族矛盾的作品。在以水稻种植为中心展开的民族矛盾中,中国人的排外情绪成为朝鲜人顺利定居的障碍。但从整体脉络来看,从《黎明》中最初出现的中国人以土匪形象登场到《稻子》中给予朝鲜移居民热切帮助的中国地主,朝汉民族关系呈现了不断改善的趋势。《稻子》中出现的人物不似《黎明》那样以单一家庭为主,作品中陆续出现了不同家族的二十几位人物,这样庞杂的人物构成形成了一种集团记录。安寿吉在伪满时期创作的最后一部作品《北乡谱》于 1944 年至 1945 年连载于《满鲜日报》,这部作品也是以移居民家族协作的方式展开故事情节的。在被迫离开故国之后,朝鲜人在"满洲"这片土地上通过合作劳动的方式为未来的生活奠定了基础,这部长篇小说延续了安寿吉创作一贯的集团意识和角度。虽然它因其现实顺应倾向而受到质疑,但从生活体验的形象化上来看仍不失为一部展现移民生活的典型作品。

在之后的创作中,安寿吉的最后一部作品《北间岛》也未能离开家族这一重要社会单元。小说绘制了一幅四代家族长达 75 年移居历程的庞大画卷,这里交织着他们与中国人、日本人之间的对立冲突以及不断激化和化解的过程。无论从民族史还是移居史来看,这部作品都展现了广阔的规模和深刻的主题。作品将自 1870 年的家族移居开始后,在不同的历史背景下发生的各类事件连贯起来,将个案普遍推至客观和主观世界中渐变的移民史娓娓道来。通过一贯的群体形象和连接的故事片段,安寿吉再现了朝鲜移居民生活发展的自然史。这部作品的发表时间是在 1945 年之后,因此在对日本的态度上表现出了与《北乡谱》较大的差异。虽然小说的发表时间已经超越了本研究的范围,但在安寿吉的创作生涯中,这部收官作品却是对他之前态度的一种修正。小说首次再现了日本殖民侵略的暴行和抗日斗争的实景,表现了作家对以往认知的自责和通过反思而改变的历史美学观点。由此可见,无论是从发展视角进行的民族前程规划,还是从事实角度进行的情结化解,安寿吉的作品都未能离开家庭或族群呈现的整体描绘方式。这一艺术特色在安寿吉的作品中，自始至终熠熠生辉。

20 世纪前后，朝鲜人在向中国大规模移居之前，大多数底层家庭都面临着严重的生存危机和生活窘境。人们为了自身的发展和家族的延续不得不抛弃祖辈们久居的土地而另寻出路，因此举家搬迁成了当时最为普遍的迁移模式。这种移居模式一方面源于朝鲜人自古以来农耕民族根深蒂固的家族观念，同时举家迁移也在另一方面减缓了人们因离乡而造成的孤独和不舍。一个家族或群体细胞典型地折射出了移民社会经历的磨难和阵痛，作为移民过渡期独有的艺术特色，家庭或族群整体的描绘方式也从艺术手法角度凸显了朝鲜移居文学的主题特征。

二　典型的地方情调

移居至"满洲"，使得朝鲜人原有的生活习惯、思想观念和民族情感发生了细微的变化。这一时期的朝鲜文人善于把感情寄予象征物或用语言表现着民族独有的淳朴，这也表征着他们在移居过渡阶段开始逐渐接受新环境的标的物。承载着历史的特定景物、气候和特属物品，甚至独具特色的方言都展现着新故乡浓厚的地方气息。

尹海荣的诗作《海兰江》借用见证朝鲜人移居和生活历史的自然景物——海兰江来表现民族特有的坚忍不拔个性和他们对故乡深挚的依恋之情。海兰江位于吉林省延边朝鲜族自治州，属图们江水系，最后汇入延吉市的布尔哈通河。海兰江作为朝鲜移居民的母亲河是人们斗争的战场和历史的见证者，尹海荣将蕴含着移居民百年历史的河流用诗的语言表达出来。朝鲜人苦难的生活历程被涵盖在从"繁星点点"的天上到"人烟阜盛"的地上这一广阔的空间内，而海兰江传说中年轻人战胜恶魔的勇敢精神则在诗歌中被暗指鼓舞人们为实现民族独立自主而进行顽强反日斗争的意志。"诗人被龙井奇异的风景所倾倒、被浓郁的乡愁所浸染，诗歌里体现了他分明的历史意识和民族意识。"[①]特定景物的感情寄予表现了朝鲜人根深蒂固的

---

① 김호웅，*재만조선인 문학연구*，서울：국학자료원，1997，p.83.

民族情怀，也成为朝鲜民族区别于他民族的标志性信物。

对其他朝鲜诗人来说是"第二故乡"的间岛，在李旭这里却有着与众不同的感悟。当别人沉浸于思念朝鲜半岛故乡的情绪之中时，李旭却对生养自己的间岛有着原初的挚爱。在诗作《帽儿山》中，他将连接延吉和龙井的这座并不奇异和雄伟的小山看作是间岛的象征，它如同家人一样的亲切地守望着这里，也承载着家族的生活血泪和不屈意志。在此基础上，作者还将它升华为创造间岛的始祖，携海兰江和布尔哈通河共同缔造了年轻的生命。"诗人不但借用西方的创世神话，而且把朝鲜民族'太白山和神坛树下'的檀君神话也引用过来，将帽儿山形象化为创造生命的'伟大古人'。"①作为间岛最具地方情调代表的自然景观，帽儿山如同一位慈祥的母亲，让人油然而生一种崇拜和敬畏。对象征物的热爱昭示着对这片土地的钟爱，李旭浓厚的乡土之情常常通过他的自然之爱表现出来。此外，从其他作品的题目中也可以看出作者在创作中带有的乡土和地方情调，如《镜泊湖》《埋葬在图们江》《罗子沟》《夕阳的农村》等都以地方景致作为描写对象，这些作品中渗透着李旭对"满洲"及其自然之景的深挚热爱。

除特定景物之外，对于中国北方气候和特属物品的描写也是体现作品地方情调的一个重要侧面。《圆觉村》的开头部分，描绘了一幅中国北方隆冬时节特有的寒冷景象。

> 山脚下、山岭上，经常是风雪交加。迎着夹杂北风的暴风雪，走起路来比登山更吃力。②

对山村寒冬的描写将北方气候原始的凛冽和粗犷凸显出来，也为之后具有刚烈性格的主人公的登场埋下了伏笔。

> 嘴角封冻，挂满白霜的黑色棉帽子里只露出眼睛，一直延伸到膝

---

① 김호웅, *재만조선인 문학연구*, 서울 : 국학자료원, 1997, p.178.
② 연변대학 조선언어문학연구소, *중국조선민족문학대계 (10)*, 소설집—안수길, 하얼빈 : 흑룡강조선민족출판사, 2001, p.28.

盖处的马褂用带子紧紧系在腰间的一个男子，偶尔用已冻僵的手将眼角的霜拭去，猛然拽住马车的缰绳在前面站住。①

主人公一登场，抵御北方寒冷装扮的地方气息便扑面而来，以寒冬季节描写为开端的方式不仅将北方特有的严寒环境表现出来，而且也为亿锁凶残果敢性格的形成提供了原始依据。朝鲜作家的地方特色总是在不经意间流露出来，对于以移居生活描写为主轴的"满洲"朝鲜文学来说，北方农村的气候确实是作家笔下不可或缺的背景环境。

此外，以特有物品为中心来展现地方风格的作品也在这一时期不断涌现。金朝奎的《胡弓》充满着象征和隐喻，诗歌利用"胡弓"这一日本沿传至中国的特有乐器来映射朝鲜人的移居生活。对于朝鲜人来说，居住地的改变意味着风土文化做出相应的调整，然而调整所经历的过程却并非一蹴而就。在饱含乡愁的意识中，通过寄予特定物以意义能凸显过渡期特殊情感的独有艺术特色。胡弓作为一种乐器，其演奏的曲调具有哀怨的色彩，以这种乐器作为象征物不但很好地诠释了移居民生活中渗透的离别苦和思乡苦，而且也使文学作品更具美学意境。作为一部饱含异域情绪的作品，这首诗歌用事物象征的手法展现了移居文学的地方特色。

地方情调的表现除特定景物和专属物品之外，方言的使用也很好地展现了这一特色。方言作为一种社会文化现象，具有传递文化信息和价值的功用。伪满时期的朝鲜作家玄卿骏、安寿吉、金昌杰、宋铁利和李旭等在作品中都不同程度地使用了方言，这其中安寿吉作品咸镜道方言的使用最为集中。他作品中人物使用的语言几乎都是咸镜道方言，这也印证了移居至以间岛为中心的大部分朝鲜人是由咸镜道移居而来的事实。他的作品最大限度地还原了人们的生活实景，颇具地方气息的语言表达体现了鲜明的乡土特色。依赖于土地生存的农民具有与城市人迥然不同的语言面貌和思考方式，他们的生活历程印证了朝鲜人从朝鲜半岛到中国东北移居过程中

---

① 연변대학 조선언어문학연구소, 중국조선민족문학대계 (10), 소설집—안수길, 하얼빈 : 흑룡강조선민족출판사, 2001, p.28.

经历的文化承袭和变迁，这些文学细节中也体现了移居过渡期独有的艺术特色。

　　除安寿吉之外，作为将咸镜道方言最初用在作品中的作家，朴启周的方言使用不但范围广，而且可以将其看作他小说美学特征的重要组成部分。在《处女地》中，他通过方言的描绘将在山中生活的人们个性和地域性展现了出来。作品中大量使用了非标准的朝鲜语词汇，例如：谢谢（아合쳉이꼬마）、火车（불술기）、雪橇（발귀）、冬天（동삼）、熊（굄）、狐狸（여끼）、谁（뉘귀）、朝鲜（죄션）、树木（낭긴）、墙（바람벡）、野菜（푸성귀）、厨房（정지）等。这些词语一方面体现了生活于咸镜道人们的语言特征，另一方面也凸显了这一家人与世隔绝的生存状态。可以说，他们的生活处于蒙昧状态的悲剧可以通过语言很好地展现出来。此外，在作品《肉票》中，作者还引用了土匪用汉语所唱的歌谣。"上等人们该找钱，中等人们莫管闲，下等人们快来吧，跟我上山来过年。"通过汉语音译的内容，作者不但表现了朝鲜人深受中国语言环境影响的现实，而且也体现了他对中国文化的深刻理解。总体来说，咸镜道方言和汉语音译的使用不但是朴启周小说美学的重要组成部分，而且这一特色还具有从语言学角度进行专题研究的价值。

　　在从朝鲜人向"满洲"移居民的转换过程中，人们经历了时间、空间和文化的巨大反差和变迁。在文学表现上，他们一方面展现出一些与以往不同的情感和风格，另一方面也在通过媒介的寄托来助力其完成这一转换。通过特定景物、气候和方言表现出来的地方情调，融汇了朝鲜人在移居过程中自离乡和思乡的情感挣扎到对新环境接纳和破茧重生的艰难过程，同时这种情调也很好地展现了这一时期独有的艺术特色。

三　描绘自然，回归田园

　　在朝鲜作家的笔下，很多作品都在试图隐去战争的事实。即使是记录移民苦难历程的作品也呈现出这一特色：直接刻画底层人民的苦难生活，而看不出生活的殖民背景。如诗歌领域中，很多作家就在自然美景和人文风俗的欣赏中透露出其对东北辽阔土地、壮丽山川和丰饶生活的向往。回归自然的情感触及了本善的人性，在烽火硝烟的年代这样豁达洒脱的意境尤其让人觉得珍贵。回归田园之作与其他时期的作品不同，在伪满时期独特的历史背景下隐含了更多的社会政治意味，也代表了朝鲜文学史独有的意义。

在景物描绘、展现心灵意境方面，尹东柱可以说是最贴近自然描写的作家，他的大部分作品都以自然为描写对象，这与他故乡的地理环境有着十分密切的关系。尹东柱出生于龙井明东村，果树环抱的瓦房、一望无际的农田和青山绿水的一草一木都培养了他亲近自然的情感。儿时优美的生活环境对尹东柱的诗作风格产生了重要影响，他的作品多在自然描写中映射人类社会现实，在现实生活中探寻自然真理。尹东柱的弟弟尹一柱曾回忆道："有时，他坐在树林里仰望升起在夜空的星星，或是遥望远处的河水。他又拢手指默默地坐着，我虽然少不更事，却也能感觉到他心潮澎湃在憧憬着什么。"[1]

尹东柱的状物作品看似远离硝烟、不谙世事，但其背后却暗藏着作者内心的苦楚与争斗。殖民地的战火纷飞、日帝的野蛮肆虐在他内心引起了巨大的波澜，日帝恨和民族爱的冰火两重天在他的世界中剧烈碰撞。日帝的残酷和民族的厄运常常令他苦闷和叹息，在郁愤中他常用一些富于童心和天真烂漫色彩的诗作来寻觅心灵的憩园。但他所描绘的自然并不是纯田园主义的自然，而是与生命感受相结合的抒情自然和心灵自然。在诗作中，尹东柱通过自然来把握宇宙的神秘本质、寻求人类的普遍心境。《春天》中的河水、金达莱、云雀和天空等意象勾勒出了一幅清新美好的景象。《少年》以散文诗的形式用流畅的笔触使读者感受到人与自然的交流和碰撞，但这里的自然却已不是本原的自然，而是被人性化了的自然。《小鸡》表现了作者对自然的迷恋，对亲情、平和和纯美的向往。《山林》、《谷间》、《花园的花开了》等写景状物作品映射他纯澈内心的同时也诠释了平等、博爱的宗教理念。

---

① 최문식, 김동훈, 윤동주시집, 연길 : 연변대학출판사, 1996, p.317.

除儿时故乡的影响之外,尹东柱钟爱描绘自然与他的宗教观念也有一定的关联。天空、星星、月亮、太阳和云朵等自然意象表现了他对自我和世界的深切关注,自然物成为自我省察的媒介。尹东柱的作品中很少讨论世界观和人生观这样的大问题,大多偏向于微观的审视,这样的独特视角源于自然之爱,也是对所有生命的广博之爱。虽生于充满暴力血腥的时代,但基督教的复活思想却始终支撑着他守护纯洁的灵魂和顽强的意志。在凝望中激荡的情感升华为灵感的源泉,描绘自然成为尹东柱最大的创作特色之一。他作品中清新的感觉和细致的情绪描写是对人类信念的歌颂,展现了人与自然和谐共处的哲学观。虽然尹东柱的生命历程只有短短的 28年,但他的文学作品却成为了那个时代描绘自然的典范。

这一时代的自然描写成为很多作家不约而同的选择。诗人李旭的成长年代也正值日本侵略、生灵涂炭的 20 世纪上半期,从诗作的题目可以看出他在写作上的田园倾向,《春梦》、《星》、《金鱼》、《帽儿山》、《新花园》、《北斗七星》、《图们江》等主要作品都未涉及战争和社会现实的主题,而是以一种侧面视角来影射客观环境。作品《星》用望星下的空寂来排解乡愁、憧憬理想;《帽儿山》通过山的意象来回顾民族发展历程,表达对故乡的景仰和敬慕;《北斗七星》代表着指引民族未来发展方向的先觉者和领航人,在凄冷的夜晚——即残酷的日帝统治下,作者从历史的宏观视域坚信民族的未来定会迎来黎明;《图们江》成为了孕育文学的浪漫圣地,它不但见证了诗人的成长,还记录了开拓民赤手空拳、用血泪斗争的历史,"诗人通过图们江气势磅礴的奔流,形象地表现了这片土地上人们顽强斗争的面貌,同时也艺术地再现了历史的前进历程。"①

在自然与战争的主题选择上,伪满时期的朝鲜作家们往往倾向于回避当下的主要矛盾。这是文学史上普遍存在的一种现象,以往以大型战争为背景的文学作品都会刻意去掩饰这一背景事实。和平丰腴的年代人们大多不会通过描绘自然来排解情绪,而只是从欣赏的角度去赞誉和美化自然,但在战乱和黑暗的大环境中文学对于战争的直视则会触痛更多敏感的神

---

① 김호웅, *재만조선인 문학연구*, 서울 : 국학자료원, 1997, p.188.

经。这种回避大多出于无奈，作家不得不将视角转向无关事物，以此来减缓累积的郁愤。但即使是刻意回避，仍能够读出作者潜在意识中的忧患，这样的忧患只有通过寄意于自然才能得到暂时的舒缓。因此，自然的过度关注是伪满时期文学的一大特色，从这一特征能够看出作家们身处其中但又无转圜之力的困窘和无奈。

在现实应对的方法上，每位作家都在实践着其各自独有的文学思想。"农民道"和"北乡精神"通过迎合"满洲"政策和寻找民族发展的结合点来探寻现实困境的出口，这是移民小说重要的母题之一。除一般母题外，还有些作家采用迂回的手法用自然象征性地映射现实，朴启周的《处女地》便属于此类作品。作品中从处女地被驱赶出来的山民象征着朝鲜民族，而以机械文明为背景的特权阶级则代表着日本侵略者。在对现代文明的态度中可以看出人们的抵触情绪，这样的情绪也曾被一些研究者从环境问题的视角进行解读。在朝鲜文人的笔下，"满洲"大陆是极其广阔和原始、没有受到现代文明践踏的处女地，这片处女地所养育的是比《圆觉村》的主人公亿锁更为原始的人类。作品中这些野性十足的人们与大陆文学相呼应，在原始和文明的对决中实践其批判的功能。作品中始终未出现现实的场景和氛围，但其中的矛盾冲突却展现了社会真实的一面，即日本对殖民地的野蛮掠夺让朝鲜人难以承受的事实。

《处女地》中山民的蛮行源自对现实的无知，这一缘由的设置据推测是为避开文学限制政策而获发表。在严苛的舆论统治下，作者现实意识的抒发只能借用文学的象征手法来实现。

　　向峥嵘的长白山连峰前方望去，可以看到海兰江的根源，由此越过语质岭，有一片原生林海洋形成的处女地。在这片还未经文明践踏的处女地，熊、野猪、狼、狐狸、狍子等野兽们为生存而打斗，润泽自然的智慧，在原始世界中享受着朴素的生活。因周围尽是高山僻壤，所以即使春天来了雪依然覆盖。直至再次下雪的仲秋，这期间在无尽的树海中，只有隐身于洞窟中的极少数马贼会偶尔出没，除此之外其他人影几乎看不见。在这样一个无人境之地，矗立着一户朝鲜人

家的房子，让人不禁心起敬畏。^①

从这一段对自然景色的描写中可以看出作者对自然未经开垦土地的向往和热爱。"未经文明蹂躏"、"享受朴素的生活"和"心起敬畏"等词语中透露出了自然的平静和恬静，在这样的环境中人们期待着原有生活的延续，然而事实却并非如人所愿。现代文明对原始自然的摧毁映射着侵略者对作者向往的平静生活的破坏，现实中回归自然、远离硝烟的理想在敌强我弱的事实面前难以为继。但值得瞩目的是，作品将当时不能言表的现实抵抗情绪用象征性手法融汇于原始山民和现代文明的对决中，这也将作品的文学功用提升至了表现民族抵抗意志的高度。作者一方面描写了北方的自然风情，另一方面又表现了外来文明给这片土地来带来的摧毁性破坏。对"满洲"原始生活风貌的再现渗透出人们对原初生活的期待和渴望，这种渴望驱使作家们回避战时环境、远离硝烟，同时将文学的重心转向对梦想中"世外桃源"的关注。

伪满时期"满洲"朝鲜人文学中以移居为主题的作品将关注的焦点集中于记录前期间民的苦难和现实克服意识，在主题上表现出了对故土的强烈依恋和思乡之情。这一时期作品中的人物不似崔曙海小说中的主人公那样，在遭遇定居的失败后抛弃现地生存而回国。对于 30 年代之后的朝鲜人来说，这里是他们洒下血泪、付出青春的热土，即使付出再大的代价他们都必须选择忍耐并坚持到底。这一主题的作品集中地体现了朝鲜人坚定的生存意志和顽强精神，在理想与现实、思乡与故乡幻灭、表象与内在的多重矛盾交织中，他们不断地寻求化解之法。由于移居主题作品的创作环境特殊，即处于朝满生活圈的转换过程中，因此在文学创作上展现了家庭或族群的整体记录、地方情调和亲近自然的艺术特色，这是朝鲜人移居历史过程中所独有的，也是其他主题作品中不常见的文学特色。以离乡和思乡为主题的作品在"满洲"朝鲜人文学中出现的最早，其在朝鲜文学史上

---

① 연변대학 조선언어문학연구소，중국조선민족문학대계（11），소설집—김창걸 외，하얼빈：흑룡강조선민족출판사，2002，p.536.

的价值也不可低估。它不仅仅是一种对民族移居历史的记录，更多的是对
生活体验和细致情感的描写和再现。从研究的全面性来看，对这一时期文
学在主题研究的基础上进行结构和艺术特色的分析，正实践了我们如前所
提倡的历史观点基础上的美学观点，即体现了历史评价和美学评价全面观
照的研究意识。

第二章 扎根和融合
——定居文学的主题曲

在经历了离乡和思乡的移民苦痛之后，朝鲜移居民开始转向了对扎根融合和定居生活的关注。既然选择了"满洲"，就要把这里建设成和自己故乡一样的地方。因此，伪满时期"满洲"朝鲜作家的笔下开始出现了以开辟新生活和建设新故乡为基本设想的文学作品。定居文学以现实主义手法展现了日本殖民统治下的民族定居史，这不仅具有重要的文献和历史意义，更重要的是它承载了移居民的思想、情绪和喜怒哀乐。这是一部精神记录史，它凝聚着朝鲜民族在逆境中追求"第二故乡"理想的强烈定居意志和生命意识，这部记录史在任何一部史书上都无法找到，也是一个远在朝鲜半岛的同胞和身在中国的汉族人感受不到的朝鲜移居民独特的精神世界。在艰难的现实面前，生活于夹缝中的朝鲜人试图交流、妥协，甚至不惜借助日本的力量，这是"农民道"和"北乡精神"产生的前身，也是集中了移居民生存意志的选择。在《北乡谱》中，安寿吉认为："我把朝鲜人开拓满洲的精神支柱看作是'稻魂'。'稻魂'简单地说，就是要有一颗把稻谷秧苗看作是自己子女的炙热的心。"① "农民道"是源自土地爱和民族爱的真挚情怀，在情绪的转化上，需要有和原始情感割裂的勇气。在那

---

① 연변대학 조선언어문학연구소, *중국조선민족문학대계 10 소설집 안수길*, 하얼빈 : 흑룡강조선민족출판사, 2001, pp.476-477.

个年代，对于选择接受"第二故乡"的人们来说，在这里不止于"定居"，而且要"生存下来"和"发展下去"。

第一节 定居者的希望和博弈

一 对永久定居问题的关注

对于赤手空拳移居到"满洲"的朝鲜人来说，如何在新居住地扎根下来是他们必须要考虑的问题。一般来说，主动迁移是为了获得更好的生活条件和环境，但对于一个被迫迁移的民族来说，生活质量的高低并不是他们关注的重点。伪满时期朝鲜人的移居受到社会环境的限制不同于常时其他民族的移居，在殖民侵略和极度贫苦的环境中生存的朝鲜人有着更强的定居意识，也对民族的永续发展更为关注。"满洲"是他们未来的故乡，对于这里他们投入了全部情感、也寄予了全部希望。

对于永久定居问题的关注，单从作品《第二故乡》的题目中就可以看出移居民欲驻留于"满洲"的强烈意识，主人公京哲在家族会上提出"扎根到哪里，哪里就是故乡"和父亲在临终前要求被埋葬在间岛的嘱托都印证了朝鲜人对于定居的鲜明态度，永久定居下来是他们在寻找到居住地之后重要而唯一的任务。"'生活在哪里，哪里就是故乡'、'只要生活下去，就会成为故乡'的坚定意识表明了对于失去国权的殖民地国民来说，永久定居是他们别无选择的选择。"[1]

玄卿骏的长篇小说《先驱时代》通过朝汉的民族冲突展现了移居民艰难的定居过程，虽然这一过程时而伴随着动摇和退缩，但新故乡建设的坚定意志却始终是作品的主旋律。

---

[1] 장춘식, *해방전 조선족이민소설연구*, 북경 : 민족출판사, 2004, p.78.

> 我们为什么离开故乡来到这里？故乡埋葬着祖先的尸骨、种下了我们的深情，为什么还要抛弃一切来到这里？……来这里绝不是为了享福和玩乐，我们怀有远大的抱负，所以今天的困难无论多大都要克服，再苦再难也必须要坚持下去，不是吗？[①]

这里的表述包含三层含义：一是故乡已不再是可以接受我们随时回归的故地，因为那里已经失去了生存的基础和条件，来到中国后不可能再走回头路；二是来到这里的"远大抱负"绝不是不劳而获、坐享其成，而是要获得只有经历无数磨难、付出辛勤汗水才能实现的长久定居；三是无论遇到怎样的挑战、遭遇怎样的困境，都不可以抛弃祖辈们披荆斩棘、洒下血泪留下的成果，要不惜一切代价完成他们未竟的事业。小说反映了"满洲"朝鲜人强烈的定居意向和顽强不屈的意志，作者试图借主人公的演说将这样的精神传播开来，在致敬于苦难移居史的同时号召人们将定居进行到底。虽然玄卿骏在《流氓》中表现了明显的现实呼应意识，但他对永久定居问题的关注却先于安寿吉，从北乡会时期"耕耘新土地"口号的提出到对"满洲"朝鲜人文学"当地取材、当地作品、当地发表"的关注即可以看出这一点。

如果提到对朝鲜移居民的"满洲"定居问题给予关注最多的作家，那么应非移民作家安寿吉莫属。在《稻子》、《牧畜记》和《北乡谱》等作品中，安寿吉都展现了一致的意愿：子孙万代都要把这片我们祖先用血汗浇灌的土地看作是新故乡，在这里筹划百年发展大计。对《北乡谱》的诟病主要来自它对社会主要矛盾的回避和现实顺应的倾向，但如果从永久定居这一角度来考察的话，那么它可以算是为民族从长计议的典范。

> ……如果把建国前称作是先驱时代的话，那么在那时把这里当作是生存地的父祖们曾经洒下过血汗。今天是这样一个时代，一个要我

---

① 연변대학 조선언어문학연구소, 중국조선민족문학대계（9）, 소설집—현경준, 하얼빈：흑룡강조선민족출판사，2002，p.584.

们在这片用血浇筑成的土地上埋下尸骨，并且为了我们的孙子、曾孙、高曾孙必须把它建成永远幽静而美丽故乡的时代，而建成这个幽静而美丽的故乡也正是前人的意旨。①

这是赞求在设计建设北乡牧场时亲自拟定的"趣旨文"，从牧场建设的目的可以看出，赞求已将这一建设看作是为"孙子、曾孙、高曾孙"奠定未来生活的基础，这个"幽静而美丽的故乡"凝聚着前人的血泪，也将"埋下我们的尸骨"，这种情感的投入代表了一个民族坚定的移居信念，虽然带有一种悲凉意味，但包含更多的却是他们对未来的筹划和憧憬。"作品虽然以满洲第二故乡的建设为基本主题，但可以说作家是在逆境中顺应满洲国国策的同时试图去寻找民族的出路。"②为了能够长久地扎根下来，现实生存是朝鲜人必须首先解决的问题。《北乡谱》中的主人公吴赞求属于"朝鲜现代农民小说中曾出现的'介入人物'——回归农业的进步知识分子的类型"。③农业的重要性不言自明，它是人类衣食的主要来源，也是整个社会的基础。无论是奴隶社会、封建社会、资本主义社会还是社会主义社会，处于任何阶层的人们都只有在维系生命存在的前提下才能从事其他社会活动。朝鲜人想要长久扎根，就必须保证在这里得到稳定的生活供给，而这一供给除进行农业建设外别无他法。因此，对农业和归农的重视也代表了移居民对永久定居问题的深切关注。

源自俄国的"到民众中去"（브나로드）运动从 20 世纪 20 年代中期传播到朝鲜半岛，20 年代以后很多高喊归农口号的知识分子开始出现在朝鲜的小说中，如崔哲的《兄弟》、李光洙的《土地》、沈勋的《常绿树》等作品，这是伪满时期小说"归农母题"的源头。归农小说的特征在于知识分子对农业的参与，他们的成功与否取决于归农动机的强弱和事业的推进程度。大多数作家将农民运动的方案设置在作品中，或进行文化普及，

① 연변대학 조선언어문학연구소, 중국조선민족문학대계（10）, 소설집—안수길, 하얼빈 : 흑룡강조선민족출판사, 2001, pp.289-290.
② 오상순, 중국조선족문학사, 북경 : 민족출판사, 2007, p.127.
③ 오상순, 중국조선족소설사, 심양 : 료녕민족출판사, 2000, p.128.

或扩大阶级斗争的力度,"以知识分子归农为主题的小说主人公大体按照'农村—城市—归农—农民启蒙运动'四个阶段来设计。"[①]这类作品的突出特点是没有将世界和个人、阶级和阶级的对立设置为主要矛盾,而是重在强调民族内部善与恶、进步和落后势力之间的较量。应该说,伪满殖民统治时期的归农刻画也因回避了当时社会的最主要矛盾,因此被认为不是一种积极应对现实的文学主题,而难逃回避现实矛盾、沉潜于理想世界的嫌疑。

安寿吉塑造的"归农知识分子"系列除《北乡谱》中的吴赞求外,还有《稻子》中的赞洙和《牧畜记》中的赞浩。赞洙在父亲的号召下建立学校、启蒙村民意识,这是新倾向派向卡普阶段性迈进的标志,具有一定的积极意义。朝鲜民众所遭遇的原住民的迫害、中国官军的干涉、胡贼的掠夺对他们生存的威胁都在作品中展现得淋漓尽致,但对于幕后的真凶——日本及其领事馆,主人公却怀着善意的态度。从《稻子》中的赞洙到《牧畜记》的赞浩,再到《北乡谱》中的赞求,不但主人公的名字相似,而且从思想意识到行为实践都具有高度的统一性。永久定居意味着与当地官民长期地和平相处,而这其中的"官"正是掌握实权的日本人,与他们的"和谐共处"的唯一途径就是屈从和接纳。在安寿吉看来,要想长久定居下来,归农知识分子的政策迎合和辛勤劳作是未来燎原的星火,只有通过他们的影响和带动才能最终实现朝鲜民族的"满洲"定居和发展。

在经历了"主题的模糊处理"之后,安寿吉在创作中开始逐渐展现出对统治秩序的接纳,并在"满洲"的虚像下设计朝鲜开拓民赖以生存的"理想乡"。但安寿吉在《北乡谱》中的现实回避和政策迎合态度只能算是一种乌托邦式的空想而已,因为在日本统治势力逐渐衰弱之时,在其框架下"北乡建设"的美梦是不可能延续下去的。应该说,他所主张的"永久定居"提议本身并无不妥,但其意识形态的局限性却使他未能走出历史意识狭隘的藩篱。

---

① 김호웅, *재만조선인 문학연구*, 서울:국학자료원, 1997, p.162.

二　北乡精神下的第二故乡建设

移居至"满洲"的绝大多数朝鲜人是农民出身，农民的生存不能离开土地，因此这一时期的文学都与农民和土地有着十分密切的关系。"满洲"虽然是一片沃土，但对于朝鲜人来说却是异乡。因此，朝鲜民族的"满洲"性格就是以农民为核心的主体在开拓"满洲"所创造的民族史中集中反映出来的。最初的朝鲜移居民越过图们江，在同险恶的大自然斗争过程中开垦了千年的荒芜地，并稳固了民族生存的根基。开拓过程中经常有土匪、强盗和军阀的出没，朝鲜民族付出的血泪和艰辛是外民族无法体会的。前期的移居苦难加深了他们对新故乡的热爱，也锻炼了他们在恶劣环境中生存下去的坚韧意志。对于"北乡"，安寿吉在小说《北乡谱》中把它定义为"子孙万代生存下去的宁静而美好的故乡"。朝鲜移民带着对未来的憧憬北上，在踏上这片土地之时就已投入深挚的感情并把这里认定为自己的新故乡。农民对北乡的爱表现为对农村和农业的挚爱，这种挚爱浸透着强烈的生活韧性和强大的生存能力。热爱"满洲"就是要把它建设成美丽的故乡，并成为这片土地堂堂正正的主人，这就是"北乡精神"。

安寿吉是从 30 年代"北乡会"成立到日帝投降为止一直走在"满洲"朝鲜文坛前列的作家，通过"满洲"生活体验，他在作品中以现实主义手法展现了间岛移居民的生活现实，对"满洲"朝鲜人的开拓史和定居史进行了始终如一的探索和形象化。他所倡导的"'北乡精神'是为失去国家和生存根基、在异国流浪的朝鲜人树立一个生活的新坐标。为形成民族一体感，精神上的凝集力是无比重要的。这是给予失乡的惨淡生活注入活力并强化共同体连带意识的重要因素。"[①] "从 30 年代初的'北乡会'到日帝灭亡为止的'满洲'朝鲜人文坛，安寿吉的作品无论量还是质都处于先导地位，他对民族开拓史和定居史进行了最基本和始终一贯的主题探

---

① 문현기,〈안수길의 소설과 간도체혐〉,〈한국현대소설사연구〉, 제 373 페지.
오상순, 중국조선족문학사, 북경 : 민족출판사, 2007, p.126 의 재인용.

索和形象化。他是这一时期的文学旗手，也是展现这时期文学基本走向的作家。"①

在《北乡谱》之前，安寿吉在《牧畜记》中就已经显露出朝鲜人对于第二故乡建设的热切关注。作品中赞浩抛弃教员的职位而选择牧畜业的原因在于"第一，自己没有为学校立下功劳，而且也不似亡命于间岛的志士一样拥有演讲家的口才；第二，拥有一百五十万同胞的农村在热切地期待学习者的出现。"②赞浩在小说中被塑造成一个热衷于回归农村、振兴农业的积极知识分子形象，这样坚定的信念和实践主要来自父辈的影响，他传承了祖辈们顽强的生存意志和义无反顾的定居信念，进而进行新故乡的建设。

安寿吉的"北乡精神"和新故乡建设理念在他的《北乡谱》中最为集中地展现出来，这也是最能代表他政治理念的一部作品。

"本道章是在立足于北乡精神的农民道指引下，实施知行合致的实践性教育，并旨在培养人才，这种人才应率先实践躬行道章的启发建设。怎么样？"

……

"那里确是我的故乡、我的本土。但离开故乡来到新的土地，就要把这里当作是新故乡，在这里延续百代千代地生活下去，斧头下去的地方就要给人们确定的指导精神。"

"这个指导精神就是农民道。"③

从两位老人的对话中可以看出，"北乡精神"落实到实践中就是立足于农业和畜牧业的发展，在此基础上将其延传至下一代并拓展开来。这种精神是安寿吉试图通过作品传达出来的意向，也体现了他为民族发展做出的筹划。《北乡谱》中吴赞求虽然在承认日帝统治下的傀儡国家——'满

---

① 김호웅, *재만조선인 문학연구*, 서울：국학자료원, 1997, p.168.
② 위 책과 같다, p.155.
③ 연변대학 조선언어문학연구소, *중국조선민족문학대계*（*10*）, 소설집—안수길, 하얼빈：흑룡강조선민족출판사, 2001, pp.298-299.

洲'国的同时筹划建设这个'美丽的故乡'，但小说在北乡牧场的再建过程中反面势力被正面势力压倒，移居民由此扎根的主题却被卓有成效地表现出来。"①日本傀儡"满洲"政府的建立意味着一个新的统治秩序的确立，这一新秩序强求所有人的顺应。在恶劣的自然环境和社会环境中，朝鲜民族不能不思考"如何生存下去"。对于这一问题，人们采取了不同的解决方式。如果说崔曙海、姜敬爱和金昌杰作品中描述的抵抗和斗争是积极的生存方式的话，那么安寿吉在《北乡谱》中的妥协和顺应就属于消极的生存方式。"对于在满朝鲜人的定居和第二故乡的建设问题，他提出了'文化开拓民'这一构想。"②这一提法建立在乐天精神基础之上，带有明显的乌托邦色彩，但却反映了当时很多"满洲"朝鲜人的愿望。它为民众绘制出了一幅美好的蓝图，虽然实现的征程漫长而艰辛，但这一目标的确立坚定了人们继续生存下去的信心，在黑暗中点亮了希望之火。

事实上，"北乡精神"的出发点确实在一定程度上带有对日本殖民统治依赖和顺应的色彩，但当主张反抗的作家们在作品中纷纷倾向于绝望和无助的时候，这种改良也不失为一种权宜之计。对于当时在中国已经扎根几千年的原住民来说，外族的移居和定居必定会给自己的生活带来影响。虽然表面上他们提出互助扶持、和平共存的口号，但在实际融合过程中却冲突和矛盾不可避免。中国人的排斥使朝鲜人不得不寻求其他依靠，而当时除了殖民统治者的庇护外再无他处可寻，这对于身处其中的安寿吉来说是不得已的选择。在当时的社会环境中，"生存下去"要比"如何生存"更重要。可以说，安寿吉的北乡精神是从最底层的民众生存问题出发而提出的解决方案。在获得基本生存条件之后才能让民族真正扎根下来，才有考虑发展和强大的基础。这样看来，对于"北乡精神"的价值判断，不应仅仅以是否顺应伪满洲国统治理念的单纯尺度来考量，从民族存续的角度来看这一提案仍具有一定的合理性。

《北乡谱》没有涉及当时社会最直接的民族矛盾和阶级矛盾，而是将

---

① 김호웅, *재만조선인 문학연구*, 서울 : 국학자료원, 1997, p.165.
② 오상순, *중국조선족문학사*, 북경 : 민족출판사, 2007, p.147.

民族内部矛盾设定为矛盾中心，因此有人认为它是"顺应满洲国策地刻画移居民生活的作品"、"鼓吹'王道乐土'和农村振兴运动，为日本帝国主义服务、欺骗朝鲜移居民"的作品。①事实上，《北乡谱》确实存在呼应伪满国策的理念，而且没有将社会的基本矛盾作为中心来表现。作为在伪满机关报纸《满鲜日报》上发表的作品，"如果作家在小说中把和日帝的对决设定为当时社会的基本矛盾，或者没有顺应满洲国策的表现，那就完全不会有发表的可能性。"②为了在恶劣的环境中生存下去，安寿吉首先选择的是发出自己的声音，让朝鲜人感应到他的号召和倡议。因此，避开敏感主题是作家特殊时期不得已的选择。相比较那些回避现实、沉沦堕落的人们，号召民众热爱和建设新故乡也带有一定的积极成分。

在肯定倡导"北乡精神"积极作用的同时，我们必须看到它的问题。小说将妨碍牧场建立的朴秉义和其他没有民族意识的人物看作是主要对立派，按照作者的设想，民族内部的矛盾解决就可以顺利地实现永久定居。但事实并非如此，在民族矛盾解决的前提下，朝鲜移居民所在的大环境——伪满洲国的统治本身也是一个巨大的矛盾体。"满洲"政府作为日本的傀儡政权，他们的存续是以日本侵略战争的胜利为前提的。在日本殖民统治日渐衰弱的后期，"满洲国"本身都已岌岌可危，民族的蓝图又如何描绘下去呢？事实上，生存和发展的筹划必须建立在稳固的根基之上，将民族的未来托付于逆历史潮流而动的侵略者身上势必会终得一场空。我们不否认安寿吉对于民族前途积极关注的热情，但也必须从现实的角度给予理性的评价。

在定居问题解决的前提下，生存问题开始上升为朝鲜移居民的首要问题。安寿吉在作品中提出的北乡精神和第二故乡建设集中代表了移居们在民族发展前程上所进行的深入思考，思考之后的抉择表现了一种包容和转变。这其中既包括对未来的希望和憧憬，也饱含了文化转换过程必经的排斥和阵痛。安寿吉作为移居民中具有一定先觉意识的知识分子，通过文学

---

① 오상순, 중국조선족문학사, 북경：민족출판사, 2007, p.126.
② 위 책과 같다, p.127.

创作积极地反映了伪满殖民统治期间移居民在生活态度、情感意识和政治理念上的变化。这些作品不但再现了定居下来的朝鲜人内心经历的希望和痛苦，同时也将移居民对于第二故乡建设的热切期望和坚定信念以移居精神史的形式记录下来。

三　移民二代教育问题

"移居民在克服民族悲剧的意志上主要体现为两种形式：一是为实现经济独立所做的斗争，二是通过教育为培养后代民族意识而付出的努力。"①在为实现民族成功定居理想的过程中，"满洲"朝鲜人始终挣扎在饥寒交迫的边缘。而当生存的需要刚刚被满足之时，他们就将焦点转向到关注如何发展的问题。因此，移民二代的教育问题是朝鲜人一直以来十分重视并倾注心血的重要议题，这也使得它成为文学作品中经常被关注的主题之一。

一般来说，我们把成年以后移居的人称为一代移民，他们在移民之前已经完全掌握了本国语言并熟悉和认同了本族文化，所以在进入一个全新的环境时会感到非常陌生和难以适应；而在未成年时随父母移居至外国的则属于二代移民，他们年龄较小，对于移民地风俗接受的难度远远小于成年人，能够在移居地接受教育过程中较好地掌握当地语言并适应当地的文化。20 世纪初朝鲜向中国东北的大规模移居人数众多，而且大多是举家搬迁，因此二代移民数量众多，对于他们的教育问题也自然成为朝鲜人在定居之后首要考虑的问题。

如果说《黎明》是一部前期移民苦难史的记录的话，那么它所记录的也是一种失败的定居。在接下来的《稻子》中，安寿吉开始对如何成功定居的问题倾注了更多的心血。《稻子》和他前期的作品《黎明》和《圆觉村》相比，表现出了主题挖掘的深入性，这种深入性包括三个方面："第

① 박은숙, 일제강점기 재중 조선인 문학 연구, 북경：민족출판사, 2007, p.109.

伪满时期"满洲"朝鲜人文学研究

一，这是通过'稻子'对开拓民的移民行为进行正式的描写；第二，涉及了与中国人的关系问题；第三，二代教育的问题。"①小说分为前后两章，前章着重表现移居农民的受难史及其克服过程，而后章部分则将重点放在了对子孙后代发展的关注上，其核心是移民二代的教育问题。

鹰峰屯的朝鲜移居民在经历了十余年的开拓过程之后，实现了稻子的成功种植，居民户数也由原来的十余户发展到加之邻村的近两百户。在消除了与当地居民的矛盾并形成部落之后，朝鲜人的生活逐渐有了富余。那么此后，他们认为最重要的问题便是为子女接受正常的教育而建立学校。

> 学校的中心地建在鹰峰屯很必要。
>
> 大家这样议论着。
>
> 但问题是人们对种植水田很熟悉，可对如何建学校却是一无所知。当务之急是找到一个能筹划此事的人。
>
> 基于渴求人才之心而期盼一个指导者的出现，是鹰峰屯二百号居民共同的渴望。这是吃饭问题解决之后另一个重要问题。②

从人们对建立学校重要性的认识中可以看出，朝鲜人把教育看作是仅次于吃饭重要的大事来解决。众人的齐心讨论和全力支持是成功寻得筹划者的前提基础，他们十分清楚实现教育的前提是拥有传播知识的教师，而赞洙正是这样一位执着于教育事业的教师。作为日本留学归来的知识分子，赞洙因在朝鲜国内执教过程中参与到学生的同盟休学运动中而被捕入狱，这一经历使他对朝鲜国内日渐削弱的反抗斗志深感失望。为寻找新的用武之地，他决定响应父亲的号召来到"满洲"任教，也希望通过知识的传播来回报村里为定居而付出艰辛的人们。作为知识分子，赞洙身上体现出了朝鲜人尊师重教的优良传统；而作为对抗事件的领导者，赞洙的行为

---

① 장춘식, *해방전 조선족이민소설연구*, 북경：민족출판사, 2004, p.87.
② 연변대학 조선언어문학연구소, *중국조선민족문학대계（10）*, 소설집—안수길, 하얼빈：흑룡강조선민족출판사, 2001，p.249.

则印证了朝鲜人对二代教育问题的执着。

后章部分主要以移居民在建立学校过程中遭遇的阻碍和人们为此做出的抗争为主线展开情节。由于新县长对日本人和朝鲜人存在敌视和偏见，使得他对学校建设持强烈反对态度。在他的阻挠下学校建设难以为继，但赞洙仍继续带领移居民试图强行建设。得到这一消息，新县长直接派出了陆军便衣队纵火将学校建筑烧毁。面对这样的野蛮行径，移居民果敢地站在了武装分子的枪口前与之对立。在强大的敌人面前，朝鲜人为实现二代教育理想的果敢和勇气令人折服。然而，在朝鲜半岛都被日本人侵占的情形下，他们却在等待和企望日本侵略者的援助，这不能不说是一种无奈之下的民族悲剧。安寿吉对于民族发展追求的执念使他在理想和主义的权衡中，将选择的天平倾斜到有利于眼前利益获得的一方，而这样的短视必然会造成作品历史意识的下降。

此外，在之后体现安寿吉最高创作水准的长篇小说《北乡谱》中，他也继续表现出了对于二代教育问题的关注，可以说这部作品是体现作家艺术成就最为集中的经典之作。它的核心理念在于对"道魂"的释义和阐发，为在移居民内心种下"农民道"的种子而设立的道场，其中建设的重要一环就是学校的建立。

就这样，66岁之时在异域为后辈的教育和教化事业献身，可这种精神却不被世人所理解。到了晚年，这个毕生的事业处于危机之中，未能抓住妻子和弟子的手腕、在不遇中临终郑学道，他的一生是干净的一生，郑学道式的临终。[①]

在道场建设事业尚未成功之时已然离世的郑学道，把毕生的精力都投入到道场和学校的建设之中，在临终前仍在为未竟的事业无法释怀，可见他对教育事业的深切执着和热爱。在以北乡精神和农民道为中心的教育活

---

① 연변대학 조선언어문학연구소, 중국조선민족문학대계（10），소설집—안수길, 하얼빈 : 흑룡강조선민족출판사，2001，p.325.

动中，努力培养具有实践能力的有用人才才是当务之急。早在农民牧场设立之初，郑学道就提出了"知行合一的实践教育，率先于启发建设，培养出躬行的模范人才"这一牧场建设理想。知识分子认识到了在新土地上扎根的关键问题在于谋划子孙万代的繁盛和发展，这是一项十分紧迫的任务。可以说，《北乡谱》之所以被称为安寿吉的代表之作，这其中为民族未来筹谋观点的提出占据了重要比重。

除安寿吉之外，其他移民作家也对移民二代教育问题给予了一定程度的关注。金镇秀的《移民的儿子》以二代教育为中心，讲述了移居初期的朝鲜人在子女教育问题上发生的纷争和矛盾。甘于奉献的泰燮老师、强烈渴望知识的突巴宇是朝鲜民族尊师重教、着眼民族长远发展的代表，而反对孩子接受教育的家长们则代表了移居民中目光短浅的一部分人。泰燮老师在被人怀疑诬陷赶出村子后，在日本人的帮助和调解下通过突巴宇的翻译而重新回归并得到大家认可。从作品获得 1940 年《满鲜日报》新春文艺的一等奖这一事实来看，它迎合了傀儡满洲政府的政治取向。获得日本人的帮助这一非民族性因素是作品受到非议的主要原因，但也从另一个侧面反映了移民二代教育事业的艰难。如不借助外力，移居民很难冲破阻力凭一己之力去完成它。《移民的儿子》不仅表现了移居民团结协作、克服困难的一面，也展现了朝鲜人内部排挤和倾轧的民族劣根性一面。但民族内部纷争的这一面却被无限地扩大，甚至掩盖了核心矛盾。"由于发表于《满鲜日报》，所以这部作品没有把民族矛盾和阶级矛盾等当时的基本矛盾作为中心，而是把移居民的无知、无理和利己等问题作为当时的基本矛盾和社会本质。"[①]这种避重就轻的主题取向力图将读者关注的重点转向民族内部，从作者趋向于迎合政府的做法可以看出，这一作品在矛盾本质的挖掘上仍缺乏历史深度。

在处理与移民二代的关系问题上，李学仁的《老先生》没有直接涉及知识性教育，而是树立了一个为学生牺牲生命的教师的光辉形象。作为一名小学教师，金富铉老师为了保护学生白世鸣而将偷书的罪名承担下来。

---

① 오상순, 중국조선족소설사, 심양：료녕민족출판사, 2000, p.88.

事件被查实后，他在警察局的严刑拷打下含冤去世。这部作品突出强调的是教师为保护学生的大义之举，但这种保护和牺牲在根源上却是建立在对教育事业和学生深挚热爱基础上的，也是移居民对未来继承者关爱的直接体现。二代的教育问题是移居生活重要的组成部分，对教育的重视程度直接决定民族未来的素质和发展，这一看似简单的问题实则影响重大。"《老先生》刻画了一个为保护生活困难但具有发展前途的学生而牺牲生命的正直教师形象，但这种信念的处理似乎太过简单。"①教师的悲剧没有被提升到社会层面，伪满政府对于朝鲜移居民教育事业的漠视和朝鲜人自身重视教育的矛盾一直在深层次存在，遗憾的是却未受到足够的重视。作品意识到了这一问题，但却没有进行深入的挖掘并提出解决方案，这不能不说是一种缺憾。

"满洲"朝鲜人的定居之路艰辛而坎坷，但具有前瞻意识的移居民却在不断的摸索中找寻着未来生活的出口，即对二代教育问题的关注。教育作为定居大业的重要组成部分，一直以来受到深切关注民族长久发展的朝鲜人的高度重视。对它的关注以承载移居苦难和殖民压迫为前提，在永久定居民族理想的指引下包含着朝鲜人历史承袭而来的教育至上理念。作为与朝鲜移居民生活密切相关的主题，此类内容在作品中经常被涉及，但却从未被作为专题进行过研究。多方位的视角探知和全面的主题整理仍是迄今为止"满洲"朝鲜文学研究较为欠缺的一个方面，也是需要在以后的研究中需要不断补充和完善的重要方面。

第二节 以定居为核心的文学模式

伪满时期"满洲"朝鲜人文学进入中期以后，多数作品开始体现出为实现定居而努力的倾向。"满洲"国的建立使朝鲜人的生活境遇越发艰

---

① 채훈, *일제강점기 재만한국문학연구*, 서울 : 심천 깊은샘, 1990, p.133.

难，他们不得不去探寻生活的出路、寻找未来的方向。在这一过程中，朝鲜人首先必须接受作为"满洲人"这一新身份，这不仅是实现定居的思想前提，而且也将为民族的长久发展做好铺垫。在历经移居前期外族的排挤和欺压之后，朝鲜人开始试图去接受外族文化，并进入与其他民族的磨合阶段，这一过程中必然伴随着矛盾与冲突。思想层面对"满洲"的接受和对故国的眷恋在对立和统一的激烈交锋中以一种前所未有的气势荡涤着这个民族的灵魂，他们在情感的碰撞中谱写着浸满了血泪的移民定居史。因此，新身份认同、开拓民与原住民的冲突、"满洲"爱与民族爱的对立和统一作为几种具有代表性的文学模式在作品中体现出来，这些模式也代表了以定居为核心的文学在形式上的特点。

一　新身份的认同

朝鲜移民文学以 20 世纪 30 年代为界，分为前期和后期两个阶段。前期作品带有较为浓厚的朝鲜色彩，主要以民间文学、抗日诗歌和戏剧等形式为主，这时的文坛尚未形成稳定的创作队伍。而后期在"北乡会"成立之后，随着"满洲"朝鲜职业作家队伍的扩大和文学修养的提高，创作题材更加广泛、内容和形式也更加灵活，在作品模式上开始展现出对民族定居和身份认同的关注。

作为在 20 世纪 30 年代前半期出现并繁盛的抗日戏剧，其中很少出现有关朝鲜人身份认同的内容，但《战斗的密林》却有所不同。这部作品虽以强烈的民族对立和阶级对立为主要结构，但其身份认同意识和第二故乡意识却十分引人注目。农民对于身份的认同与土地有着直接的相关性，当把第二故乡的土地认定为生活的根基之时，就预示着其新身份意识萌芽即将出现。将自己看作是"中华民族"一员的事实说明他们此时已出现身份属性改变的理念，这种理念代表了未来所属的趋势和方向。作品虽然未以身份认同作为结构，但却初步展现了朝鲜人对新身份认同的端倪。

"民族身份认同是人身份认同中十分重要的一部分，是指个人因共有的民族特性而对民族共同体感到的归属感。"①具体包括作为一个群体成员的自我认同、对群体的归属感、依恋感、积极的态度以及社会实践和文化传统的参与。共同体以组织、民族或国家的形式存在，人们作为其中一员不会以个人判断行事，而是会受到集体意识的巨大影响，在共同体中他们分享荣誉、承担责任并履行义务。民族身份认同以文化认同为基础，其过程也表现为文化认同的内容。个人的归属感会在共同的历史、文化习惯和传统中形成，然而在社会发生急剧变化之时，他们共同经验和习惯的意义就会受到质疑、身份认同受到挑战，进而促使其摸索适应环境的新本体性。费倪将种族身份认同过程分为四个阶段，即弥散、排他、延期补偿和接受。其中第三阶段是个体将自身认同拓展到群体中，对群体的认同进行探索。在这一过程中个体同时会产生一种文化热情，开始从事许多活动，从而达到种族身份认同的获得。

"满洲"朝鲜作家在移民初期的创作中表现出的仍是作为朝鲜民族一员的身份意识，这一点主要体现在其作品中的中国人物形象几乎都是作为反面人物出现的。朝鲜人虽已身在东北，但内心中却将自己区别于其他人，这一时期他们是作为一个完全的朝鲜人存在的。如崔曙海的《吐血》、《饥饿与杀戮》中的中国人在朝鲜人眼中都是贪婪、肮脏、凶狠的形象，朱耀燮的《人力车夫》、《杀人》等作品也表现出了对中国人的偏见。此时朝鲜人的自我身份意识十分强烈，对外民族的否定建立在了以本民族意识为中心的基础之上。但到了移居后期，朝鲜作家笔下的中国人形象则开始出现了变化，他们有了阶级的分化，贫苦阶层的中国人开始展现出了勤劳、真诚、温顺的本性，如姜敬爱的《菜田》和安寿吉的《北乡谱》中出现了朝中民族互助的情节，这些变化说明"满洲"朝鲜人转变了对中国人的原有观念并逐渐融入其中。当然，在这个共同体中他们仍有别于其他成员，这种区别来自朝鲜民族传统本体和"满洲"国民本体的二重性。然而现实中的朝鲜移居民却有着比这二重性更为复杂的现实处境：自身处于侵

---

① Shibutani, Tamotsu, and Kian Kwan, Ethnic Stratification, *A Comparative Appr oach,* New York: The Macmillan Company, 1965, pp.499-514.

略祖国的魁首——日本的统治之下，但为应对当地中国人的排挤和欺压却不得不依附于日本侵略者，这种错综复杂的身份和处境在朝鲜移居民历史上也并不多见。

很多的"满洲"朝鲜作家都经历了从朝鲜人到"满洲"朝鲜人的身份转化，在对新身份认同的过程中包含了他们对原有民族性的舍弃和对新统治秩序的接纳，因此受到了很多的质疑。从历史上来看，这样的变化并不是在短时间内形成的。当时活跃于文坛的满洲朝鲜作家多数出生于"韩日合并"前后，他们的成长一直伴随着日本统治思想的传播和渗透。在这样的环境中，他们的朝鲜民族性不断地被削弱，而殖民统治下"民族协和"思想却逐步被加强。社会文化环境对朝鲜人长期潜移默化的影响降低了他们新身份接受的难度，同时也加快了其接受速度。进入伪满时期以后的作家，有别于 20 世纪 20 年代作家重视对生活苦难原因的挖掘，他们更多关心的是以怎样的方式在这里继续生存下去。因此，在文学模式的表现上这一时期出现新身份认同的趋向则不足为奇。

"虽为朝鲜人，却与朝鲜半岛的朝鲜人不同，他们带着对自身新国民的身份认同，或称其为作为移居民的生存欲求，并站在移民作家的立场上将其表现出来。"①作为《满鲜日报》收录的作品，咸兴洙的《归国》展现了移居民接受二重本体身份过程中经历的阵痛。当再次回到朝鲜故乡之时，面对故国人对自己现在居所的询问，他们感到无法回答。"不再是朝鲜人"的感受源自新身份认同，这种痛感在于"过去"和"现在"的碰撞，现实要求他们必须直面这种痛苦和诀别。对于姜敬爱来说，从《菜田》、《足球赛》到《盐》和《人间问题》几乎都在以阶级对立的视角来透视生活苦难的根源，她没有从其他角度去摸索朝鲜人未来的生存方式，而是以越发绝望的抛物线模式结束了自己创作历程。从阶级的视角审视朝鲜移居民族的社会问题，姜敬爱在新身份认同的接受上属于相对迟缓的一类作家，但从作品中仍能看出她在这一问题上以阶级弱化的方式展现出的变化，即对原有身份纯正性防御的松懈。与姜敬爱不同，金昌杰在《第二故

---

① 장춘식, *해방전 조선족이민소설연구*, 북경 : 민족출판사, 2004, p.243.

乡》中表现出的强烈生存意志则成为新身份认同的宣言。"生活下去就会成为故乡"的提法体现了他对"故乡"这一概念的真实理解，新故乡的接受意味着新身份的变化，而这种新身份正是展开移居地新生活的精神前提。身份认同的转变和接受代表着朝鲜民族关注重心的变化，这也为其实现成功定居种下了意识种子，重要性自是不言自明。此外，从安寿吉的《黎明》、《稻子》到《牧畜记》、《北乡谱》可以勾勒出他对中国人观念变化的轨迹：《黎明》和《稻子》中提及的中国人很少，即使出现也多为恶人，但在《牧畜记》中"老宋"逐渐表现出了希望与中国人交好的愿望和事实，《北乡谱》中的郑学道则透露出智慧地生存方式即改变对中国人的态度。"作家已经将移居民的生活融入身份认同的共同体，与中国人的和谐互助、共同生存被认为是最理想的生活状态。"①

　　"满洲"朝鲜文人对于身份认同的变化轨迹与作家的生长环境有着密不可分的关系。早在伪满洲国建立之前，朝鲜半岛和中国东北地区就已经出现了民族意识弱化和日帝殖民思想强化的趋势，这样"一降一升"的变化在无形中降低了朝鲜人对新身份接受的难度，安寿吉创作的倾向变化正是这一事实的直接证据。此外，20 世纪 20 年代朝鲜文坛新倾向派所提倡的阶级思想也为这一时期的身份变化从阶级角度提供了前提，这一点从姜敬爱、金昌杰和玄卿骏侧重于阶级身份变化的倡导可以推知。文学中表现出的新身份认同模式，既是朝鲜民族寻求未来生活的思想开端，也是将现实顺应甚至体制协力合理化的口实。因此，对于新身份认同意识应将其归为一种介质模式，从这一理念出发可以蜕变出不同的文学价值导向。

二　开拓民与原住民的冲突

　　移居，意味着生存场所、气候环境和生活方式的完全转变。这些变化考验着人的生存能力和适应能力，同时也挑战着人的心理承受能力。20 世纪初大批向中国东北移居的朝鲜人就经历过这样的考验和挑战，他们不仅

<hr>

①장춘식, *해방전 조선족이민소설연구*, 북경 : 민족출판사, 2004, p.241.

要忍受物质上的极度匮乏，还要以尊严和人身自由为代价来维持基本的生存。在没有房屋和生产资料的情况下，他们把女儿或者年轻的妻子抵押给当地地主，以获得房屋、粮食和工具。辛勤劳作后，秋收时又要支付高额的租税来赎回抵押。年复一年的高利贷就像一个无底的陷阱，不断榨取着移居民的血汗资本。如果遇到收成不好而交不上租税，他们的妻女就会沦落为地主家的妾或者用人。很多朝鲜移居家庭都未能免除这样的厄运，但为了生存他们又无法走出这一藩篱。汉族地主的剥削压迫和官厅的搜刮欺诈是朝鲜移居民不可逃避的一劫，很多"满洲"朝鲜文人的作品就是以开拓民与原住民的矛盾为主线展开故事情节的。

金昌杰的《无贫沟传说》是一部对开拓民和原住民矛盾刻画最为典型的作品。作品讲述了朝鲜人金氏带着全家移居到中国后被汉族地主设计陷害欲掠走妻子、在表示拒绝后被地主用枪打死而其妻也随后自杀身亡的过程。为维护生存的尊严，朝鲜人付出了生命的代价，移居的梦想尚未展开就惨遭横祸而致家破人亡。这个悲剧显然源起于中国地主无贫，他的贪婪暴烈是冲突对立的源头，而金氏的刚毅不屈最终酿成惨剧。作为一部对立结构贯穿于始终的作品，无贫之前的假意援助就出自他的罪恶目的，这为后来矛盾的升级做出了铺垫。在矛盾冲突达到顶峰之时，最后用移居民的牺牲打破了这种对立。但金氏夫妇的死并不是小说的结局，在结尾处他含冤的灵魂又回来重寻无贫一家报仇。

　　　　千氏抬眼看着前面长亭右边的陡坡处，当看到一棵小树旁的新坟时不禁叹了一口气。

　　　　"啊，千氏快看那里！"顺着富岭家尹氏手指的方向，大家一齐看过去。

　　　　"啊，那不是人，人是不可能上到那上面去的。"

　　　　千氏也定睛瞧着远处的山陡坡处。

　　　　"嗯，呵，那不是金氏吗？"

　　　　"是啊，金氏又活过来了！那么冤死去的，能真死去吗？"

　　　　"嗯，穿着长袍，走路挺胸抬头的样子和以前一样，没错，就是金氏!"

……

　　金氏坐都没坐,直接朝着无赀家的方向冲去。

　　"我的死哪会就此为止? 不去报仇我怎能就那样死掉? 你们看着吧,结果会怎样!"说着,金氏又重新迈开脚步大步流星地朝无赀家方向走去。也不知发生了什么,村里人瞪大了眼睛说不出话来,只是呆呆地望着金氏。①

　　这一段有关金氏重新幻生以后的描述带有浓厚的虚幻色彩。对于朝鲜人金氏来说,生前在与原住民的对立中始终处于人为刀俎、我为鱼肉的被欺压宰割的劣势,但在其死后灵魂却重寻无赀家报仇。这一情节的设计是对矛盾双方悬殊地位的一种补偿,之所以如此,一方面是作者受到朝鲜传统小说"善有善报、恶有恶报"模式影响而加入的幻想,另一方面也透露了移居民在生前与原住民的矛盾冲突达到了死后都无法释怀的程度。

　　作为在伪满时期朝鲜人定居生活的描绘上倾注极大热情的移民作家,安寿吉的作品中在开拓民与原住民的矛盾表现方面也十分具有代表性。在小说《圆觉村》中,作者通过韩益尚这一恶人形象的塑造,为作品对立格局的形成和悲剧结局的造成做出了铺垫。因父祖一代就已移居至"满洲",因此韩益尚虽祖籍为朝鲜,但却自出生起就受到"满洲"文化的熏陶。他不但加入了"满洲"籍、精通"满洲"语,而且还与地方官厅的关系十分密切。他利用自己入籍的身份,在买入移居民土地时极尽榨取之能事。不仅设法霸占他们的土地所有权,还与官厅的职员、巡警和陆军相勾结,对稍有反抗意向的人们竭力实施打压和迫害。这种无恶不作的"二汉人"与《黎明》中的朴致万如出一辙,皆以欺压同族人的恶棍形象示人,并以原住民的身份与朝鲜开拓民形成了势不两立的对立关系。

　　韩益尚长久以来的恶贯满盈为作品对立矛盾的形成奠定了基础,但最

　　① 연변대학 조선언어문학연구소, 중국조선민족문학대계 (11), 소설집—김창걸 외, 하얼빈 : 흑룡강조선민족출판사, 2002, pp.33-34.

终将对立推向高潮并走向毁灭的还是源于韩益尚积习已久的恶行。他对亿锁的妻子垂涎已久，设计欲实施暴行，其后被发现而惨死于亿锁的刀斧之下。韩益尚的死虽未能根除背叛民族的一类人，但至少从作品中体现出了恶人不得善终的常理。通过民族背叛者形象的塑造，安寿吉将"满洲"的混乱相和同族欺压的事实暴露出来，同时也指出当时的社会矛盾不仅存在于异族之间，同族开拓民和原住民的对立也是伪满时期错综复杂矛盾的重要组成部分。

如果说之前有关民族冲突描写的作品都是小规模的个人冲突的话，那么到了《稻子》安寿吉对于开拓民和原住民矛盾的刻画就上升到了集体对立的高度。整篇作品分为前后两章，前章以开拓间岛过程中的水田开发为中心展开朝鲜移居民和中国原住民的矛盾，后章则以建设移民二代学校的问题为主线展开移居民与中国官员的摩擦。这部作品首次以大规模对立的模式来描写朝鲜人在移居过程中付出的惨痛代价，旨在表现外部矛盾对于朝鲜人生活的巨大影响。对于朝鲜人来说，在克服了移居过程中的种种困难后准备扎根的阶段，和中国人的矛盾是不可避免的。外民族的迁居和农业生产争夺本地的土地资源是不争的事实，加之语言不通造成的误会，必然会导致民族间的种种问题和冲突。矛盾冲突中，益洙的牺牲给移居民提出了一个问题：是给他报仇后永远离开这里，还是继续生活下去？以往曾有过的徘徊和踌躇开始从个人内心外化为集体的讨论，最终他们达成了一致，

> 从这里离开意味着我们输了，实现最初来到这里的目的就是一种胜利……开拓这里的荒地，我们必须咬牙坚持下来，一直到这里被稻子填满为止……[1]

移居的脚步不能因个人的牺牲而停止，在处理完益洙的后事以后他

① 연변대학 조선언어문학연구소, *중국조선민족문학대계 (10), 소설집—안수길*, 하얼빈：흑룡강조선민족출판사, 2001, pp.235-236.

们更加紧密地团结在一起，朝鲜人的精诚合作和辛勤劳作使鹰峰屯的水稻种植终获成功，这为以后的长期定居奠定了坚实的一步。最初的朝汉民族对立看似阻碍了朝鲜人定居的步伐，但在这里却被处理成加快定居进程的助推因素。如果说个体矛盾展现的只是一种定居苦难的话，那么集体矛盾在这部作品中则被转换成了提升民族凝聚力的催化剂。因此，可以说安寿吉的作品无论取材于哪种形式，最后都在极力呈现出筹划民族发展的中心效果。

小说的后章部分以朝鲜移居民和中国县长的矛盾为主轴，但较前章有所不同的是，在朝中的民族矛盾中加入了日本因素。在定居和农业生产等生存问题解决之后，移居民开始着眼于发展。朝鲜民族自古以来就十分重视教育，移居民的子女在间岛因语言不通不能直接进入当地学校就读，这样的状况将直接影响到下一代素质的提高，因此人们开始考虑建立自己的学校。提出这一设想的赞洙曾在日本留学并接受过良好的教育，在他筹谋建立学校的过程中得到了日本人的积极支持和援助。"安寿吉作品中首次出现的日本人形象是一个善良而且执念于国际友爱的慈善家这一点十分值得瞩目。"①作品中这一形象的塑造让人很难与现实中凶狠残暴的日本人联系在一起，这也反映了安寿吉对日本人的印象和态度。在学校尚未建成时，中国的新县长就将学校烧掉了，理由是建立学校会使日本在此建立领事馆，进而将朝鲜人归为日本国民，对此他们不能坐视不理。面对这样的欺压，朝鲜人自然不会屈服，但他们的抗议却遭到了县政府陆军的镇压。在强权面前，朝鲜人没有投降和放弃：

赞洙的头扎在水里，埋在土里的胳膊用仅有的一点力气再次抱住泥土和稻秧。

人们趴着。陆军们手里的枪一直瞄准着，他们没有丝毫动摇、恶狠狠地盯着趴着的人们，这样的僵持和沉默持续了很久。

村子里的狗狂吠着，早上的太阳已经探出了山头。

---

① 오상순, 중국조선족문학사, 북경：민족출판사, 2007, p.145.

被烧的学校还在杂草中冒着烟。

去中元那里的人们还没回来。

但他们一定会回来的。

枪朝着天空架着，人们没有受伤。[①]

　　小说的结局比较模糊，在矛盾达到顶点的时候人们选择用抗争去维护尊严，最后的对峙也表现了朝鲜人在枪口前的坚毅和不屈。最后的对立没有给出化解的办法反衬了民族矛盾的错综复杂性，作者认为在自身力量无法与汉族人抗衡之时必须借助日本人，这一点说明安寿吉对于民族精神倡导存在局限，即依赖于日本势力的软弱性和奴役性，这是他作品寻找民族出路的短板。但从客观角度来看，安寿吉还是在民族生存和发展问题上进行了积极的思考，他的文学作品在激发民族生存意志方面仍值得肯定。

　　作为开拓民的朝鲜人和原住民汉族人之间的矛盾，与这两个民族和日本的民族矛盾性质有着本质的差别。朝日矛盾和中日矛盾均源自殖民侵略的事实，矛盾的起因造成了其结果的不可调和，这也是时至今日中朝人民仍对日本民族介怀的主因。而与此不同的是，以开拓民和原住民的矛盾为核心的中朝矛盾是移居过程中自然形成的，具有历史必然性，因此具有和平化解的渠道和趋向。这其中中国地主对朝鲜平民的压榨也夹杂着阶级压迫的成分，而并非单纯的民族矛盾。在通过文学反映出的开拓民和原住民的冲突虽然也达到了一定的激烈程度，但其解决过程却在客观上加强了民族了解和交流，最终推进了民族融合。

三　"满洲"爱与民族爱的对立和统一

　　"满洲"，对于刚刚移民至此的朝鲜人来说，是一片寄予希望的土地，这片土地凝聚着人们对未来美好生活的憧憬。他们带着"满洲"情而

---

　　① 연변대학 조선언어문학연구소，*중국조선민족문학대계*（10），소설집—안수길，하얼빈：흑룡강조선민족출판사，2001，p.272.

来，但来到以后却无法再投入初衷的热爱。因为眼前展现的尽是阶级压迫下的苟延残喘、民族倾轧下的痛不欲生、殖民恐怖下的横尸遍野。朝鲜文人心中深厚的民族情感源自对生存的渴望和对民族未来的筹谋，当"满洲"不能助力于民族的维护和发展之时，他们的"满洲"爱就会面临被荡涤耗尽的危机。两种情感的对立让文人痛苦愤懑，在作品中也会表现得低沉而压抑。

荣格认为，人的心理是一切科学和艺术产生的基础。一方面可以用心理研究来解释文学作品，另一方面还可以从中分析作者创作的缘由。文学创作过程中，作者都是怀着或简单或复杂，或稳定或变化的心理，而作品则会不同程度地反映出作者、阅读者和人类普遍的心理。荣格提出，文学作品应尽量摒弃太多的个人体验，作家在本质上也应超越个人的生活领域而用艺术家的心灵向全人类的心灵讲述。艺术创作不是个体经验的复述，只有融入"集体经验"才真正达到其本质层面。应该说，尹东柱的作品代言了这种集体经验，这种内化的集体经验使得他的诗歌引起了广泛共鸣。尹东柱大部分作品中的象征物都代表着两种势力的对峙，即内与外的对峙。"内"既指代作者个人，也可表征民族，而"外"代表着"满洲"，实指其后暗中操纵的日本帝国主义。最初的尹东柱，怀抱内外和谐的宗教理想，充盈"满洲"爱与民族爱的炙热。但当现实粉碎了他的理想和炙热，个人与"满洲"、朝鲜民族和日本民族的矛盾不可调和时，他自然会选择舍弃"外"方，转而成为个人和民族的代言人。

在作品中，尹东柱背负民族使命、时刻不忘民族意念。自古以来，朝鲜人就钟爱白色，并自称白衣民族。白色象征着纯净、坚毅和神圣，朝鲜人民对白色的钟情自古以来就从未改变过。在日本侵略朝鲜半岛之时，白衣成为朝鲜民众反抗殖民侵略的象征。当时日本殖民者的衣装都是有色的，而朝鲜人的白衣则与日本人的服装颜色形成鲜明反差，朝鲜人以白衣来表示对殖民压迫的反抗。但为了压制民众的反抗，日本人在每个村口都支起一口大锅，在里面煮上黑色染料，一见到穿白衣进出村子的百姓就将染料泼洒在其衣服上。可见，白色在朝鲜人心目中一直带有特殊的意义。在《悲哀的族属》中，尹东柱用白色的头巾、胶鞋、衣裙和腰带来象征朝鲜民族。白色的纯洁代表着神圣不可玷污的民族灵魂，但此时与其相对照的却是"黝黑的面庞"、"粗糙的脚趾"、"羸弱的身躯"和"纤细的腰肢"，这种反衬是作者对民族苦难生活的控诉。曾经统一的朝鲜民族因日本的侵略战争而大批移民至中国东北，而来到"满洲"后却未能逃离殖民的魔爪，陷入了新一轮的水深火热。在日本人口中被称为与大和民族同等待遇的朝鲜人，却连最基本的生存都无法维持，又谈何政治平等？"悲哀"之情不言自明，而"族属"则体现了作者鲜明的民族界限和对立意识。

尹东柱最著名的《序诗》完成于 1941 年，作品集中体现了作家深刻的思想内涵和强烈的民族责任意识，也标志着他对人生的哲学思考达到了巅峰。

> 仰望苍穹
> 至死都无丝毫的羞愧
> 风掠过树叶
> 我因此而苦痛。
> 我用心为明澈的星歌唱
> 挚爱死亡的一切
> 我行将启程，
> 继续我的路
> 今夜，风擦星而过。[①]

作品中，"树叶"化身为弱小受保护的对象，而"风"则是打破平静、带来苦痛和灾难的象征。作为一个寄居于异域殖民环境中的弱小民族，无力去反抗现实的残酷。面对苦痛和灾难束手无策，让人不禁悲愤和痛心。作者借风破坏树叶的平静而产生联想，从而映射出造成自身苦痛的

---

① 허경진, 허휘훈, 채미화, 중국조선민족문학대계 6—김조규, 윤동주, 리욱, 서울 : 보고사, 2006, p.339.

直接根源，即由民族爱而生的现实恨。"仰望星空，至死都无丝毫的羞愧"中寄托了作者对仁爱和良知的认同，即便未能为改变现实做出推动，但内心的纯澈和对正义的向往却让"我"至死都没有羞愧。这部作品集中体现了尹东柱的诗作精神与对民族忠诚不渝的情怀和立场，同时将民族爱和"满洲"爱的对立突出表现出来。

尹东柱的诗歌作品中时时充盈着民族爱，但对"满洲"却难寻其挚爱。"满洲"的混乱让朝鲜人饱尝殖民之苦，也让尹东柱看清了内外之别和族地之异，在族属和地域的矛盾中他选择了前者。尹东柱的文学将"满洲"爱和民族爱对立而视，这也是他被称为民族诗人的主要依据。除尹东柱外，在伪满朝鲜作家中也不乏将"满洲"爱与民族爱等同视之的作家，安寿吉便是其中的代表。安寿吉的主要作品可以分为前史"开拓"和后史"定居"两部分，前史重在"回顾和缅怀"，而后史重在"引导和畅想"。后史部分旨在倡导发展扎根于"满洲"的根基——农业和畜牧业，而这一倡导恰与 1940 年前后伪满洲国政府发展农牧业的政策相吻合，这使人不由得怀疑作品所推崇的"第二故乡"建设是否变质成了呼应日帝大陆侵略政策的一部分。由于他在作品中表现出对民族发展的关注和与"满洲"所倡导政策的一致，因此民族爱和"满洲"爱的统一就成为安寿吉作品模式的特色之一。对于朝鲜移居民来说，开拓之后的首要任务是定居和发展，在这一过程中，"为与日帝和满洲国政府以及地主的压迫和榨取相抗争，需要极大的智慧和坚持到底的忍耐精神，这种升华的精神就是'农民道'"。[①]

将农民道和实践结合最为典型的作品当属安寿吉的《北乡谱》，"可以说，《北乡谱》是至今为止挖掘的作品中，在光复前的朝鲜移民小说中达到最高水准的划时代作品。"[②]作品中前期移居民的代表郑学道为将"满洲"建设成未来的美好故乡而"实践知行合致的教育，率先启发建设并培养实践躬行的模范人才"[③]，他的这一行动是通过第二故乡的建设来谋划

① 장춘식, *해방전 조선족이민소설연구*, 북경 : 민족출판사, 2004, p.90.
② 위 책과 같다, p.92.
③ 위 책과 같다, p.93.

民族的存续和繁盛，对于教育的关注是将"北乡精神"和"农民道"精神沿传下去的手段。

> 在子女受到侵害或者出现影响子女成长的障碍时，作为父母的农民必定会拼尽性命去清除这些侵害和障碍。虽然过去我们祖先开拓民所走过的路多灾多难，但他们依然甘愿承受。面对苦难，无数无名农民作为开拓的英灵逝去也是源于把稻谷看作是子女的心。因此，我把朝鲜人满洲开拓的精神支柱看作是稻魂，即稻子的灵魂。稻魂说起来就是把稻谷看作是子女一样的心，这就是农民道。[①]

这里的"道"是一种生活的韧性和强大的生存能力，"满洲"之爱表现在作为这片土地的主人堂堂正正地生活下去，也就是"北乡精神"。在郑学道看来，把生活地建设成像花园一样美丽的村落并长久地扎根下来正是北乡精神的集中体现，这与"农民道"的精神是一脉相承的。

伪满时期"满洲"朝鲜作家因其移居民的特殊身份而带有了国民和民族的双重本体性。作为"满洲"统治下的国民，忠实于傀儡政府是源自其身份的义务；而作为朝鲜人，他们的民族性又是融入其血脉的根本。这种义务和根本的一致与冲突形成了特殊时期特定人群的特殊感悟，即源自双重身份的对立与统一。从文学史来看，这一时期的文学建立了不可磨灭的历史功绩：在民族姓氏和文字都被剥夺的日帝统治末期，这里的朝鲜语文学延续了朝鲜文学的余脉，也形成了中国朝鲜族文学的前身。但同时不可否认，在"满洲"朝鲜人文学中体现出的殖民体制协力思想也反映了这样的一个不争的事实：日帝长期的殖民渗透形成了作家的现实二重认识。"对大和民族优越性的强调歪曲了朝鲜民族的历史和文化，意图种下皇国臣民意识的日帝殖民主义思想从开化期开始渗入，它披着现代科学文明的外衣，却旨在将殖民地的国民意识渗透进人们的思想。因此，可以说日帝

---

① 연변대학 조선언어문학연구소, 중국조선민족문학대계 (10), 소설집—안수길, 하얼빈：흑룡강조선민족출판사, 2001, pp.476-477.

统治末期的朝鲜人在毫无知觉中成为日帝殖民主义的共谋者。"①

第三节　本土化的艺术情境

在经历了离乡和移居苦难之后，朝鲜人不断探寻着定居的方向与方式。"定居"从本质上与生活有着天然而紧密的关联性，在这一描写中作家采用了更接近于内心情感表现的写作方式，即将焦点集中于逐渐被朝鲜人内化的"满洲"性。"满洲人"作为从朝鲜人到中国人过渡过程中一种具有渐进意义的角色，这一称呼使移居民对于身份认同的转化得以缓冲。而在文学中，如果探究哪些手法将这样的变化过程展现出来，就要数渗透着北乡情结和体现了中国化元素的艺术方式最具代表意义。通过对这两种艺术情境的分析，能够更深入地透视朝鲜人在定居过程中细致的心理转化过程。

一　渗透的北乡情结

"北乡"一词源于 1932 年以李周福为核心等文人创立的文学同人会——北乡会。取名为"北乡会"可以看出创立者已将间岛看作自己的新故乡，他们要在这里将朝鲜文学不断发扬光大。在把间岛作为移居民第二故乡目标的引领下，为发展"满洲"朝鲜文坛而设立的这一文学团体在成立之初并未出版正式的刊物。直至安寿吉登上文坛以后，在朴卿骏、金国振和姜敬爱的参与和协助下，北乡会才于 1935 年出版了第一期刊物——《北乡》，由此形成"满洲"朝鲜文坛的雏形。《北乡》所发表的作品从种类来看，包括诗歌、小说、随笔、评论和翻译等多种体裁，其中诗歌所占比例最大。朴卿骏、安寿吉、姜敬爱、朴继周和朴花城等活跃在朝鲜文坛

① 장춘식, *해방전 조선족이민소설연구*, 북경 : 민족출판사, 2004, p.247.

的多位作家都在此发表过作品，但大多数文章仍属于习作作品，因此整体文学水准不高。

北乡会的建立，加速了朝鲜文人北乡情结的生发。然而，仅仅一个文学团体的名称并不能成为将北乡情感镌刻于移居民内心的决定因素。应当说，此前的地域情愫才是起到决定性作用的。位于间岛龙井的海兰江，对于朝鲜人来说是具有一条神秘力量的江，它的奔流不息和勇往直前播撒和埋藏着一个民族不屈的精神和梦想。当时龙井所在地的学校时时处处都在给学生渗透和传播着爱国思想，高唱爱国歌和悬挂太极旗成为一般大型活动必不可少的环节，这里成为传播民族核心精神的枢纽。基于此，这一地区创作的作品自然也会流露出一种源于北乡挚爱的厚重情怀。然而这种深爱在作品中却大多并非以直抒胸臆的方式表现出来，而是在不经意间渗透于作品之中，这其中最具代表意义的作家要数安寿吉。

安寿吉在发表的大量小说中，绝大部分新中国成立前的作品都与 20 世纪初的朝鲜移民问题相关，甚至新中国成立后发表的代表作《北间岛》也是描写东北朝鲜人移居和定居问题的。他创作的大部分时光是在韩国度过的，但无论身在何处，北乡情结却始终渗透于他的作品之中。十几岁的年纪首次来到间岛和之后在此执教的经历，都为安寿吉北乡情结的形成奠定了情感基础。"安寿吉以自身的实际体验为基础，现实而能动地刻画出的满洲体验小说与其他任何以满洲为素材的作品都不同，他脱离了对满洲观念性、抽象性和奇异的想象，而是将日帝时期朝鲜移居民受难和奋斗的现场生动地形象化。因此，人们经常给他的作品冠以'间岛文学'或'开拓文学'的称号。满洲体验既是安寿吉文学的出发点和归宿点，也是安寿吉文学的源泉。"①

在作品《黎明》的开篇部分，作者说明了故事并非发生于伪满时期，而是对张作霖政权时代一个家族生活史的再现。这部作品将早期垦民的悲惨生活以超细化的方式表现出来，极贫的生活、阶级压迫和土匪的掠夺等

---

① 박은숙, 일제강점기 재중 조선인 문학 연구, 북경: 민족출판사, 2007, pp.2-3.

多重灾难的累加让人们对移居的选择不禁产生怀疑，最终家破人亡的结果也力证了朝鲜人为实现间岛定居的理想而付出的惨痛代价。祖辈们洒下血泪的土地已镌刻下苦难生活的印记，但即使明知将要面对困苦，移居民仍未放弃曾经的理想，这种将预知悲剧典型化的作品内容印证了深厚的北乡情结已开始在安寿吉的作品中萌芽。

《黎明》之后，继续反映早期垦民生活的《稻子》则以更进一步关注定居问题的方式将北乡情结根植于作品之中。《稻子》故事的发生时间处于移居中期，这里的矛盾焦点已经从生存问题转移到了发展问题。在与中国原住民的矛盾得以平息之后，朝鲜人遭遇了更大的问题——由中国新任县长对朝鲜人的偏见导致的官民冲突。作为劣势一方，朝鲜移居民试图借助外力来寻求解决问题的办法，即在日本领事馆的帮助下化解危机。作品将日本人刻画成了亲善大使的形象，这种向日本人妥协并获得帮助的方式受到了诸多质疑，也使安寿吉的作品饱受争议。如果从民族性的角度考虑，这种妥协和求助确实有失气节，违背了民族不屈于强势的风骨。但如果将其置于北乡情结的背景之下，则能够解释作者的这一选择。源自新故乡挚爱基础上的民族理想筹划，在这片陌生的土地上想要得以实现其难度可想而知。安寿吉对初衷和意念的执着，超越了对过程和性质的选择。在殖民统治兴盛之时攀附于统治者，这种缺乏历史认识和民族意识的选择归根结底还是源自对北乡定居的执着。在之后的《畜牧记》、《北乡谱》等作品中，安寿吉都为读者绘制出一幅富足安乐的画卷，借日本之力而实现新生活的理想也成为他之后作品的主导方向。

如果追溯安寿吉对于移居民生活强烈关注的缘由，那么可以说多年移居地的生活体验在他作家意识的形成和社会使命感的确立上起到了重要作用。在《北乡谱》中，他借用主人公开拓民作家玄岩表达了对移居民精神史的关注和对北乡生活的挚爱。

决定写开拓民的奋斗史，首先要把他们的苦难用后代可以回顾追想的文字记录下来，这样才是对他们的付出做出回应的一种感谢方式。把先驱者所经历的苦难告诉那些在这里生活并扎根发展的同胞们，带着这样的想法玄岩执笔写出了《黎明的大地》这部作品。①

把移居民的生活作为一个共同体来关注，在与中国人和解合作的基础上去寻找生存和发展的路径，这是扎根于安寿吉精神深处的移居意识，这种意识渗透于安寿吉后期创作的大部分作品之中。

事实上，北乡情结就是一种执着的定居意识，是将"满洲"建设成子孙万代生活下去故乡的美好期待。这种意念从 20 世纪 30 年代初《北乡》的创刊开始，就已经付诸文学的实践之中。作为这一主题意识的先导者和追求者，安寿吉将这种北乡情结以"满洲"开拓民定居意识的形式渗透于作品之中。但是，我们也必须看到其中的问题所在。安寿吉对于民族命运和未来的关注代表了当时"满洲"朝鲜文人的基本思想走向，但北乡情结在"满洲"定居问题上的倡导与日本对朝鲜人实行的"怀柔"政策却形成了异曲同工之效。这可以从侧面印证在伪满洲国后期的殖民统治时段，大部分的朝鲜文人均不同程度地显现出了依附和拥护当局政策的趋向。"安寿吉所揭示的北乡精神出自于满洲国这一虚构的幻想，因此包含了很多问题。王道乐土理念背后隐藏着日帝大陆侵略的本质和意图，在 1945 年初日帝败色渐浓之时，将满洲流民的未来朝着北乡建设的方向引导即体现了作家这一显著意识。"②根据安寿吉的见解，只要解决了"满洲"内部的问题，就可以实现成功定居的目标。但事实上，民族内部矛盾并不是矛盾的根本，伪满洲国这一巨大的虚像背景才是矛盾问题的根源，这一点是作家未能参透的，由此也可以看出他在历史意识上缺乏深刻的洞察力和长远谋划。

有关安寿吉前期"满洲"体验的作品，很多的朝鲜文学研究者都站在各自的角度给出了不同的评价。围绕这些争议我们不难看出，前期创作中

---

① 연변대학 조선언어문학연구소, 중국조선민족문학대계（10）, 소설집—안수길, 하얼빈 : 흑룡강조선민족출판사, 2001, p.429.

② 김종호 :〈1940 년대 초기 만주 유민소설에 나타난 '정착'의 의미〉, 국어교육회〈국어교육연구〉25, 1993 년 12 참조. 연변대학 조선언어문학연구소, 중국조선민족문학대계（10）, 소설집—안수길, 하얼빈 : 흑룡강조선민족출판사, 2001, p.32 의 재인용.

铺陈和倾注的移民史关注和北乡情结巩固了他在伪满时期"满洲"朝鲜人文坛不可或缺的地位。闵玄基认为安寿吉的作品"不但填补了所谓暗黑期韩国文学史的空白，而且通过生活和文学的不可分性洞察了韩国民族精神成长的过程，是不可多得的珍贵资料。"①全盛浩认为安寿吉的前期小说将移居民受难的历史深度地形象化，成为"后期大作创作的基础"②。赵正来也指出安寿吉前期"满洲"体验作品以"满洲"特殊背景的深刻性为基点，将农民生活的特殊环境和融合的原场景生动地表现出来，具有"作为农民小说的文学史意义"③。可以说，在民族发展历程观照中"满洲"体验和北乡挚爱成为安寿吉小说创作中最具代表意义的文学标签，渗透于作品深处的北乡情结既是他文学创作的思想原动力，也是支撑其作品宏大背景的情感依托。

除安寿吉外，很多"满洲"朝鲜作家也在描述移居和定居苦难过程中展现出了对北乡的深挚热爱和依恋。如申曙野的《秋夕》、玄卿骏的《先驱时代》和金镇秀的《移民的儿子》等作品都以恶劣环境中坚持定居意志继续奠定生活基础的内容作为中心而展开，定居过程中进行的第二故乡建设无处不渗透着北乡之爱。这种北乡之爱源自对未来的憧憬，同时也使得这一时期的作品凝聚了一份希冀，希冀和憧憬笼罩下的艺术情境为定居过渡期的文学增添了一份独特的光彩。

二　无形的中国化元素

伪满时期"满洲"朝鲜人文坛与当时的韩国文坛在作家身份和创作语言上并无二致，然而地域和社会环境上的差异却会对文学的表现方式产生不同的影响，中国文化特质的潜入即是其中代表。这种元素形于无声、成于无形，从无到有的过程经历了近半个世纪之久。如果说新中国成立后的

① 민현기, 안수길의 초기소설과 간도체험, 한국 근대소설과 민족 현실, 서울 : 문학과 지성사, 1989, p.325.
② 전성호, 중국 조선족 문학 예술사 연구, 서울 : 이화, 1997, pp.316-317.
③ 조정래, 한국근대사와 농민소설, 서울 : 국학자료원, 1998, p.197.

朝鲜族文坛正式成为中国文学的组成部分,那么伪满时期"满洲"朝鲜人文坛则是朝鲜文学进入中国文坛最后的过渡阶段,也是朝鲜文坛上累积中国化元素最为集中的一个文学时期。中国化元素的表现既包括作家和作品中人物自然地接受中国习俗和文化,也包括作品在写作方式和语言上体现出的中式倾向。

中国文化对"满洲"朝鲜作家产生了潜移默化的影响,他们中的很多人在研读中国汉文作品的过程中开始对"中国式"的写作手法和创作特色产生兴趣,并在自己的创作中逐渐展现出中国化倾向。作为生长于中国本土的朝鲜作家,李旭的诗歌风格就是在中国文化和朝鲜文化的融合中形成的。在汉学造诣深厚的祖父和父亲影响下,李旭自幼便接触了中国古代的文学作品。他回忆道:"从二十年代开始,我所写的诗歌作品可以说首先是受到汉文的影响。我自幼读过很多的古代汉诗,在这一过程中学到了很多格律诗如含蓄、对仗的写作方法,之后便对汉诗写作产生了浓厚兴趣,至今写出了数百篇带有一定风格的绝句和律诗。……此外,我还十分喜爱阅读中国著名现代诗人郭沫若的诗作。"①由于承袭和谙熟汉文诗歌的创作特点,李旭在诗作构图上常以灵活的笔韵勾勒出一幅幅强弱分明的意境,这种形式和技巧主要源自中国古代诗人李白和苏轼的影响。此外,法国的象征主义、印象主义也对他诗歌象征法的运用产生了指导性作用。从总体上来看,李旭的诗歌还是被人们认为属于浪漫主义的作品。"从某种意义上来说,李旭可以称作是中国朝鲜族诗坛的中流砥柱——既是伪满洲国时期朝鲜人文坛的最后一位诗人,也是解放后朝鲜族文坛最初的诗人。"②

除作家本人受到中国文化的影响在创作特色上体现出的中国化倾向之外,伪满时期"满洲"朝鲜人文学作品中的人物也在渐进式地嵌入中国化元素。安寿吉的作品中被称为"二汉人"的朝鲜人形象正是这种受到中国文化深刻影响、与中国官匪相勾结并以此为资本来欺压百姓的典型代表。

---

① 김호웅, *재만조선인 문학연구*, 서울 : 국학자료원, 1997, pp.190-191.
② 위 책과 같다, p.192.

《黎明》中的朴致万，在正式出场之前安寿吉对他是这样描述的：

> 总在抱怨佃农粮食产量低，骑在官宦的背上威胁和恐吓百姓，时时处处都只考虑自己的利益，又经常以调戏妇女等不雅言行为能事。[①]

朴致万这类的二汉人因移居至中国的时间较早，因此在"满洲"已建立了一定的经济基础并对中国文化有了较为深入的了解和认知，加之有作为靠山的官匪撑腰，他们更是有恃无恐地对佃农和贫民进行盘剥欺压。然而，这些人要想具备与官宦勾结的资本和条件，首先必须在文化上与中国人十分接近。朴致万就是在此方面十分精通的二汉人，从他的语言和衣着上很难判断其民族所属。

> 他在每句话的句尾都会加上"的"这样别扭的汉语，以炫耀他精通满洲话。在谩骂朝鲜人的时候也会在"王八蛋"之类的满洲话后面加上"bidaoyouma—ji"这样的语尾，还有"蠢猪""疯子"这样的骂人话，让人从方言中很难推测出他到底是哪里人。[②]

> 衣着上，"经常穿着满洲服的他，一年还会有两三次穿上俄罗斯的人衣服，让人觉得怀疑他是不是从海参崴来到满洲打拼的，总之没人能知道他的经历。"[③]

在朝鲜人移居中后期，像朴致万这样的二汉人已经在朝鲜人聚居区中十分普遍地存在，作为深受中国风土影响的朝鲜人，他们身上已经深深地渗透了中国文化的元素。这些二汉人率先接受异族文化的主观目的是顺利地融入中国人的交际圈并获得他们的信任和支持，以赢得其为虎作伥的资

---

① 연변대학 조선언어문학연구소, *중국조선민족문학대계*（10），소설집—안수길，하얼빈：흑룡강조선민족출판사，2001，p.134.
② 위와 같다.
③ 위와 같다.

本。但在客观上他们却在民族文化的融合和接受上充当了急先锋,为以定居为目的的朝鲜人树立了成功的中式朝鲜人样本。

在其他作家的作品中,深刻接受中国文化的人物也屡见不鲜。这一时期的很多朝鲜人已经在整体上显现出了混杂性的民族特征,他们既不是纯正的朝鲜人,也不是纯正的中国人,而是作为过渡时期一类特殊的群体存在并把这种"中国化"的渗透模式逐步推广开来。

此外,在作品语言的表现上通过"混种语"的渐增也体现出了中国化元素的逐步渗透。在朝鲜文字产生之前,朝鲜人一直使用汉字作为官方文字记录历史和传播文化,甚至在朝鲜文字创制之后的几百年内汉字仍被广泛使用。到了 20 世纪初,由于受到日语的影响,朝鲜语开始与汉字并书,但这种"韩汉混写"的汉字主要使用的是朝鲜语中的固有词。进入伪满时期以后,朝鲜语小说中出现纯汉语词的情况变得越发普遍,尤其以倡导定居和建设"满洲"的作家作品为最。在安寿吉的《黎明》中,用汉语标注的朝鲜语多达 57 处。这其中纯汉语翻译而来的词汇包括:포대(炮台)、지방주(地方主)、야문(衙门)、호적(胡子)、인지(人质)、사용병(私佣兵)、상사(相思)、화기(和气)、라바(喇叭)、사리(事理)、순경(巡警)、애정(爱情)、청조(青沼)、부정(不贞)、대흉(大凶)、대역(大疫)、진정(陈情)、보교즈(包饺子)、인조화(人造花)。此外,汉语标注在安寿吉的其他作品中也屡见不鲜,如《稻子》中 64 处、《牧畜记》中 40 处、《圆觉村》中 26 处、《土城》中 67 处、《在车中》中 15 处,而长篇小说《北乡谱》中则高达四百余处。除安寿吉外,金昌杰、朴启周、黄健、韩赞淑等作家的作品中也不同程度地使用了汉语标注。这些汉语标注词汇完全来自汉语发音,与朝鲜语本身基本没有关联。如果不进行标注,朝鲜人可能很难理解其意义。由此可以看出,朝鲜人在"满洲"所受到的中国文化影响已经渗透到了日常生活的诸多细节,"混种语"从那一时代起就已成为 "满洲"朝鲜人语言中不可或缺的重要组成部分。

伪满时期"满洲"朝鲜人文坛作为存在于中国的异族文学和朝鲜族文坛的前身,从历时上来看应属于对中国文化接受最为全面和深刻的一个阶段。这一时期不但朝鲜人口的移居数量达到了历史的峰值，而且在民族融合程度上也达到了前所未有的深度。由于长期受到中国文化的影响和风土人情的浸润，朝鲜人在写作方式、生活习惯和语言使用上都体现出了鲜明的中国式特征，这些特征既包括潜移默化的影响，也包括主动学习和接受的成分。文学在表现形式上反映出了朝鲜移居民从自然影响到主动接受的变化过程，对于这一过程表现的探讨无疑将有助于推动有关朝鲜文学向朝鲜族文学变化进程的深入研究。

伪满时期以扎根和融合为主题的作品，记录了以安寿吉为核心的朝鲜文人为寻求民族发展出路而不断摸索的历程。从客观上来说，《稻子》、《牧畜记》和《北乡谱》等作品中出现了很多移居民为实现长久定居而借力于日本人帮助的情节，这让此类主题的作品饱受争议。他们虽以"北乡精神"下的第二故乡建设为主旨，但客观上却在一定程度上推动了伪满建国理念的传播，因此很多文学批评家将其看作是体制协力甚至是亲日作品。本书之所以未将其与亲日作品归为一类，原因在于它们的主观出发点与亲日作品是有所区别的。对于朝鲜移居民来说，很多问题他们仅靠自身的力量难以完成，此时只有借力日本人才有可能巩固祖先用血泪积累的成果，这是一种别无选择的选择。虽然其依赖的对象有所偏误，但其初衷并不是对民族的背叛和离弃。因此，有必要将其与亲日类作品做出区分。定居过程中的新身份认同、与原住民的冲突、"满洲"爱与民族爱的调和等问题被作为文学模式选取的着眼点，可以看出移居民为成功定居而付出的代价和努力，他们用坚毅和智慧奠定的生存基石书写了真实的民族精神。在艺术手法上，渗透的北乡情结和无形的中国化元素则彰显了定居文学的突出个性。总之，这类主题的作品不但集中体现了伪满时期"满洲"朝鲜人文学的思索和困惑，而且充分表达了移居民为生存和发展而投入的真情实感。

第三章 对峙和斗争

——抗争文学的引航塔

在武装侵略的同时，文化渗透和舆论控制也是日本侵略的重要一环。日军全面侵华以后，伪满政府马上将新京（今长春）的《满蒙日报》和龙井的《间岛日报》合并，1937 年 10 月 21 日以日本国策在"满洲"对朝鲜人的指导机关为主旨创立了《满鲜日报》，在向急速增加的朝鲜移民宣传伪满洲国的建国理念、国策和移居民的关系方面，《满鲜日报》可谓大行其道。在虚伪的政治宣传和严酷的文化统治之下，朝鲜文学被笼罩于巨大的阴霾之中。这一时期，大部分作家为避开政治迫害和审查而选择掩饰锋芒、三缄其口，但仍有人在作品中通过现实批判的方式表达怨愤和不满。此外，另一部分阶级和民族意识强烈的作家则以抗争和对立的主题和模式直抒胸臆，这些作品形成了伪满时期带有鲜明风骨气韵的抗争文学核心，也代表了朝鲜文学中最具民族情怀的脊梁书写。在艺术手法上，此类文学展现了不同于以往的风格，在严苛的政治环境下考察这一时期抵抗文学特殊的艺术表现方式，可为文学研究提供独特的视角。

第一节　殖民压迫和现实反抗

　　"满洲"对于朝鲜人来说是一个失去国家的民族为寻求生计而寄居的异国生活空间，在这里他们承受着阶级和民族双重压迫下的战乱、腐败和黑暗。伪满时期反映社会现实的小说几乎都带有揭露、批判和反抗的意味，这种揭露和批判大多源于自觉的阶级意识或民族意识。社会资源分配的不公和民族之间的压迫倾轧是朝鲜人生活中体验出最真实的苦痛，在对现实残酷的领悟中，人们的反抗基因被逐步激活并迸发。无论是阶级视角的反剥削，还是民族视角的反压迫，在这一时期都以一种或隐性或显性的形式存在和蔓延。这使得对峙和斗争成为朝鲜文学中与妥协和逃避相并立的一种文学主题而存在，这一主题体现了流淌在朝鲜人血脉中的阶级情怀和民族风骨。

一　对殖民生活的暴露和批判

　　日帝吞并朝鲜以后，无数朝鲜人背井离乡、迁徙谋生。带着对未来生活美好憧憬的朝鲜人没有想到，他们向往的中国东北也已处于日寇的铁蹄践踏之下，背井离乡之苦与殖民侵略叠加，朝鲜人的生活处于极度的水深火热之中。1931 年后，日本侵略者为维护和加强对东北的殖民统治，开始实施集团部落和保甲制度。在政策的实施过程中，日帝为强迫农民并屯烧毁了大量房屋、荒芜了大片土地，使本已十分贫困的农民生活陷入绝境，许多农民因被赶进集团部落无处居住而冻死、饿死、病死。此外，部落房屋的修筑及其他各项工程也都是强迫农民无偿完成的，各项费用均自行负担，这些对于本来贫苦的农民来说无疑是雪上加霜。在殖民苦难面前，作家们以扎实的笔触将作品深植于现实，以暴露和批判殖民统治下悲惨生活为主题的作品为朝鲜文坛的现实主义文学发展奠定了基础。

"移居农民的定居问题几乎是所有作家关心的主题。……虽然很多作品都表现出对这一问题的关注，但像安寿吉这样深入穿凿而创作出的作品却不多。特别是《黎明》，可以说它是将前期间民苦难史多角度描绘出来的一个成功代表作。"[1] 安寿吉的《黎明》将间岛开拓民前期的苦难史的要素几乎全部包括在内：赤贫下的被迫移居；因欠债而被抵押给中国人的妻女所遭遇的不幸；"无良朝鲜人"的蛮行；地方军阀的压榨和欺凌；马匪和各类强盗的掠夺；和中国人的摩擦及地方问题；食盐走私的无奈。值得关注的是，《黎明》虽然集中暴露了当时存在的社会问题，但作者却刻意将这些问题和伪满时期割裂开来。作品在开头部分特意将时间设定为"满洲"建国之前，明显是为避开当局政府审查之举。虽然小说始终将贫富对立、阶级对立和军民对立设定为推动情节发展的主要矛盾，但经过开头部分的声明后，这些问题似乎都和伪满洲国的建立没有了关联。然而即使小说所记述的内容发生于伪满政府成立之前，但也不可否认其悲剧结局与日本殖民侵略的密切相关性。从这一点可以看出，当时作家虽然意在通过作品反映生活于殖民地朝鲜人的苦难和艰辛，但迫于政府的审查又不得不将批判的矛头指向他处，以此来实现作品的顺利发表，这也可以从侧面看出殖民精神统治的无情和残酷。

小说从一个少年的视角，将姐姐自杀、父亲被地主杀害和母亲疯掉这一巨大的家庭悲剧用较短的篇幅表现出来。为维持生计，很多朝鲜移居民不得不选择食盐走私，然而在其背后他们却经历了比物质贫瘠更为可怕的精神恐吓和惊吓。作品中有这样一段描述：

> 我们玩得很愉快。
>
> ……
>
> 但这愉快只在刹那间就消失了。
>
> 到了中午。
>
> "那边在干什么呢？"

① 장춘식, *해방전 조선족이민소설연구*, 북경：민족출판사，2004，p.80.

　　突然出现的喊声把我们吓了一跳，我们爬上土岗望去。从那边过来五个背着枪的人，朝我们走过来。在白标映衬下身着黑色服装的几个人——很显眼地映入我们的眼帘。看到他们的一瞬间，在我心底留下的印象至今仍然难忘。[1]

　　十几岁的少年本应生活在无忧无虑中，但在作品中的"我"却很少能感受到愉快和放松。即使有，也只在刹那间就消失了。殖民统治下移居民的生命可能随时会被吞噬，巡警突然出现的场景让"我"至今仍记忆犹新，恐惧让一个孩子真实体会到了自身的渺小和无力。白雪映衬下突然出现的身着黑色服装的巡警打破了原有的轻松愉快氛围，色彩上的鲜明对照映射着曾经简单纯净的生活被现实的殖民恐怖所笼罩。这种战战兢兢的状态是物质贫瘠下所伴随的精神压迫，它将尚未建立生活根基的朝鲜人生活于恐怖中的紧张和慌乱跃然于纸面。小说事件的选取带有普遍性和广泛性，这种普遍和广泛是一个弱小民族的悲哀，也是那个时代底层人们共同的悲哀。如果说精神上的战栗还只是一个痛苦的端始的话，那么在得知女儿自杀的消息之后，父亲最终选择用死亡的代价来偿还自己的愧疚才真正将作品中的批判主题表现出来。

　　在看到致万的那一瞬间，父亲发出了霹雳一样的吼声。然后像猛虎一样，用力地朝着朴致万的脸猛扑过去。

　　致万"啊"地一声用手护住了脸，同时四脚朝天地躺在了地上，父亲暴跳如雷地朝朴致万扑去，而他边用力把父亲推开，边喊道，

　　"你这是干什么？"

　　接着，致万家的随从们随即赶到，用手里的木棍开始猛击父亲的头。

　　父亲的头被打破，血流了出来，可他的手还是死死地扼住朴致万

---

① 연변대학 조선언어문학연구소, 중국조선민족문학대계 (10), 소설집—안수길, 하얼빈：흑룡강조선민족출판사, 2001, pp.130-131.

的喉咙，久久没有松开。

　　致万的脸变红了，只有手在不断地扑腾。木棍不断地朝着父亲的头打下来。

　　父亲最终没了气息。[①]

　　从父亲最后的狂怒和舍弃性命的复仇方式可以看出，一直压抑于内心的仇恨最终竟是以这样惨烈的形式被释放出来的。朴致万的贪婪和阴险将女儿逼上绝路，失去女儿的悲痛超越了父亲忍受的极限。对于此时的父亲来说，内心的苦痛已经达到了对是否失去生命都不在意的程度。这种切肤的感受在作品中通过十分狰狞的场面展现出来，现实的残酷已经将一个正常人逼入了万劫不复的深渊。

　　此外，安寿吉的另一篇体现现实主义风格的小说《市场》也是对移居民的殖民地生活悲剧进行再现的作品。其内容通过在市场唱打令谣的乞丐、殴打乞丐的店铺主人、店主老婆和围观者四个人对事件的讲述表现出来，这其中对现实苦难生活的暴露集中体现在乞丐的悲惨身世上。本生活于朝鲜的他相信了日本人描绘的美好的间岛生活，辗转来到了间岛的金矿做工。但在这一过程中不幸腿部受伤，因无钱医治而只好眼睁睁看着腿烂掉，最后不得不截肢而成为残疾人，失去了生活来源的他只能依靠在市场卖艺为生。一天在一个杂货店门前唱了两个小时的打令谣，但吝啬的主人却一直无动于衷。恼怒之下他开始谩骂主人，结果因此而遭到了主人的一顿毒打。这部作品从表面看来，记录的只是一次冲突事件体现出的矛盾关系。然而如果从四个人对于同一事件不同的叙述内容来看，实际上他们代表了社会不同阶层的利益，同时也从深层次揭露了日本人的欺瞒行径。为满足开发和掠夺 "满洲" 的罪恶目的，日本当局不惜散布虚假消息，将 "满洲" 描绘成生活的天堂，进而诱使朝鲜人大量涌向中国。朝鲜人大量移居的最大受益者是日本，与日俱增的人口使他们更为便利地实现劳动力

---

①　연변대학 조선언어문학연구소, 중국조선민족문학대계 (10), 소설집—안수길, 하얼빈 : 흑룡강조선민족출판사, 2001, p.166.

的掠夺和搜刮。不难看出，朝鲜人沦落为亡国奴并在异乡生活悲剧的根源主要来自日本侵略行径背后的丑恶目的，他们对人生命和尊严的践踏是造成朝鲜人生活悲剧的直接魁首。虽然作品并未深入挖掘苦难生活的根源，但如果将事件与时代背景相联系，则可推断出底层人们的悲惨身世与日本殖民统治有着不可割裂的深刻关系。

在城市人口急速增加、城市生活影响越发扩大的态势下，文人将视角逐渐转向这里。移民作家中有相当一部分人在城市工作的同时进行创作，反映市井生活成为他们创作的主要方向，姜敬爱的大部分作品即属此类。作品《盐》讲述了在陌生"满洲"失去丈夫和儿子的凤艳妈被地主蹂躏而怀孕，临盆时被撵出家门后而失去孩子的凄惨身世。作品以移居民的苦难史为主要素材，将朝鲜移居民的生活范围定位于农村和城市生活之间。值得瞩目的是，这部作品没有止步于暴露和批判现实，而是将阶级理念贯穿其中。"作品中移居女主人公虽在起初埋怨共产党造成了丈夫和儿子的死亡，但通过自己的实际生活体验她与共产党的主张产生了共鸣。从理念觉醒的层面来看，可以说这部作品取得了相当的成果。"①将对民族命运的期待与共产党的阶级斗争相联系，并通过作品来表现现实认识成为姜敬爱前期作品的主要风格。

在政府的严格审查下，伪满时期"满洲"朝鲜人文学中反映殖民地悲惨生活的作品会采用迂回的手法来回避锋芒，有些作家甚至直接将民间的鬼怪之说引入作品，用虚构的方式来表达对现世的批判和反抗，金昌杰的《无贫沟传说》便是其中代表作之一。在故事矛盾正式展开之前，作品给出了这样的背景交代：金氏一家因朝鲜半岛生活的无以为继而移居至"满洲"，生活虽黯淡和清苦，但比起之前在朝鲜半岛所遭受的殖民压榨来说他们仍觉得很满足，同时幻想着有一天可以"苦尽甘来"。

> 金氏一家经过白天一天的辛苦劳作后，晚上点着了松明火围坐在一起，开始追忆往事，或谈论当年在故乡挨饿的情形，或说着每逢荒

---

① 장춘식, *해방전 조선족이민소설연구*, 북경 : 민족출판사, 2004, p.119.

年好好儿的人说倒下就倒下的场景，或回忆有人饿了几天之后精神失常、背着孩子出去却把枕头当成孩子背回来的故事。全家人时而会因《春香传》中春香的守节而感叹，时而也会因《兴夫传》中切南瓜后的报仇而畅快淋漓地大笑。

"如果努力干活以后一定会有土地，并且活下去的！……只要辛苦几年就可以，一定会苦尽甘来的……"沉浸于这样想法的他们一天天地熬日子。①

从金氏一家人的追忆可以看出，与之前的生活相较移居至"满洲"之后还是给他们带来了一线希望。无论在朝鲜半岛还是"满洲"，始终处于殖民统治苦难之下的人们在信念的支撑下，试图尽全力为未来而打拼，但现实却未能给他们机会"苦尽甘来"。即便经历了无数艰难险阻但却一直无法看到未来的希望，原本淳朴善良、易于满足的移居民从未享受过真正的生活。金氏从因殖民掠夺在朝鲜遭遇荒年开始，到移居至中国被地主陷害中枪而死，最后再到妻子的上吊自杀，整个生活历程就是一部苦难的连环记录史。殖民统治下的生活不会因他们的善良淳朴而放弃对其折磨和蹂躏，反而变本加厉。在小说的结尾部分，金氏含冤死去之后为报生前之仇而化做冤魂，最终将地主无贫逼迫致死。通过传说和幻想来表现阶级理念的作品在这一时期为数不多，但这样的形式确实让读者耳目一新。作品中这一情节的设置不但凸显了朝鲜移居民生前所承受的现世之苦，同时也发泄了民众无法释怀的民族和阶级仇恨。应当说，《无贫沟传说》将暴露和批判现实的主题用虚幻的手法表现出来，是作者迫于恶劣文学创作环境的无奈之举。作品虽未采取现实反抗的方式，但这种批判意识仍值得肯定和推崇。

"满洲"朝鲜人文学中反映殖民统治下朝鲜人悲惨生活的作品，真实记录了为维持生计而背井离乡的朝鲜人在"满洲"的凄苦命运，在这一过

---

① 연변대학 조선언어문학연구소，중국조선민족문학대계（11），소설집—김창걸 외，하얼빈：흑룡강조선민족출판사，2002，p.24.

程中他们有的成了残疾、有的疯掉，还有的含冤死去。虽然作品中取材的人物身份各有不同，他们经历的苦痛也各自相异，但作家描写的目的却是一致的。金昌杰的《暗夜》中高芬的父亲因债被逼不得不以二百元价格将自己的女儿卖给一个老头；《地下村》中的残疾人充满诅咒和暴力的破败生活……殖民地的严酷统治、中国官厅的镇压、原住民的歧视和排斥、马匪的掠夺和同族无良朝鲜人的剥削将朝鲜人的生活逼近了绝境，他们遭遇了其他民族历史上罕见的苦难，而文学作品正是通过对他们典型生活面貌的记录而实现了现实暴露和批判的目的。

二　现实体验与抗争意识

在文学创作中，现实性起着微妙而重要的作用，这种作用使得文学服务于特定时代的人类生活。有关伪满时期文学现实性的问题，吴养镐在《韩国文学与间岛》中曾谈道，"间岛这个名词与其地理意义不同，它被赋予了不一样的色彩，这个词经常与离乱、饥饿、盗农、越江罪等民族受难相联系"。①流民、鸦片、走私、抢劫、偷盗、土匪、军阀和强盗是伪满时期最具代表性的意象，文学作品若不能反映这些特有的文化形象就会失去"满洲"的个性。在用文学来表现真实性和抗争性方面，姜敬爱的小说可以称作是典范。她把对社会现实的关注和时代的认识与间岛的殖民生活密切联系起来，抓住了最为重要的社会矛盾并在作品中真实地反映出来，其作品因在主题意识、作品素材和背景等方面具有强烈的社会性而被称为"最男性化"的女作家。虽然姜敬爱并未加入"卡普"的活动，但却写出了最"卡普"化的作品。

姜敬爱出生于朝鲜的黄海道，自幼失去父亲，成长经历极为曲折和艰辛。她的母亲失去丈夫以后，为了维持生计而再婚。在极度的贫困之下，母亲不得不接受性格粗暴的继任丈夫。她对生活的屈从将年幼的姜敬爱置于苦难的煎熬中，每个月学费的缴纳都很困难，寄人篱下的窘境使姜敬爱

---

① 오양호, *한국문학과 간도*, 서울：문예출판사, 1988, p.11.

曾几度被学校退学。父亲的早逝、母亲的懦弱和继父的粗暴造就了性格内向而隐忍姜敬爱。在这样令人窒息的环境中成长，使姜敬爱一直渴望逃离贫穷，用奋斗去改变未来的命运。在与丈夫张河一成婚以后她选择离开了故乡，来到间岛开始新的生活。此后，姜敬爱用笔描绘真实的贫穷体验和现实悲剧，用女性特有的真实和细腻再现那个时代最具代表性的画面。通过创作，姜敬爱找到了慰藉心灵苦痛的出口并实现了内心抗争的理想。

长篇小说《妈妈和女儿》是一部记录现实与抗争的作品。小说中的美丽和杉皓茱是第一代女性人物，第二代则是以玉儿和李春植、姜洙、奉准等男性人物的对立为基本结构，突出塑造了在身份和新旧秩序矛盾中积极探索人生的玉儿的形象。玉儿是在农村和婆婆一起生活的平凡的女性，她为支持丈夫留学而作为后盾独立支撑起了家庭。婆婆在临终时曾告诉玉儿："不要相信男人。"当时的她还不能理解这句话的含义，当丈夫奉准被淑姬迷惑想要和自己离婚的时候她才真正明白婆婆临终时的那句遗言。把自己的全部都奉献给了丈夫，到头来得到的却是丈夫无情的背叛。这样的背叛是婆婆杉皓茱经历过的，而现在的玉儿又重复了同样的命运。无私的付出和奉献得到的不是丈夫的感恩和回报，而是背叛和离弃。面对这样的事实玉儿只能默默擦拭泪水，但接受过新式教育的玉儿选择了与婆婆截然相反的道路，她决然与丈夫离婚并开始寻找自己新的生活。姜敬爱通过小说描述了当时在社会和性别双重压迫下的女性们为摆脱命运积极与现实抗争、果敢寻找出路的过程。对于在现实中受到压迫的姜敬爱来说，这是她在生活中结合自我体验摸索出的新出路，也体现了她在人生探索中展现出的积极态度。

此外，姜敬爱的代表作《人间问题》更为鲜明地体现了主人公积极的生活追求和抗争意识。善飞在父亲被迫害致死之后失去了自己唯一的亲人，走投无路的情况下她不得不走进了地主德浩家做侍女，虽然饱受各种折磨，但仍感恩德浩的收留而把他当作自己的恩人。她相信了德浩要把自己送到京城读书的花言巧语，甚至在被德浩凌辱怀孕以后还在梦想着能生下孩子来改变自己的命运。虽然最后沦落到被德浩赶出家门的境地，但她仍然没有放弃与生活的抗争，而是选择到城市的纺织工厂去寻找自己的生

存价值。与阿大在城市重逢以后，她才发现像德浩这样的恶霸并不是一个
个例，要想彻底改变现状，只有把和自己一样受到压迫和榨取的人们团结
起来斗争才能最终解决问题，这种醒悟也直指作品的基本问题——阶级问
题和社会问题。姜敬爱在这篇作品中通过善飞在苦难中的抗争揭示出了隐
藏在现象背后的阶级矛盾，并由此上升到阶级斗争和政治斗争的高度，也
正是这样的高度使得这篇小说成为姜敬爱众多小说作品的代表作。

　　姜敬爱的小说创作的现实体验和抗争意识是她作品最为突出的特性，
在阶级和民族的双重压迫之下，人们为了生存而生存。极度贫困状态下，
很多人不得不牺牲自己的一切为生存的继续而努力，而姜敬爱正是在这种
环境中长大的，同时切肤体会着这种贫穷、煎熬和苦涩，她的作品透出一
种人本能的追求和反抗——在无路可走状态下的抗争和奋进，而这种状态
却又是最真实、最生活化的。白铁曾经这样评价姜敬爱："她的作品多少
流于单纯平易的描写，不过相应地她是一个一贯地贯彻细密而诚实文风的
作家，而且作为女流作家也是具有罕见的毅力与韧性的作家。"[1]

　　源自本性的反抗，当超过一定的忍受限度之时就会以极端的方式表
现出来。在安寿吉的《圆觉村》中，亿锁用惨烈的方式实现了对于邪恶
势力的反抗，这种反抗形式也使他成为开拓移民小说中特殊人物形象的
代表。

　　　　"老公，救命。"
　　　　屋里发出了女人的呼救声。
　　　　"什么？"
　　　　只一会功夫，内外就处于了一种无言的对峙状态。
　　　　……
　　　　亿锁从仓库里拿出一把斧头开始猛砸门。门被一点点砸开，他马
　　上闪身进屋。亿锁的斧头，朝着正准备向厨房逃走的益尚飞去，斧头
　　在他的后脑勺落下。

---

① 이병기，국문학전사，서울：신구문화사，1987，p.271.

　　哎呦，益尚倒下了，再没能起来。益尚像在厨房睡着了一样，永远地绝命于此。[①]

　　亿锁的这种激情杀人方式，夹杂了一种别无选择的无奈。在妻子遭受凌辱之时，亿锁只能用最为本能的方式去守护尊严。对于亿锁，金允植是这样评价的："《圆觉村》刻画了一只来到间岛的狼，这部作品和《黎明》《稻子》表现的开拓移民史在两个方面有着质的区别。第一，它不是以民族或家族为单位的生存方式，而是单纯一个人的生存权的争取，主人公亿锁既没有家族和族谱，也没有故乡。……野蛮、孤独，但坚强个性的塑造体现了安寿吉作为作家的力量。第二，对妻子的否定没有作为道德的问题而展开，妻子的问题不是道德的问题，而是最单纯原始的'狼的习惯'和'狼的本能'，因此在这里伦理的感觉完全没有渗透进来。个人的生存权只是最小单位的问题，和家庭、种族没有任何关联。渴望生命是动物自原始世界以来一直作为首位的追求，满足食欲和种族繁殖是本为动物的人生存的基本条件。满洲开拓移民的原始类型毫无疑问通过这个人物的创造能够表现出来。……亿锁从里至外既不是善人也不是恶人，而只是一只狼而已。"[②]具有孤独和刚毅个性的亿锁，他的抗争与这一时期其他人的抗争有所不同，即不具有阶级性和民族性，而只是一种兽性。他的反抗行为源自于其本能，这也使得安寿吉笔下的"亿锁成为这一时期小说作品中最具个性的形象之一"[③]。

　　如果说亿锁代表了伪满时期作品反抗方式的一个巅峰的话，那么大多数作品中所体现出的反抗意识仍是以较为和缓的形式表现出来的。在创作《序诗》之前，尹东柱曾创作过很多的童诗，但这些诗歌作品大多建立在个人体验之上，没有形成系统的社会使命感和责任意识。而在《序诗》中，作者则将"死亡"作为诗歌的开头，实际上是他在深感无力和羞愧之

---

　　① 연변대학 조선언어문학연구소，중국조선민족문학대계（10），소설집—안수길，하얼빈：흑룡강조선민족출판사，2001，p.45.

　　② 김윤식，한국근대작가론고，서울：일지사，1981，p.89.

　　③ 오상순，중국조선족소설사，심양：료녕민족출판사，2000，p.84.

时，对现实生存意义的怀疑。死亡意味着终结，虽然没有直接提及反抗，但用死亡前无悔于天地的誓言来预示抗争似乎更耐人寻味。连穿过"叶间的风"都"让我觉得痛苦"，尽现了他内心的纠结和无助。尹东柱的反抗不似其他作家那样的直白清冽，而是带有一种柔和婉约的阴柔气质。"那个时代，没有怜悯苦难的自由，有人逃避到或自然或原始或信仰的世界，还有人干脆完全回避一切世事，日本式的创氏改名和日帝刀枪下的阿谀、屈从随处可见，人们已经将这一切归咎为宿命，但尹东柱的诗歌却似一抹光一样珍贵。虽然当时看不到阳光，但他的作品却成为在满朝鲜人诗坛最美最值得骄傲的分支。"①

伪满时期"满洲"朝鲜人文学中体现出现实描写和抗争意识的作品除以上几篇以外，还有很多作品都在表现着这一主题，如安寿吉的《黎明》、金昌杰的《暗夜》、姜敬爱的《足球赛》和《盐》等。在生活极度苦难的状态下，通过现实磨难激发出的抗争意识具有不可回避性，因此这一时期的抵抗情绪在很多作品中都有着或多或少的流露。虽然大部分的抵抗情绪不能以显像的形式表现出来，但其背后所隐含的阶级意识和民族意识却始终未被磨灭，这种反抗代表了作为社会最底层的朝鲜移居民源自内心的真实情绪，也形成了黑暗时期具有指引力量的文学风骨。

三　游击区歌谣中的抗日反日思想

"九一八"事变后，东北各地朝鲜共产主义者在中国共产党的领导下，建立了抗日游击队和抗日游击根据地，开展了不屈不挠的抗日武装斗争。不久，东北各地抗日游击队先后整编为东北人民革命军，其中第二军绝大多数是朝鲜人。"华北事变"后，东北人民革命军各部队的朝鲜共产主义者同中国各族指战员一起与日伪"讨伐队"展开激烈的游击战，坚持抗日武装斗争。期间，朝鲜共产主义者主张建立更为广泛的反抗倾向民族统一战线——"祖国光复会"。之后，"朝鲜共产主义者在中

---

① 김호웅，*재만조선인 문학연구*，서울：국학자료원，1997，p.105.

国共产党的领导下积极开展'国内进军作战',给日本帝国主义在朝鲜的殖民统治以沉重的打击,有力地推动了朝鲜的独立和民族的解放事业。"[①]就文学而言,中国境内的朝鲜文学包括上海的韩国光复军文学、延安的朝鲜义勇军文学和以长春为龙头在延边地区创作的文学,这其中显现出最鲜明抗日反日情绪的是以长白山为中心的游击区内创作和流行的抗日歌谣。为将游击区文学以较完整的面貌展现出来,本部分将突破伪满时期的时间段限,将20世纪前半期的游击区歌谣中体现出的抗日反日思想进行一个全面的整理和归纳。

《韩日合并条约》的签订标志着朝鲜正式沦为日本殖民地,之后朝鲜本土虽多次掀起反日复国运动,但均以失败告终。这其中影响最大的要数1919年的朝鲜"三·一"反日运动,运动的惨败激发了朝鲜抗日志士的强烈斗志,他们开始在半岛周边的中国东北和俄罗斯等地陆续建立抗日根据地并进行了积极的斗争。许多参与独立运动的朝鲜人在战斗之余进行文学创作,其中流露出了强烈的反日情绪,金佐镇就是这些文人志士的杰出代表。虽然早在41岁就遇刺身亡,但他在短暂的生涯中却留下了"刀头风动关山月,剑末霜寒故国心,三千槿域倭何事,不断腥尘一扫寻"的悲壮诗篇。作为一名具有文学情怀的独立运动家,金佐镇的诗歌堪称朝鲜抗日游击区文学的先导之作。

作为朝鲜近代史上著名的独立运动家,安重根也因其在哈尔滨成功刺杀了侵略朝鲜的元凶魁首——伊藤博文而被当今朝鲜和韩国分别称为"爱国烈士"和"义士"。安重根在日俄战争后积极投身于爱国启蒙运动和教育事业,1907年参与义兵运动,但在与日军的数次交战中均以失败告终。1909年10月25日,在刺杀伊藤博文之前,安重根感慨万千,于是用汉文写下了著名的《丈夫歌》,又称《举事歌》。原文如下:

丈夫处世兮/其志大矣

---

① 黄润浩:《东北地区朝鲜共产主义者的"双重使命"研究》,博士学位论文,延边大学,2012年,第6页。

时造英雄兮/英雄造时

雄视天下兮/何日成业

东风渐寒兮/壮士义烈

忿慨一去兮/必成目的

鼠窃伊藤兮/岂肯比命

岂度至此兮/事势固然

同胞同胞兮/速成大业

万岁万岁兮/大韩独立

万岁万岁兮/大韩同胞①

　　诗歌饱含着身负民族血海深仇的安重根对于岌岌可危祖国的炙热情怀，对国家自由独立的向往已超越了个人的生死安危，这种舍生取义之举正是一个大丈夫的应有境界。安重根将自己大无畏的精神和鼠辈伊藤博文迷醉于军国主义的罪恶行径进行对比，更加凸显了他为实现"大韩独立"的崇高目标而实施义举的正义性和迫切性，表现了他不甘任人凌辱和宰割的高洁品质。1909 年 10 月 26 日安重根在哈尔滨成功击杀伊藤博文的消息不仅震惊了远东，也震惊了全世界。一条简短的电报"伊藤博文今日在哈尔滨被一韩国人弹毙，刺客已被获"的新闻一经发出，就被当天的全球报刊争相报道。为纪念安重根的义举，安重根义士纪念馆于 2014 年 1 月 19 日在哈尔滨开馆。

　　随着反日斗争的中心由朝鲜本土向周边的扩展，抗日反日文学也得到了进一步的发展和传播。依据创作时间和类别的不同，20 世纪前半期在抗日游击区创作的抗日反日歌谣可分为独立军歌谣、革命歌谣和抗日歌谣三大类。如果单从歌谣的分类来看，革命歌谣的涵盖面最为广泛，它可以包括独立军歌谣和抗日歌谣；如果按抗日的特殊时期来说，抗日歌谣也可包含独立军歌谣和革命歌谣。但当讨论这一时期在中国东北创作的朝鲜文学

---

① 윤윤진, 지수용, 정봉희, 권혁률, *한국문학사*, 상해 : 상해교통대학출판사, 2008, pp.210-211.

时，这几类歌谣却具有严格的区分。独立军歌谣指的是反日武装组织内创作的歌谣，它的主题主要集中于反帝反封建，重在鼓吹民族觉醒和文明开化，它与启蒙歌谣的不同之处在于暴露日本侵略者的侵略罪行、鼓舞全民族的武装斗争、描绘声势浩大的反日武装斗争与高扬独立军斗士的意志和灭敌气概，总体上突出反日、抗日和武装斗争的显著特征。如果说独立军歌谣倾向于军方的创作的话，那么革命歌谣则是一种民间创作。这些歌谣一般是在学校或民众团体的社会革命活动中创作并传播开来的，一经问世就以其强烈的战斗性、鼓动性和通俗性被大众迅速地接受和传唱。而第三类抗日歌谣，则是抗日武装斗争开始之后在抗日游击区内的战争生活中创作的。这类歌谣以强烈的律动性、生活化和煽动性为特征，虽然存在艺术性缺如的缺陷，但在鼓舞民众奋起反抗方面却功不可没。

1919 年前后，东北各地的反日武装组织如雨后春笋般陆续建立，由此鼓动反日武装斗争士气的独立军歌谣也开始广泛普及开来。这部分作品重在揭露日本侵略者的暴行并鼓舞民众的斗争意志，主要有《动员歌》、《编队歌》、《勇进歌》、《独立军进行曲》和各种版本的《独立军歌》，这其中《编队歌》因作为在军事学校和武装队伍的操练歌而被广泛传唱。这些歌谣不但展现了慑人的战斗气魄，而且巧妙地将大众生活用语融入其中，在韵律节奏上也体现了与以往定型诗迥异的特色。

进入 20 世纪 20 年代，随着反帝反封建斗争的逐渐深入，大众革命歌谣的创作范围不断扩大。这一时期专门作家创作的革命歌谣所占数量不多，大多是学校或民众团体在社会革命活动中集体创作的。这些作品以其强烈的战斗性、煽动性和通俗性在大众中得到了广泛传播。复杂的创作主体形成了革命歌谣纷繁的题材，这其中既有对十月社会主义革命胜利和新制度诞生的欢呼，也有对民族和阶级矛盾及不合理社会制度的批判；既有对反日革命斗争中前线战士崇高精神境界的颂扬，也有对女性解放、婚姻自由和儿童生活的歌颂。主要包括《红色的春天回来了》、《十月革命歌》、《苏联拥护歌》、《议会主权歌》、《现代社会矛盾歌》、《不平等歌》、《农民自叹歌》、《农民不平等歌》、《苦难者之歌》、《阶级战歌》、《决死战歌》、《革命斗争歌》、《革命者之歌》、《革命家》、《女性解放歌》、《女性之歌》、《我的家庭》、《少女的哀诉》、《少年儿童歌》等作品。这些革命歌谣通俗简练，在丰富大众群众生活的同时也为抗战时期抗日歌谣的创作和发展打下了基础。

1931 年发生的"九一八"事变将东北推入抗日最前沿，斗争实践为朝鲜抗日文学提供了丰厚的创作土壤。这一时期抗日游击区战士和群众创作了大量广泛流传、脍炙人口并鼓舞斗志的抗日歌谣。这些作品大多表达直白并易于理解，体现了显著的生活性和通俗性特征，主要包括《九·一八事变歌》、《总动员歌》、《民族解放歌》、《革命军之歌》、《追悼歌》、《游击队》、《倭南瓜》等作品。其中《倭南瓜》以其幽默诙谐的笔触描绘了日寇惨败后的狼狈相，日军由于遭遇抗日游击队的狙击而横尸遍野，因无法将尸体整体搬走，他们只好将脑袋割掉装在麻袋里。当被问到时，则谎称里面装的是南瓜。面对日军这样罪有应得的凄惨下场，民众纷纷拍手称快。这首歌谣疏解了民众心中对日军侵略罪行郁结已久的仇恨，其贴近生活的题材选取和自然明快的语言表达也为作品增色不少。

抗日反日诗歌大多为无名氏或集体创作，这些歌谣从内容上来看，有的深刻揭露日帝暴行、宣传抗日民族统一战线；有的歌颂抗日战士的英勇牺牲精神和为国为民族英勇献身的高洁品性、高扬抗日斗士的不屈意志和牺牲精神；有的表达人们对民族解放和抗日斗争必胜的坚定信念和与日本帝国主义血战到底的坚定决心。但无论在哪一方面，在内容上都体现为抗日反日的鲜明时代主题，旨在直接或间接鼓舞人们进行民族抗争。下面就朝鲜抗日游击区创作的代表作品中反映出的抗日反日思想按主题内容进行分类详述。

（一）以深刻揭露日帝暴行和民族阶级矛盾为主题的作品。自 1876 年朝日签订《江华岛条约》以来，朝鲜逐步向半殖民地半封建社会转变，民族矛盾日益尖锐。特别是进入 20 世纪以来，朝鲜民族和日本帝国主义之间的矛盾已经成为触动社会各领域的最主要矛盾。朝鲜的仁人志士流亡到中国，进行抗日武装斗争的目的就是驱逐日本帝国主义，并争取民族的独立和解放。在这种情况下，抗日游击区内的一切工作自然都会围绕着反帝、反侵略和争取民族独立展开，而文学创作也正是受到这一主题的影响。纵观这一时期在游击区内创作的诗歌,虽然主题表现形式各异,但绝大部分作品却都是以揭露日本帝国主义的暴行和号召人们投入到反帝第一线的中心而展开的,其表现出的鲜明的爱国主义和民族主义倾向也是前所未有的。作为反帝反侵略的前沿阵地,中国东北地区创作朝鲜抗日反日文学集中体现了兼具朝鲜和中国双重特征的反抗文学主旋律,目的旨在号召生活在帝国主义铁蹄下的人们积极投身到抗日斗争的洪流中来。《九·一八事变歌》、《反日歌》、《民族解放歌》、《劳动者歌》、《农民革命歌》、《革命曲》、《女子斗士歌》、《少年斗士之歌》等作品都采用几乎相似的内容模式:前半部分列举日帝的野蛮行径以激发民众的愤怒情绪,后半部分则号召人们即使付出生命的代价也要与敌人对抗到底。

此外,《现代社会矛盾歌》、《不平等歌》、《贫农民自叹歌》、《农民不平等歌》、《苦难者之歌》等作品从底层民众的角度表达了人们憎恶和批判社会不合理制度的心声,歌谣旨在调动起社会革命的基本动力——劳苦大众的反抗情绪,为抗日民族斗争和阶级斗争积蓄力量。此类作品语言犀利,很少运用模糊、多义、隐喻等手法,旨在"能指"和"所指"的统一,但在节奏和格律方面却较为注重,以求达到朗朗上口、赢得群众喜爱并迅速普及的宣传效果。

(二)通过歌颂抗日战士们的自我牺牲精神、高洁品质和不屈意志来表现抗日情绪的作品。革命歌谣中以赞美抗日战士为主题的作品占有相当大的比重,其中《革命者之歌》、《革命家》等赞颂了革命者忘我的牺牲精神和投入到反帝反封建革命斗争中的崇高境界;抗日歌谣中的《革命军之歌》、《要想成为革命军人》、《革命之路》、《让沸腾的血更沸腾》、《革命潮之歌》、《延吉监狱歌》、《追悼歌》、《游击队追悼歌》展现了在严酷的斗争中抗日战士不屈的铮铮铁骨和为民族甘愿牺牲的崇高气节。其中的《延吉监狱歌》以激昂的笔调歌颂了抗日游击队战士们在艰苦条件下的革命英雄主义和乐观精神:

南北满洲一片荒凉大风在呼啸,
高举红旗冲锋陷阵个个逞英豪,

延吉监狱摧残我们身体虽衰弱，

为了革命热血沸腾斗志日日高。

……

手铐脚镣虽夺走战士们的自由，

任凭摧残英雄也不屈膝不折腰，

如今虽遭敌人监禁弹压和蹂躏，

灿烂明天属于我们光荣而自豪。

凶恶鬼子卑鄙走狗高兴得太早，

九百多万广阔国土红旗高高飘，

四万万反日大众的杀声冲云霄，

砸碎黑铁牢奔向自由的光明道。[①]

　　修建于 1924 年的延吉监狱在伪满洲国建立以后，成了对被逮捕的独立运动家进行监禁和处决的场所。作为独立运动家唯一成功越狱的一所监狱，监狱的碑文对这首歌谣做了如下记载："1931 年在中国延吉县的监狱里成立了以金勋为书记的中国延吉监狱委员会。在党的领导下，监狱里进行了数回越狱和绝食的斗争，但由于变节者的告密而终于没有成功，而像金勋、李镇、吴特古等主要领导者也被杀害。据传《延吉监狱歌》是李镇同志创作、并在通往刑场的路上边走边一路高歌的曲子。此后，这首歌便常在监狱中被传唱。"[②]作为当时广泛传唱的作品，歌谣再现了反日斗士在民族理想的召唤下，面对敌人的严刑拷打仍不卑不亢的高洁品质。这既体现在"大风呼啸中的冲锋陷阵"和"身体衰弱却热血沸腾斗志高"的英勇精神上，也体现在"被夺自由依然不屈膝和折腰"的顽强意志上。应当说，高高飘扬的红旗和反日大众的热情激励着独立运动家们，无论道路何

---

① 译文出自权哲、赵成日《中国朝鲜族文学概况（初稿）》，《延边大学学报》（哲学社会科学版）1979 年第 12 期。

② 高仁淑、薛巧巧：《中国朝鲜人集中居住地区的抗日歌谣——以监狱歌为中心》，《直面血与火——国际殖民主义教育文化论集》，2003 年。

等艰难，都要为自由的光明道而不畏险阻、奋勇直前。

（三）通过对民族解放和抗日斗争的必胜信念来鼓舞民众斗争的作品。独立军歌谣的全部作品几乎都可以归为这一主题，这些歌谣通过展示反日武装斗争的战果而高扬独立军的战斗意志和杀敌气概，进而力图达到鼓动全民族参与到抗日武装斗争的目的。此外，《阶级战歌》、《决战歌》、《革命斗争歌》、《总动员歌》等歌谣突出表现了劳苦大众的强大力量，坚信底层人们的紧密团结必将会取得斗争的胜利。这其中《总动员歌》最具气势和煽动力：

向前、向前、向前，奔赴战场，
去前线去杀敌，我们果敢顽强，
纵使那敌人肆意烧光杀光抢光，
也不能阻止那帝国主义的灭亡。

……

冲锋、冲锋，革命洪流不可阻挡，
孑孑一身的工人高举铁锤赴战场，
手无土地的农民扛起锄头去战斗，
世界革命风暴正把五洲四海震荡。[①]

这首《总动员歌》是当时最流行的抗日歌谣之一，其旋律铿锵有力、节奏感强，歌词通俗易懂、号召力强，因此深得当时劳动人民的喜爱。作品第一联用急促有力、富于节奏感的语言号召人们动员起来奔向抗日第一线，表达了与垂死挣扎的日本帝国主义血战到底的时代呼声；第二、三联指出革命烽火已经传遍全世界，为了人民的解放和民族的独立，不管是工人还是农民都要自觉投身到驱逐日本帝国主义的革命斗争中去。很显然，

①오상순, 중국조선족문학사, 북경 : 민족출판사, 2007, p.16.

这首诗歌已经受到了"全世界无产者联合起来"的马克思主义思想的影响，而且已经显现出了以工农联盟为基础的明确革命斗争方向。第一联中反复使用"向前进"等铿锵有力的语言，强调了革命斗争的紧迫性与急切性，与《中国人民解放军军歌》中的首句"向前，向前，向前！我们的队伍向太阳！"有着异曲同工之妙。

（四）其他主题的作品。除以上三类主题外，还有一些间接表现抗日反日思想的歌谣。这里面既包括歌颂苏联十月社会主义革命和国际友谊的《红色的春天回来了》、《十月革命歌》、《苏联拥护歌》、《议会主权歌》、《苏联革命歌》、《十进歌》，也包括展现抗日斗士情感世界的《游戏曲》、《舞蹈曲》、《爱的祝福》，还有民众在武装斗争中自发创作并流行的《游击队》、《倭南瓜》、《倭寇兵遭雷劈》等作品。虽然这些歌谣的抗日反日情绪不如前三类强烈，但却真实地展现了抗日游击区的军民生活，丰富了歌谣的主题内容。

歌谣作为朝鲜抗日游击区内创作的抗日反日文学的重要组成部分，在反日思想宣传、抗日情绪传播上起到了举足轻重的作用。抗日反日歌谣以其简短的篇幅、明快的节奏和浅显的内容获得了大众的青睐，在艰苦的斗争中它不但丰富和调剂了民众生活，而且成为宣传抗日反日思想的有力武器，为朝鲜民族独立斗争的胜利贡献了精神力量。伪满时期"满洲"朝鲜人文学中以殖民压迫和现实反抗为主题的作品，在对现实黑暗进行批判暴露的基础上形成了对立抗争。除以生活化、个体抗争的形式表现出来之外，反抗文学还包括了游击区内集中创作的抗日反日文学，此类作品爱憎分明、形式简短、节奏明快、易于传播，在抗日思想宣传、鼓舞民众斗争意识方面功不可没，它的出现为抗日战争的胜利提供了强有力的精神后盾。

第二节　二元对立模式

二元对立是伪满时期"满洲"朝鲜人文学表现苦难意识和抵抗意识作

品的典型模式，此类作品在对立中抨击阶级压迫、反抗侵略、探寻人性矛盾，展现了抗争文学的独特面貌。阶级矛盾是朝中两国社会自阶级社会产生以来一直存续的典型矛盾，进入伪满时期以后，这种矛盾非但没有削弱，反而因社会资源争夺的白热化而变得更加激烈。作家在生活经验基础上通过贫富对立模式展现阶级矛盾并号召人们对此予以关注，进而试图去解决社会矛盾。虽然这一方式并未从根本上解决问题，但从阶级对立的角度去观察并尝试解决现实问题的方法却值得我们给予肯定评价。除阶级矛盾外，陌生环境的贫瘠生活使移居民们开始意识到在"满洲"的苦难并非仅源于阶级矛盾，日本侵略者的殖民统治和传统的阶级压迫相比更为残酷和猛烈，因此民族对立理念自然会逐渐渗透进一些作家的文学创作中。由于文学创作环境的严酷，非抗日游击区的作品在民族对立模式的表现上并不十分鲜明，但游击区内抗日作品中的对立意识则较为显著和直白，这与其创作目的是密不可分的。外部阶级对立和民族对立的复杂环境使朝鲜人的内心始终处于纠结之中，在以上两种矛盾存在的同时，人们内心的彷徨苦闷也未曾消散过。将人性矛盾与阶级矛盾和民族矛盾归纳为一个整体，可更为全面地展现这一时期抗争文学的对立模式。

一　根深蒂固的阶级对立

阶级对立和斗争的本质源于利益的争夺，也就是对社会资源的一种争夺。在阶级社会中，统治阶级利用掌握的权力来维护本阶级的利益，从而造成了社会产品的分配不公。匮乏的社会资源和不平等的分配结构形成了对抗性的阶级关系，这样的矛盾在伪满时期变得更加尖锐深刻。但从源头来说，阶级对立是阶级社会普遍存在的一种对立，因此与其他矛盾相比更加根深蒂固。

对于普通民众来说，阶级剥削在生活中造成的最直接结果就是贫穷，即进行长期繁重的体力劳动却无法维持正常的生活。生活在底层的人们大多挣扎于饥寒交迫的死亡线边缘，但却很少有人去探寻贫穷的根源。作为一个从小就经历穷困的作家，姜敬爱的生活可以用一贫如洗来形容，可接受过良好教育的她没有像周围人一样坦然地接受贫穷，而是在不断地思考和探究它的缘由。姜敬爱前期的作品体现了显著的社会矛盾观念和鲜明的阶级对立意识。在她的阶级批判中实现了有组织地反抗，这一点表征着其作品已超越了新倾向派的范围而达到了无产阶级文学的高度。可以说，她是继崔曙海之后延续"卡普"文学并将其与无产阶级文学相连接的"同伴者作家"。

姜敬爱的处女作《破琴》讲述的是一个由于高昂学费和米价暴跌而欠下一大笔债的燮哲一家被生活所迫最终移居间岛的故事。燮哲和慧卿作为知识分子，在极度困窘的生活状态下不得不选择改变和逃离，最后在一同退学后投入到为民众解放的斗争中去。在这部作品中，姜敬爱已经开始展露了抗争的弥端，尽管在斗争方式的选择上还显得不够成熟，但作品的矛盾根源却是来自阶级对立，这一对立模式也成为推进情节发展的主要动力。前期作品的阶级对抗性一直是姜敬爱斗志充盈的表征，《菜田》和《足球赛》展现了无产者团结的力量并表达了对于组织斗争的期待，《有无》体现了作者对阶级理念的深刻关注。虽然这几部作品都以阶级对立为主要结构，但表现方式却发生了微妙的变化。《菜田》和《足球赛》中宣扬大张旗鼓的集体反抗，而《有无》则以暗示性的抗争方式来表现阶级对立，之后的作品中这一理念的表现逐渐变得越发模糊，直至最后的销声匿迹。因此，姜敬爱的创作轨迹在阶级对立模式展现的清晰程度上呈现的是一个抛物曲线，她未将阶级对立的意识在作品中坚持到最后，而最终以苦难中无力和绝望的笔调结束了自己的创作生涯。

伪满时期朝鲜作家除姜敬爱外，金昌杰的很多作品也展现了鲜明的阶级对立模式。这其中，《暗夜》因其结构严谨、艺术形象生动、主题意识鲜明曾被国内学者评价为新中国成立前朝鲜族小说中最优秀的作品之一。这部作品以对立为主体结构，并将矛盾双方设定为贫富对立的两个阶层。在小说中，到处充盈着压抑与自由、金钱与爱情、光明与黑暗、贫穷与富有的对立，从中能够看出移民社会后期充斥的种种社会问题。小说以买卖婚姻事件为中心，穷困的生活让底层的人们在无力偿还债务之时只有选择卖掉儿女，而那些富有阶层在巧取豪夺、积累财富的基础上变本加厉，当榨干血汗后又把魔爪伸向了穷人家的儿女，这样丧失人性的掠夺无疑使得阶级对立更加尖锐化。在贫富的矛盾对立中，尹老头的女儿美粉成了偿还债务的牺牲品，她的命运被富有阶级玩弄于股掌之中。但崇尚爱情的她却没有丧失反抗的斗志，在被决定卖给崔老头之后选择了与恋人在深夜逃走。这样的抉择从她个人角度来说是一种打破现有局面的积极反抗，这一做法也曾得到不少评论家的肯定与赞赏。可如果从阶级斗争的角度来看，他们的选择却只能算作是一种逃避。虽然离开暂时消除了爱情的危机，但是并没有解决阶级对立的根本矛盾，反而增加了她父亲尹老头的苦恼。应当说，小说结局中的贫富对立依然存在，他们的逃走也没有给化解矛盾带来任何帮助。因此，这部作品虽然展现了美与丑、真与假、光明与黑暗的对决，但却没有给出阶级对立的解决方案，从这一点来说仍具有一定的局限性。

　　虽说对于安寿吉文学作品是否具有亲日倾向仍存在争议，但在阶级对立的表现上他的很多作品却十分典型，如收录于《发芽的大地》中的《黎明》在描写移民生活中的阶级对立上就很具有代表性。廉想涉和申莹澈认为小说集《发芽的大地》是"开拓民的文学"，而安寿吉则"在阅读这些作品的时候，感到大部分作品是对'前期垦民'惨淡生活相的回顾和追忆，给人一种类似'移民受难记'的感觉。"[1]其实严格来说，只有《黎明》属于这一类。这部作品以一个少年的视角来展现朝鲜人从移居到定居的艰难历程，这其中底层大众和"无良朝鲜人"[2]的对立是推动情节发展的主要动力。所谓"无良朝鲜人"指的是在移居初期就已定居在"满洲"并接受了"雉发易服"和"归化"的朝鲜人，他们对新移居来的同族人肆意欺压和凌辱，利用各种奸邪的手段巧取豪夺，作品中的朴致万正是这一角色的代表。主人公的父亲在无法偿还一百元债务之时，只有从朴致万那里借钱，但朴致万却要求把主人公的姐姐抵押给他做后室。由此将小说的矛盾推向冲突的顶点，即姐姐的抗婚并与恋人的半夜逃走，然而结果却最

---

① 김호웅, 재만조선인 문학연구, 서울 : 국학자료원, 1997, p.134.
② "无良朝鲜人"指的是作品中出现的"얼되놈"。

终以失败告终。这一结果直接造成了姐姐割喉自尽、父亲被杀害、母亲疯掉的惨痛结局。矛盾的高潮以移居民的牺牲作为结局，类似的模式设计在这一时期的作品中曾多次出现，在这一对立结构的形成过程中以阶级压迫形式出现的"无良朝鲜人"成为关键人物。

实际上，像朴致万这样的人物在移居的朝鲜人中是真实存在的。当时的东北军阀政府为加强对朝鲜人的统治和控制，强行要求他们"归化入籍"。在"归化入籍"之后就要穿着中国人的衣服、说汉语并接受汉族人的习惯。为应对这一政策，一部分地区的移居民选出自愿归化的代表，并以这些人的名义来租借土地，这些归化人在得到土地以后再将土地分给其他佃农，后期移居而来的农民在身无分文的条件下只有租种归化人的土地。通过这样的形式，早期归化的朝鲜人中便出现了像朴致万一样的"无良朝鲜人"，他们与中国的官宦和地主相互勾结来压迫本族人并从中渔利，由此形成了具有一定规模的社会现象。在朴致万这样的"无良朝鲜人"和军阀政府的双重压迫下，一个十几岁的少年见证了一个家庭在"满洲"定居过程中经历的种种磨难：父亲被生计逼迫不得不走私食盐的冒险，意欲抢走姐姐的朴致万的动物兽性，父母的争吵、叹息以及最终以极端方式出现的家庭悲剧，在残酷的阶级对立中将移居民逐步推向深渊的过程证实了这部作品确实为安寿吉所说的"移民受难记"。赵东一曾这样评价《黎明》："从抵抗的贫穷文学角度来说，它在某种程度上已经达到了崔曙海和姜敬爱的高度。"①通过二元对立模式推动情节发展是这一时期现实主义文学的典型模式，而大多数作品也是以朝鲜人的悲剧为结局。

阶级压迫就像一副枷锁，将移居朝鲜人紧紧地束缚于物质和精神的牢笼之中，反映这一现实的文学作品通过对立的模式展现了移居民群体在阶级矛盾中所遭受的凌辱、压榨和迫害，这不仅旨在反映现实，同时也渗透着改变现状的潜在意识。伪满时期"满洲"朝鲜人文学中以阶级对立为基本模式的作品与当时中国的此类作品近似，都源于社会资源分配的不均

---

① 조동일, 〈한국문학통사〉(5), 지식산업사, 제 2 판, 1992 년, 제 456 페지.
오상순, 중국조선족소설사, 심양 : 료녕민족출판사, 2000, p.82 재인용.

衡。虽然有些作品未给出解决方案，但阶级对立本身已经暗含了反抗和不满。阶级对立作为这一时期人们普遍的意识存在，其在伪满作品中作为文学模式出现也就成为一种必然。

二 势不两立的民族对立

从伪满洲国建立开始，日本将大批的日本人移居至满洲的计划失败以后，转而将大量的朝鲜人移居至满洲，其结果导致"中国的朝鲜人数量从1930年的60万人上升到1940年的140万人，到1945年6月的光复之前为止总人口数已达到了216万多人。"①随着朝鲜移民数量的大幅上升，日本开始意识到进行种族管理和同化教育的必要性。他们歪曲、捏造朝鲜和中国东北的历史，主张日、朝、满、蒙等民族在历史上是同源分流、不可分割的密切关系。炮制了"朝鲜民族是日本大和民族的一个分支"的说法，目的是使其"大东亚共荣圈"、"五族协和"、"满鲜一体"的理论合理化。在严酷的殖民政策下，20世纪初活跃的很多民族报纸逐渐销声匿迹，只发行少数在其严密监视和控制下的报纸。在殖民初期，除了朝鲜人文学《北乡》等少数的文艺期刊外全部都成为御用报纸。

朝鲜移民为抵抗日帝的文化蹂躏和民族同化政策，前赴后继地开展了抗日文化运动。为守护民族文化，他们组织了声势浩大的文化教养运动与扫盲运动。在城市，学校进步教师讲授民族语文和民族历史，鼓吹民族独立思想；在农村，知识分子利用农闲时间开设识字班，并制作教材给人们教授民族语文、历史、抗日歌谣等。很多朝鲜族学校师生们抵抗殖民地教育、民族差别政策和法西斯暴政，轰轰烈烈地开展拒绝同盟留学和张贴抗日标语等反日斗争。

在严酷的环境中，大部分的朝鲜移民作家未曾忘记自己的民族使命。"虽然用朝鲜语发表的杂志非常少，但大部分的朝鲜文人却始终坚持使用

---

① 김덕균, 중국조선민족예술개관（임범송 편저, 〈중국조선민족예술론〉, 심양 : 료녕인민출판사, 1991, p.3）. 오상순, 중국조선족문학사, 북경 : 민족출판사, 2007, p.77 참조.

朝鲜语创作、使用本名发表，以此来反抗文化侵略与创氏改名，这不能不说是对日帝皇民化政策的一种无声抵抗。"[①]"纵观沦陷时期的东北文学，尽管存在着汉奸文学和粉饰文学，但爱国进步的抗日文学依然是这一时期文学创作的主流。"[②]伪满时期朝鲜作家在黑暗而令人窒息的环境中坚持反日文学创作，在森严的文学网下很多作家不得不收敛起对抗的锋芒，他们表面采取同政府合作的态度，但在创作中却采用一定的技巧来艺术化地表现反日思想，隐喻、反讽、暗示、象征等创作手法被作家广泛采用。尽管他们当中还有很多人因为不经意流露出的反帝情绪而被迫害牺牲，但伪满时期"满洲"朝鲜人文学的抗争之火却从未熄灭，在严酷的环境中始终坚持艰难跋涉、曲折生长。

伪满时期的朝鲜作家是一个特殊的创作群体，他们迫于生计离开殖民故土，远赴异乡仍未摆脱日帝铁蹄之下的水深火热。欲求平静的生活而不能得偿所愿，背井离乡、生活苦难与殖民压迫使朝鲜作家的矛头直指日本侵略者，文学创作体现了强烈的民族对立倾向。伪满时期的朝鲜作家普遍表现出现实主义的创作特色，其笔下很少出现吟风咏月、博古论今、玄道思哲的文学雅兴，更多的是直面社会、积极入世的现实主义风格，这样的风格不能不说是源于北方地域文化的影响。北方相对严寒恶劣的气候使民众面临更多的生存挑战，战争、迁徙和社会动荡使得北方人更注重生存现实，由此而形成了崇尚实际的文化性格。伪满时期，日本的殖民侵略是朝鲜移民面临的最大生存现实，因此他们必然表达直抒胸臆的对立姿态，控诉敌人暴行、关注民生疾苦、暴露社会黑暗，在创作上甚至不惜以牺牲文学性而以概念化、公式化来守护民族理想，这一特性来自朝鲜民族的务实风格，也与北方的地域文化密切相关。

作为出生于中国东北的朝鲜诗人，尹东柱诗歌的民族对立性十分具有代表意义。尹东柱刚呱呱坠地不久，延边地区的抗日武装斗争就以燎原之势发展起来。由朝鲜移居至我国东北的抗日志士致力于利用学校教育来培

---

① 김장선, *위만주국시기 조선인문학과 중국인문학의 비교연구*, 서울：도서출판역락, 2004，p.270.

② 李春燕：《东北文学史论》，吉林文史出版社1998年版，第273页。

养下一代的反日民族意识，而尹东柱就读的明东小学正是反日民族解放运动的中心和摇篮。面对熊熊燃起的抗日烈火，日本侵略者疯狂地肆虐和反扑。日帝建立的集团部落封锁了各朝鲜族村庄的联系，他们严密监控和绞杀一切反日动向。在 1932 年延吉骇人听闻的海兰江惨案中，日本侵略者屠杀了 1700 多名革命者和无辜百姓，这样惨绝人寰的杀戮给年仅十几岁的尹东柱带来了巨大的震撼。年幼的他开始拿起文学的武器，在《故乡的故居》、《向阳坡》、《云雀》中他通过对底层移居民悲惨处境的描绘痛斥日本的侵略蛮行，同时试图唤醒人们的民族良知和反抗意识。尹东柱的诗作很少以强烈的情绪表达对立情感，而是将这种情感融汇于字里行间，用若隐若现的苦恼和愤懑扣动人们的心弦，进而让读者产生改变现实的共鸣。在《医院》、《雨夜》、《悲哀》、《月夜》和《序诗》等作品中，作者则借用宗教和死亡来表达自己为拯救民族不惜献出生命的高尚气节和不渝决心。这些诗歌在苦闷和自省中深喻内宇宙的倔强和对立，这种由外在民族对立转化为内在人性对立的特色使尹东柱的作品展现出独有的异彩，也使他成为具有鲜明时代特色的反抗诗人的代表。

在体现民族二元对立的作品中，抗日文学应属于其中重要的组成部分。中国共产党领导下抗日武装斗争成为孕育抗日文学的原动力，这之中传播最广泛、影响最深远的当属抗日歌谣和抗日戏剧。这一时期大部分歌谣和戏剧的作者都直接参与了抗日斗争，他们常常在激烈战斗的余暇或行军路上，为填充和丰富枯燥的营地生活而展开想象的翅膀进行构思。虽然环境恶劣，但将现实体验与创作如此紧密结合在一起的先例在其他时期恐怕为数不多。甚至有些戏剧演员在演出尚未结束时接到通知而直接带妆继续参加战斗，带着尚存的激昂情绪，在斗争中的他们必然会表现出超常的英勇和无畏。可见，抗日斗争为文学创作提供了直接的素材，而文学创作又鼓舞了人们的抗日斗志，二者相互依存、相互促进。

抗日歌谣大多没有专门的作者，一般为无名氏或集体创作。这些歌谣在形式上都体现为与日本侵略的对抗，直接或间接地鼓舞人们进行更为深刻彻底的民族抗争。在深刻揭露日帝暴行、宣传抗日民族统一战线这部分内容上来看，抗日歌谣属于结构上的直接对立形式。这部分作品语言犀利而直接，很少运用模糊、多义、隐喻等手法，旨在"能指"和"所指"的统一，但在节奏和格律方面却较为注重，以求达到朗朗上口、赢得群众喜爱，并迅速普及的政治效果。这其中最具代表性的要数《总动员歌》，歌谣的构架接近于口号的罗列，整体上展现出一种强烈的情绪。通过"杀敌"、"灭亡"、"冲锋"、"战斗"等战斗性词汇将反抗的目的尽数表达，单纯而生活化的语言更易激起民众的抗争斗志，在实际斗争中也发挥了巨大的引导功能。由于作品对大众性和斗争性的重视，形成了它艺术性不高的先天性缺陷。但在抗日战场上的现实环境中，实用性和文学性相比起来更具现实意义。除直接表现对立的作品外，还有些抗日歌谣通过歌颂战士的牺牲精神、高洁品性和不屈意志来表现抗争情绪，这部分作品属于结构上的间接对立模式。有关抗日歌谣的主题内容在本章第一节"游击区歌谣中的抗日反日思想"中已经进行了详尽分析，本部分不再赘述。

抗日戏剧方面，包括《血海之唱》、《战斗的密林》、《四六劈》、《报仇》和《胜利》等在内的作品以强烈的革命性、战斗性和大众性受到了群众的广泛欢迎。除话剧和歌剧之外，还有对话剧、假面剧、木偶剧、讽刺剧和唱剧等多种形式。此类戏剧大多短小精悍、情节感人、语言生动，因此得以迅速地接受和传播。30 年代初创作的大量抗日剧本大多因战乱遗失，迄今为止保存下来的只有《战斗的密林》和《血海之唱》两部作品。

《战斗的密林》是一部典型的以对立为基本结构的抗日戏剧，这些对立既包括日帝及其走狗与游击队和抗日民众的对立，也包括贫者和富者的对立。作品的对立结构主要通过人物之间的矛盾体现出来，抗日民众王老头和游击队员桂顺与日军中尉河本的对立是作品中最主要的一对矛盾对立。在这一过程中，日本人无论使用怎样软硬兼施的手段威逼和利诱群众，终未能得逞，他们最后还是在抗日游击队及其民众的共同抵抗下败北。必胜的信念一直作为基本思想而贯串于作品的始终，同时它也是抗日戏剧确定不疑的导向和理念。这部作品另外值得一提的是对于"中华民族"概念的揭示和确认，此处的"中华民族"已将朝鲜移居民包括在内。这是在抗日斗争的过程中朝鲜人对第二故乡的一种情感升华，也是对朝鲜移居民本体性的确认和共同抵御外来侵略中朝汉融合一体的标志。

多幕剧《血海之唱》的主题思想《战斗的密林》相似，在将民族对立设为中心论题的同时高扬朝鲜族和汉族人民一心同体、团结抗日的合作精神。宋妈妈和王平与倭宪兵长和协和会团长等走狗的对立构成了第二部分的结构，宋妈妈和王平冒着生命危险帮助游击队侦查员，之后被日军发现中枪而死。这样看似日军胜利的终结却在最后出现了转机，受到宋妈妈和王萍保护的布谷鸟将敌军的情报成功传给游击队，最终致使日军遭到游击队的突袭而被消灭。作品描写的这一过程虽然付出了群众牺牲的惨痛代价，但仍是以抗日势力的大获全胜而告终。

这两部作品通过敌我对立展示了抗日游击队和民众的牺牲精神，这其中的民众并非只包括朝鲜人，主要矛盾激化的大环境为朝中民众互相加深了解和友谊提供了客观背景，他们的同心合力共同奠定了抗日斗争胜利的群众基础。两个民族的携手和融合不但是抗日斗争胜利的必要支撑，也是朝鲜移居民成功定居的核心前提。剧本文学真实地描绘了当时的生活情境和斗争原貌，通过这一文学形式还原出的历史现实更为丰满和立体。作为抗日战争时期重要的对立关系，民族对立成为伪满时期文学在模式上区别于其他时期的显著标志。这种对峙既是社会环境使然，也是朝鲜人顽强民族精神的集中体现。对立意识形成于现实生活体验和艰苦卓绝的斗争之中，伪满时期朝鲜作家主要通过诗歌、歌谣和剧本等形式将对抗关系显像化，使民族对立模式成为这一时期具有代表意义的作品结构。

三 彷徨苦闷的人性对立

在殖民入侵的大环境中，很多文学作品带有一种挣扎和彷徨的苦闷，从这些作品中可以读出作者内心的矛盾和斗争。在困境中求生存、求发展的意念就像被压在石头下的小草，在弯曲变形中生长。在生命垂危之际生长的野草，从失落的乡土和受难的血泪中汲取生存的养料，这种养料虽苦涩但却能培育出抗争的种子。在困境中孕育的文学作品展现出一种与现实相抗衡的姿态，这种对立究其根源却与人性本身的矛盾对立不无关系。

尹东柱作为朝鲜移民基督教长老之子，从小就受到了宗教思想的浸染，幼年的经历和父亲的影响造就了他创作上独特的自省意识和内敛的文风。写作方式上，尹东柱与同时代的其他诗人不同，他常常将民族恨和阶级苦内化，以宗教思考和人性对立的方式展现出来。金兴奎曾在《尹东柱论》中这样评价：尹东柱的诗歌，并非由于它是具有抗日精神的反抗诗才有其价值，也不是因为它既富有抒情性又具有特质而有其价值。尹东柱诗作的价值在于它是时代苦恼与个人烦闷的统一体。他把个人的体验扩大为历史巨变的经验，讴歌了一个时代的生活与意识。同时，他把其在特定的社会和文化状况中的体验与人生永恒的问题连接在一起，引起了普遍的共鸣。

尹东柱作为一名虔诚的基督教徒，其思考方式和创作特色与宗教影响密不可分，这其中基督教的自我传播思想对他的影响最为深远。自我传播作为一种心理行为，其信息发出者和接受者是同一个人，即"主我"和"客我"之间的一种交流。"根据米德的理论，'主我'作为意愿和行为的主体，通过个人围绕对象事物从事的行为和反应具体体现出来；而'客我'则将自己本身作为认识的对象，它是自我意识的社会关系性的体现。"①思维和内省活动是一种"主我"与"客我"进行双向互动的过程，这种交流互动让基督教徒拥有了不同于常人的人格特征。自我传播的自省性只有在一个人遇到困难和障碍、并对原有行为方式是否得当难以判断时才会活跃进行。尹东柱作品《八福》中的同一句话"贫苦者终将得福"反复八次，对于基督神谕机械式地反复表明他一直以来深信不疑的宗教理想。但最后一句却将话锋一转，"我们将永远悲苦"，此句一出，整首诗便形成了截然对立的结构。前八句表征着作者一直以来笃信的宗教信念，相信忍耐和等待终会得到神灵的庇佑，但现实中的朝鲜贫苦者不但成了亡国奴，而且还在承受着日益深重的灾难，最后连使用自己民族语言和姓氏的权利都被剥夺了。神谕的反复表征着作者一直以来的等待和守护，在忍耐达到极限的时候，他不禁对宗教产生了怀疑，由此断言悲苦者将永劫不复。这种悲苦成了一种诅咒，也使这一句成为全诗的重点。转折之后读出

---

① 郭庆光：《传播学教程》，中国人民大学出版社1999年版，第78页。

作者的深意，这正是人性矛盾的文字表现。在这部作品中，结构的对立表现了作者内心的冲突，宗教和现实、悲苦和降福等种种巨大的反差使作者不得不重新审视宗教、审视自我、审视生活。

在艺术创作中，尹东柱常常将生活的真实升华为艺术的真实。虽然没有华丽的语言和铺张的技巧，但却将他的反抗精神以极为朴素的方式传达给读者。在字里行间能够读出他内心的苦恼、愤懑和无奈，这样平直晓畅的现实主义手法，将真情融入文字之中，成功地诠释了他的满腔热情并引起读者的共鸣。尹东柱的作品中很少看到正面和鲜明的对抗，即使有，单纯的反抗性也不是打动读者的核心，真正让作品熠熠生辉的是融化在诗中的"纯净的心性"。羞愧和自省是尹东柱作品最基本的精神核心，在暗黑的社会环境中无法用直抒胸臆的方式表达不满是他感受到苦闷和郁愤的根源。"实际上，尹东柱诗歌是通过自我省察和悔恨来不断回归真实的。将存在论的苦恼和纯净的心性用透明的抒情给我们温暖的安慰和美的睿智，让我们觉察到自己的力量，这才是让人感动的秘密所在。"①

弗洛伊德将人格分为本我、自我和超我三个部分，一切作用于人格的能力都来自本能。各种本能大体上可以分为两类：生的本能和死的本能。死的本能是促使人返回非生命状态的力量，也是最后的稳定状态。因为不再需要满足生存的各种欲望，所以一切生命的最终状态是死亡。死的本能会派生出破坏、攻击和战争等毁灭性的行为。在内转向的时候人会表现为自责、自杀等行为，而向外转向的时候就会表现出对他人的攻击、谋杀和仇恨等行为。在外部的刺激超越自我和超我忍耐的限度时，本我就会从潜意识中迸发出来，展现出原始的本能。安寿吉的《圆觉村》中主人公亿锁正是这样在本我与自我和超我的对立中选择本能性反抗的人物，"他对自我生存欲望的追求超越了所有的集团利益和阶级对立意识。"②

作品中，已加入中国国籍的韩益尚通过向官吏和军阀行贿的方式获得保护，在中国人的纵容下对同族人尽展其凶狠贪婪、险恶残暴的本

---

① 김호웅, 재만조선인 문학연구, 서울 : 국학자료원, 1997, p.110.
② 오상순, 중국조선족소설사, 심양 : 료녕민족출판사, 2000, p.84.

性。不了解韩益尚欲占其妻的险恶用心，亿锁仍沉醉于二人的"友情"。当亲眼看见到韩益尚胁迫并猥亵妻子的时候，他的原始本能爆发出来，残忍地将韩益尚杀害。对妻子的占有欲击溃了作为人的理智和伪善，亿锁变成了一只兽性大发的"狼"。他的这种攻击性与现代的文明和道德相去甚远，通过深藏于野性之中的暴力展现了一种个性化的抵抗。没有家族和故乡的亿锁行为既不是集团的英雄壮举，也没有代表阶级理念和民族仇恨，而只是个人意识和情感的倾泻，这使得《圆觉村》和前期的《黎明》、《稻子》等作品有了本质的差别，即由外在矛盾向内在矛盾的转化。安寿吉的作品由移居过程中阶级苦和民族苦的关注到个性的关注，再到民族发展前途的关注，这昭示着他的文学发展脉络逐渐从过去的回忆中走出，开始筹划未来的发展。

在《圆觉村》之后，安寿吉另一部收录于《北原》的作品《土城》也是展现自我分裂和人性对决的小说。学洙是一个本性极端自私和贪婪的人，他不想通过劳动换取生活资本，而是以巧取豪夺的方式不劳而获。但戏剧性的是，本意是为占有鸦片的自私行为却在客观上以自我牺牲拯救了一个村子。这样的冲突设计避开了外部矛盾，将作品重心转向了对个人私欲的关注，弱化了作品的主题和情节，使得本可以深入挖掘的题材止于个人的内心对决。学洙的死不具备主动为集体牺牲的积极意义，而只是自身利益守护的附属事件。学洙和亿锁是截然不同的两类人，学洙的死与亿锁的杀人也具有不同的性质，但在行为的客观结果和人性矛盾的突出表现上，二者却是一致的。"《圆觉村》中亿锁用斧头将韩益尚砍死的行为在客观上为村民除了害、《土城》中学洙对钱的执着在客观上救了故乡的村民，这些暧昧的情节构成和猎奇的兴趣追求无异于安寿吉文学变节的前奏。"①的确，避重就轻的个性化表现已经展露了安寿吉现实逃避的倾向，也为之后《牧畜记》进一步的政策呼应做好了铺垫。

二元对立作为集中展现朝鲜移居民现实苦难的文学模式，映射了伪满时期具有阶级意识、民族意识和抗争精神的文人们的责任感。从文学创作

---

① 김호웅, *재만조선인 문학연구*, 서울：국학자료원, 1997, p.154.

的初衷和本质来说，雷同的模式会让人怀疑其文学价值，但对于特殊时期的文学却并非尽然。从相似的文学模式中可以对一个时代的作品特征进行深入的分析，总结其文学类型、萃取其文学本质，这是一种由形及质的考察模式，其分类研究成果对伪满时期"满洲"朝鲜人文学特质的共性研究也将具有一定的参考价值。

第三节　情绪化的艺术表现

文学是人生体验的表达，它与一般的文化形态不同，具有特殊的审美属性。文学叙事中的艺术表现服务于主题内容，伪满文学中描写殖民压迫和现实反抗的文学作品即是如此，它们善以情绪化的方式表达出带有特殊时代特征的人生体验，这些方式既包括暗淡阴郁的色彩选取、叠词散句和五感描写的常现，也包括自省情绪的抒发和大众化叙事手法的善用。这些艺术手法的加入，不但凸显了当时社会物质和精神生活环境的恶劣，而且使作品更深入和打动人心，并推动了文学内容的有效传播。

一　悲凉凄婉的色彩意蕴

色彩本身不具有冷热的温度表现，也不会被人们的身体直接感知。但人们却经常把色彩分为冷色调和暖色调。一般来说，红、黄、橙等与火焰相近的颜色被归为暖色，而黑、白、蓝、紫等稀薄凝重的颜色则为冷色。所以，文学中那些令人热血沸腾、感情充盈的感觉常与暖色相联系，而那种恐怖凄凉、沮丧黯淡则与冷色联系在一起。文学之所以能够调动枯燥的文字将形象刻画得栩栩如生，就是将色彩的心理感应融入其中的结果。作家若要描绘一种意境，就必须唤起人们色彩联想的感受，并用语言形式组织起来。伪满时期有关表现生活苦难和抵抗意识一类的作品，在色彩意蕴上的低沉悲郁就是其在艺术表现上的重要特色之一。

对于文学与色彩密切的亲缘关系，很多优秀的作家进行过深入的研究。歌德作为一代伟大的诗人将其对于色彩的研究辑合成一部《色彩学》著作，鲁迅、沈从文不但注重色彩写作，更能够亲自作画，用画作来诠释色彩的魅力。丹纳认为色彩对于形象的作用就犹如伴奏对于歌词，甚至有时可以从附属品变为主体。色彩作为一种视觉体验，与人的思想、情绪和意识紧密相连，因此作为表现情感的文学，色彩自然成为艺术表现的一个重要元素。色彩的情感意蕴，首先体现在它带给人们的整体感受，色调会烘托出整篇文章的氛围。伪满时期的很多文学作品都曾蒙上过一层悲凉的色调，部分作品从题目上就已露出端倪。如尹东柱的《黄昏》、《雪》、《夜晚》、《山林》，黄健的《祭火》，李陆史的《青葡萄》，姜敬爱的《地下村》、《黑暗》等，这些作品题目在色彩上大多选取了较为晦暗和沉郁的色调，从中透露出的低沉暗郁既暗示了社会环境，也衬托了人物的心境感受。

此外，色彩的描绘还能够表现出人物性格和心理变化的过程。尹东柱的《另一个故乡》创作于 1941 年，这一年无论对于世界历史还是尹东柱本人来说都是不平凡的一年。德苏战争燃起战火，日本偷袭珍珠港继而爆发太平洋战争。随着第二次世界大战战火的蔓延，社会局势变得越发紧张。走上穷途末路的日本侵略者加紧了搜刮殖民地的节奏，把统治政策转为战时应战体制，将很多朝鲜青年学生赶赴战场去充当战争的牺牲品。在文化方面，刁钻的审查和控制也达到了前所未有的巅峰，许多文人迫于统治者的淫威而三缄其口，文坛日渐荒芜，政策的专制让年轻的尹东柱深感窒息。对于尹东柱本人来说，这一年是他毕业后进行人生选择的关键时期。是按照家人的意愿服侍父母在侧、安身立命以求生存还是出外闯荡、反抗斗争呢？这篇作品正是创作于这样特殊的社会环境和人生选择之时，文章的色调可以分为代表惨淡凄婉的"白骨"、"黑暗"等冷色系和代表明丽炙热的"美丽的灵魂"、"梦想中的故乡"等暖色系。在作品中，尹东柱用色彩诠释了答案。他抛弃了"白骨"代表的保守自我，选择了奋起斗争的"美丽灵魂"；要撕碎令人窒息的"黑暗"现实，而追求一直向往的"梦想中的故乡"。由此可见，在冷暖色系所代表的不同意象之间，作者选择了挑战生活、反抗命运。虽然其过程中有过悲恸凄怨，但诗作仍以充盈希望的幻想结尾，表现了作者百折不回的抗争精神和对未来的憧憬。

同样创作于 1941 年的《闭眼前行》也表现了作者类似的心境。作品整体的背景为漆黑的夜晚，在暗无天日的环境中，作者劝诫人们闭眼前行。殖民统治下到处笼罩着阴森恐怖的迷雾，但不能因此而放弃抗争，人们要带上希望的种子，总有一天会见到光明。"希望的种子"是在黑色氛围中一抹绿色的希望，虽然绿色的微弱不足以与黑暗抗争，但只要种子在，希望就会延续。当人们睁开眼睛，这个世界就会有一天遍布绿色。作者匠心独运，在最艰难的时刻仍不忘历史使命，用绿色引领人们在黑暗中前行。

在特殊的文化语境中，色彩可以形成凝聚历史内涵的氛围，更加凸显时代的特征。与尹东柱在作品中虽有冷色系但却用希冀和向往的暖色情调结束的方式不同，姜敬爱的作品则将这种冷峻和凄凉贯彻到底。姜敬爱创作旺盛的 30 年代正值日本殖民统治的黑暗时期，在她的作品中经常用一些色彩来映射时代的沉郁压抑、烘托处境的悲凉凄婉，这其中白色和黑色是姜敬爱笔下经常出现的色彩意象。《母子》开头的第一句是

　　早上，茫茫大雪，承浩妈妈背起因百日咳而呻吟的承浩向门外走去。[1]

"茫茫白雪"既映衬了因子久病而焦灼的母亲心态，也暗示着革命者战斗环境的扑朔迷离。

　　她猛地站起来，想起丈夫不禁要放声哭出来，之后便呆呆地望着外面飘着的雪花。[2]

当寻医问药到处碰壁又无法可医治的时候，她开始怀念已经去世的丈

① 허경진, 허휘훈, 채미화, *중국조선민족문학대계 8—강경애*, 서울 : 보고사, 2006, p.104.
② 위 책과 같다, p.109.

夫，孤苦无助的母子的茫然正如皑皑白雪带给人们的迷惘一样，不知何时能够找到出口。寒冷的冬天暗示着冷漠的人心，贫穷与孤苦折磨着病痛的人们，雪色的凄冷映射出了朝鲜人移居生活的艰辛和苦难。

除白色外，黑色也是姜敬爱作品中出现频率很高的色彩，但这一色彩却在作品中展现了一种变化，即随着姜敬爱创作阶级性的减弱黑色的浓度逐渐加深。30 年代前期的《妈妈和女儿》、《足球赛》、《人间问题》、《盐》等作品是建立在阶级斗争和理念觉醒基础上的叙事构成，从作品中可以读出作者反抗的澎湃激情和斗争的坚定信念。这一时期姜敬爱常用平实淡雅的色调描绘景致、摹写人生。《人间问题》开头出现的"怨沼"给整个作品蒙上了阴沉的色调，村民们的传说总让人觉得不寒而栗，但文章的整体进展较为平和，以一种深色调在行走，在最后作者指明了阶级斗争的无可选择性。

> 第二年晚春的夕阳下，凤艳妈放下手中的针线活，抬眼一看，见红门旁出现了一个清晰的影子。①

这是《盐》在叙述凤艳母女两人被赶出地主家之前的场景，夕阳是黑夜来临之前预兆，暗示着她们母女两人将要面对的漫长苦难。后来的凤艳妈虽然经历了失去子女的痛苦，但小说最后却是以她模糊的阶级觉醒而结尾，因此这种浅淡的深色代表了生活的苦难，但却没有预示阶级斗争结果的意味。

30 年代中期，姜敬爱的《同情》、《二百元稿费》和《烦恼》等作品开始转向为内心省察和深沉思考的主题，这一时期的她更注重心理矛盾和深层情感的挖掘。创作视角由宏观转向微观，对社会问题的关注度呈现下降趋势，色调也变得更加暗沉。从《同情》和《二百元稿费》脆弱和堕落的理念到《烦恼》中深刻的意志动摇和幻灭，姜敬爱开始逐渐失去了斗志，

---

① 허경진, 허휘훈, 채미화, 중국조선민족문학대계 8—강경애, 서울：보고사, 2006, p.366.

病体的拖累让她无法继续斗争的信念，生活变得越发艰辛和沉重。

到了 30 年代末期，《毒品》、《黑暗》、《地下村》和《黑球儿》等作品则更加直接鲜明地透露出作者无力面对黑暗现实的紧迫感和绝望，浓重的黑色调让人感到无比的沉闷和压抑。

> 黑暗像湖水一样笼罩着树叶、露珠，紧紧地缠绕着树林。冷峻的星光下，猛然间听到后面似乎有丈夫的脚步声，回头一看，顿觉阵阵发冷。[1]

伪满统治后期毒品已经渗透到日常生活的方方面面，走投无路的人们堕落到与麻药为伍的境地。原本的生活理想被现实残忍吞噬，到处都笼罩在无尽的黑暗之中。姜敬爱的深色调描绘在《黑暗》从题目到全文展现得最为淋漓尽致。"夜，很黑。"[2]这是小说的最后一句，至此对于黑的描述达到了巅峰。结尾定格了整篇文章的色调，处于身体状况恶化边缘的姜敬爱在作品中用黑暗预示了革命的尽头和生命的尽头。

姜敬爱生活于民族受难、百姓生灵涂炭的时代，冷色调最能代表社会环境带给人们的感受，白色的素雅凄婉和黑色的沉郁悲凉展现了生活的苦难和斗争的艰难，这是在姜敬爱的创作中出现最多的色彩意象。即使在作品中偶尔出现一些鲜丽的颜色，也被作家指涉为落日、伤痕、枯叶和橘皮等消极的事物。因此，可以说姜敬爱是一个善于用色彩展现生活的作家，悲惋凄凉成为姜敬爱创作的主色调，色调的变化也展示了作者内心倾向的变化过程。除姜敬爱外，很多伪满时期"满洲"朝鲜作家也用色调表现和诠释了生活的艰辛与内心的煎熬，这种借助色彩意蕴来增加作品感染力的方式是这一时期艺术表现的重要特征之一。

---

[1] 허경진, 허휘훈, 채미화, *중국조선민족문학대계 8—강경애*, 서울 : 보고사, 2006, pp. 221-222.

[2] 위 책과 같다, p.220.

二 叠词散句与五感描写

细读伪满时期朝鲜作家的作品不难发现，它们在整体上都笼罩着一种阴郁的氛围。为表现生活的苦难和现实的破败，作品中经常出现一些独特的表达方式。这些独特的艺术表现再现了当时当地真实的生活场景和社会氛围，使本来平面化的描写变得立体而富于表现力。这其中叠词散句和五感描写最具代表性，在衬托环境背景和描绘人物心境方面，这两类手法功不可没。

叠词以其形象性、确切性和音乐性的效果受到很多文人的青睐。它可以使所描绘的景色和人物更加形象、表达的意象更具修辞效果，也可以使文章的音律和谐，读起来朗朗上口，听起来声声悦耳。朝鲜语本身具有十分发达的拟声词系统，拟声叠词通过元音和辅音的有序交替来变换为多种形式，以适应语言环境的需要。在语言的运用上，姜敬爱十分擅长拟声叠词的使用。据统计，姜敬爱小说中的拟声拟态词有近千个之多。在长篇小说《盐》中，凤艳妈在怀孕后等待地主胖东来看望自己时有这样一段描述：

> 她突然听到外面传来一阵叮叮当当的马车声，从胖东房里传来一阵跑动的脚步声，啪啪、啪啪，伴着胖东孩子们玩闹的声音。他来了！她的心开始扑通通地跳着，连肚子里的孩子也跟着咕噜噜的转起来。看到裙沿在鼓鼓地耸动着，她不禁按住自己的肚子。随着脚步声的临近，她一下站起来。心想，胖东是不是过来看我了呢？①

短短的一段关于焦灼等待情境的描写，叠词的使用就达五处之多，这

---

① 허경진，허휘훈，채미화，*중국조선민족문학대계 8—강경애*，서울：보고사，2006，p.367.

些对声音和情状的描写通过叠词的表现更使人如身临其境。

姜敬爱作品中的拟声叠词很少与表现明丽快乐的情绪联系在一起,而主要用于一些低沉和消极的氛围中。叽叽喳喳的麻雀声、鸟啾啾的凄凉叫声、瑟抖抖地站着、抽抽搭搭地哭、吧嗒吧嗒地低头抽烟……这些拟声词的使用使恶劣的环境与破败的情绪相联系,给读者勾勒出一个个苦难的场景:在一个雷电交加、大雨瓢泼的晚上,主人公蜷缩在一个四处漏雨的破草房中,轰隆隆的雷声夹杂着低沉的哼哼呻吟,咕咕叫着的肚子紧贴着黑漆漆的炕沿儿,阵阵咳嗽伴着叹息声,咕咚咕咚地喝了口凉水,喀叱喀叱地嚼着麦皮,眼角不禁淌下了绝望的泪水。这些叠词的使用在画面的基础上添加了音效,使得场景的描绘更加直观立体,以简短的文字形象描绘出底层人民极度贫苦的生活。这样的艺术表现手法源于姜敬爱真实的贫困体验和生活经历,她将细节感受用最生活化的语言表现出来并为主题做出了环境铺垫。

除叠词外,伪满时期"满洲"朝鲜人文学在描绘生活现实的文学作品中还经常会出现长短不一、富于变化的散句。散句省略了很多成分,改变了原有句式一线铺陈的形态,形成一种活泼、错落的变化美。当出现情节的紧张、节奏的异变或需要夸张强调的时候,作家就自然会倾向于使用散句。此外,散句也是语言交际的基本形态,句式结构的变化实现了修辞上的参差美。散句和整句相比可以更细致地描绘出情绪的变化和波动,也更易于拉近与读者的情感距离。在朴启周的《人间祭物》开头是这样展开的描写:

"妈妈,我也一起去。"

"你在家吧,我马上回来接你。"

"不,我也去!"

"不听话不是好孩子。"

四岁的男孩还是摇晃着身体,脸上的肌肉微皱着。

"今天时间来不及了。"

"嗯?来不及了?"

　　"是啊。"①

　　这种再平凡不过的日常对话作为作品的开头很容易让人产生好奇心，与生活用语别无二致的散句句式直接吸引了读者。无论多伟大的文学作品，究其根源也都是源于最真切平实的生活实践，而散句正搭建了这样一座生活与艺术相连接的桥梁，用力透纸背地手法将艺术融入进生活。类似此类散句的使用在伪满时期"满洲"朝鲜人文学描绘生活现实的文学作品中多到不胜枚举，在此不再做更多的举例说明。

　　除叠词散句外，五感描写也是这一时期艺术表现的重要特色之一。人的外部感觉由视觉、听觉、味觉、触觉和嗅觉构成，人们通过这五种感觉来感知外部世界。在文学实践中，五感常被作家们应用于作品中来营造真实立体的氛围。如果说拟声词的使用可以在读者的视觉想象中增加听觉体验的话，那么其他感觉描写的加入则会进一步扩张读者对现实生活的诗化感受，进而引起不同层次读者的共鸣。

　　在《满鲜日报》上发表的作品中，宋铁利的《五月》与李鹤城的《五月》同名，但在作品的表现方式上却存在着很大差异。李鹤城的作品主要用直白的方式赞颂自然生命的力量、通过春日美景来表达对丰饶生活向往，而宋铁利的作品则重在从细节渗透出对乡土的挚爱，这些细节正是通过对所描写的形象从视觉、听觉和触觉等方面的感受上表现出来的。"白色的鸽子"、"画出一条银线的天空"和"翠绿的波浪"连接成了五月特有的景致，从视觉角度不禁让人沉醉于其中。而"叮咚作响的清脆铃铛声"、"澄澈的呼吸声"和歌声、哨声浑然融为一体，在视觉基础上填充了听觉感知，使原本静止的画面瞬时变得立体和灵动。从诗歌整体来看，给人一种明媚、柔和爽朗之感，这些细节感受的结合也使作品呈现出一种张力。

　　感觉的刻画不但可以使描写对象更加生动，而且能够增加作品的真实

---

　　① 연변대학 조선언어문학연구소, 중국조선민족문학대계（11）소설집—김창걸 외, 하얼빈：흑룡강조선민족출판사, 2002, p.411.

感和细腻感。姜敬爱十分注重各种感觉的描写，在各种感觉中，她的嗅觉描写最为独特和传神。嗅觉的敏感程度虽不及视觉和听觉，但在描绘生活现场方面却有着独特的表现力。姜敬爱将这一细微不易察觉的感觉注入作品中，瞬间使场景变得饱满、描绘变得富有情致。她的作品中几乎涵盖了自然界和日常生活中的全部气味，如茶香、奶香、油香、饭香、肉香、汗味、臭味、馊味、腥味等，这些气味深入到了每一处细节，表现了作家对生活深入和细致的体会。

> 他戴着破草帽，额头火辣辣地，汗珠流下来，灰尘像烟一样夹杂在空气中，辣得鼻子受不了。[1]

> 七星突然闻到了一股刺鼻的牛粪味，他一下子火了。[2]

姜敬爱对美好生活的真挚热爱和对肮脏生活的极度厌恶在气味的对比中显著地体现出来，嗅觉感官的调动扩大了读者的想象空间，也增强了作品的表现力。

此外，综合感觉的描写姜敬爱也十分擅长。她的作品《盐》中对凤艳妈生产之后极度饥饿的状态是这样描写的：

> 最后，她把葱放到了嘴里艰难地嚼着。辣到了牙根，嘴唇都发了青。她皱着眉头，过一会又张开了嘴。口水流到了下巴下面，她马上用手把口水接住又送回嘴里，好像只有咽下这口吐沫才能活下去似的。她又把葱放到嘴里，感到舌底发麻，可还是咽了下去。不知道咽下的葱为什么会这样硬邦邦的，像要把嗓子撕裂了一样，眼泪一下子涌了出来。"吃葱也能活下去吗？"她透过仓库门缝呆呆地

---

① 허경진, 허휘훈, 채미화, 중국조선민족문학대계 8—강경애, 서울：보고사, 2006, p.144.

② 위 책과 같다, p.148.

望着天空。^①

　　"硬邦邦"是对物体质地的描写，这一触觉将食物的不可食用性描绘出来，但凤艳妈为了充饥却不得不吃下去。这里"艰难地嚼"、"皱着眉头"、"张开了嘴"、"舌底发麻咽下去"、"眼泪一下子涌出来"等句子是对吃葱产妇触觉和味觉反应样态的描写。凤艳妈的产后生活不但无法奢求补养，就连基本的生存都无法保障，此情此景融汇了作者丰富的生活体验，也将对贫苦感受的描绘更加细节化和真实化。

　　伪满时期"满洲"朝鲜人文学作品在生活苦难和社会面貌的表现上，展现出了一种细腻而情绪化的真实。叠词散句的使用有效地拉近了作品与读者的距离，使人对于事物的感知更形象、更全面。而在视觉、听觉、味觉、触觉和嗅觉的描写上，这一时期的作品则表现出了超越移民初期的敏感。原因在于伪满时期在前期移民生活阶级矛盾累积的基础上，又加入了民族问题和殖民环境等复杂因素，多重矛盾下的感官知觉会较常时更为敏感和丰富。独特而细致入微的艺术表现手法展现了"满洲"朝鲜文人真实的认知世界，这种认知也真实重现了那个时代曾经的孤寂与落寞。

三　自省之情韵

　　"自省"是"满洲"朝鲜作家特有的一种艺术表现方式，对外部环境的无力转圜使作家关注的重心转向了自我审视和反省，表现出这一特色的小说大多是伪满统治中后期的作品。这与社会环境密不可分，对现实的失望使作家将这种郁积的情感试图通过内向反省的方式化解，这一时期具有自省意识的作家大多善用细腻隐晦的方式抒发内心情感。

　　姜敬爱作为伪满时期为数不多的女性作家，在作品中表现出了女性独有的真实和细腻。与前期创作强烈的阶级取向不同，姜敬爱中后期的创作

---

　　① 허경진, 허휘훈, 채미화, *중국조선민족문학대계 8—강경애*, 서울：보고사, 2006, pp.374-375.

越发地无力和绝望。在沉寂中，她不断寻找心灵疏解的出口，然而疾病的折磨和现实的严酷让她在挣扎和彷徨中始终未得正解。《那个女人》的主人公是一个刚刚登坛不久的女作家玛利亚，这个女主人公在作品中的所见所思正是姜敬爱自身的投射。玛利亚眼中的龙井、中国人的面貌和对于不洁的鄙视都是作者从自身角度出发的描述，这种自我审视通过作品被放大，表达了她内心的真实感受。如果说《那个女人》是姜敬爱内心话语映射的话，那么《二百元稿费》可以算作是对于生活琐事中体现的理念精神的自省。作品以一个刚刚获得二百元稿费的女主人公因为钱的使用途径和丈夫发生的分歧为主线表现了其内心的纠葛。到底用这二百元钱去购买自己心仪已久的皮鞋、围巾、外套和金戒指还是遵从丈夫的提议去帮助一个狱中同志的妻子，这种矛盾和现实理念相牵绊，不难看出姜敬爱对自我内心矛盾的关注始终未离开阶级这一中心。这部作品被看作是作家自身写照的原因在于，在其发表前不久姜敬爱刚刚获得长篇小说《人间问题》的稿费，这让人不得不联想到是一篇自我省察的作品。

一般来说，姜敬爱的创作被学界认为是以阶级立场和生活现实表达为核心的，其自省情绪只在个别作品中透露出来。如果细数自省情绪强烈的作家，尹东柱可谓是其中最具代表性的。成长于民族主义倾向浓厚的吉林省明洞村，受到作为基督教长老的父亲的影响，他自幼年就对殖民侵略怀有深重的仇恨，民族情感和社会意识也是从那时起开始萌芽。北间岛的明洞村在 20 世纪初设立了大量的学校和教会，这里将失去祖国的志士们会集在一起，无论长幼都怀着高涨的民主意识和独立热情。这种文化氛围是尹东柱积极参与独立运动的直接动力，其抵抗精神和自省意识也大多源于此。此外，由于受到李箱等韩国现代主义诗人的影响，他的作品表现出了显著的现代主义痕迹。正是这种现代主义的表现方式，使尹东柱的自省意识得到了充分展现。

"尹东柱诗歌的基本精神是自认羞愧和自我反省。如果单从基督教信仰的角度解释这种羞愧或反省是解释不通的，尽管他是虔诚的基督徒。对黑暗现实感到不满和愤怒，却不能把这种不满和愤怒表露出来，因此才觉得羞愧，才进行自我反省，这是尹东柱诗歌羞愧美学和自我反省的原因所在。"①在诗歌《自画像》中，作者通过对井中映射出的男人的态度表明了一种矛盾心态和自省意识。从最开始的厌恶到回头之后的可怜，再到最后的思念，这样跳跃式的情绪展现了作者对自身的无力充满了自责、犹豫和留恋的复杂情绪。作品中的话者在验证井中的男人是自己之后，仍不忍离开而返回再次确认，而从厌恶到可怜的情感转化正是源于第二次的回望。通过对井中自我两次的凝视作者找出了现实中自责的根源，即自身力量的羸弱，因此而得出"可怜"的结论。而这种怜悯之情又推动了话者第三次返回井边回视，这一次又将情感升华至"思念"，但这种思念更多地却代表了无奈和踌躇。自我反省的情绪通过井边男人三次的自我审视而得到不断深化，即在民族生灵涂炭、殖民统治横行的时代，由厌恶自身的无力和无声到认识到客观环境的无法逆转，再到自我意识的珍视和升华。三种情绪的变化并没有直抒胸臆地表达，而是通过一个男人怪异的行为表现出来，体现了作者在艺术表现手法上的独具匠心。

如果说《自画像》中的自省意识带有一种影射倾向的话，那么《可怕的时间》则将自省情绪直接幻化于对现实的否定和批判中。

那边，是谁在召唤我，

在嫩叶变绿的树荫下，
在这里，我还有呼吸。

挥手都无法看到的我
挥手的天空都没有的我

哪里有我寄身的天空
来召唤我。

---

① 张春植：《与星对话——朝鲜族现代诗人尹东柱与他的诗》，《民族文学研究》2010 年第 4 期。

事业完成后在我死的那天早上

没有惋惜的枯叶将会落下……

不要再叫我。①

　　上帝所召唤的死亡虽然不具有现实意义，但面对召唤，他仍表现出了回应，这种回应主要包括两个方面：一是不畏惧死亡，他向上帝承诺在完成使命后自会回应召唤；二是对使命的追溯源于现实，现实的不合理使作者产生改变的欲望。在黑暗现实中，默任时间的流逝而逐渐接近死亡，这种痛苦让尹东柱不能不深陷于沉思。找不到解决问题的出口，虽有苦闷却无法直接表达，这使现实否定情绪成为他作品中能够被读出的为数不多的意味之一。作者的本意是将改变现实作为己任承担下来，但无法扭转局面的痛楚又让他深感自身的无力和弱小，自省的最终结果是羞愧难当。因此，自省和羞愧被称为尹东柱创作中最为突出的艺术特征。

　　与尹东柱的现代主义风格类似，黄健的《祭火》也是一篇通过暗示性思辨展现作者矛盾内心世界的另类作品。作者把僧舞表演过程中悲情的歌声和哀愤的身姿看作是累积的祭火，将大众内心的愤怒以极具个性的方式影射出来。在母亲病重临终之时，熊熊燃烧的祭火透露出作为孝子的"我"无助的郁愤和无奈，这种痛苦甚至使自己产生了自杀的想法。而在现实中，这里母亲的意象正对应着因病重而呻吟的祖国。面对在生死边缘挣扎的母亲，民众无所适从的自责感和绝望对现实毫无补益，但出于对骨肉至亲母亲最原始的挚爱，这种痛苦却无法疏解。应当说，与其对小说从纯粹绝望和无助角度来解读，不如说源于对祖国深爱和无助而产生的自责感更符合作者的心境。正是由于作者对理性和意识的执着追求，才导致了作品艺术感染力的弱化，这是作品试图通过混沌的表象来展示内心清醒的苦痛而形成的矛盾结果。

---

　　①허경진, 허휘훈, 채미화, 중국조선민족문학대계 6—김조규, 윤동주, 리욱, 서울：보고사, 2006，p.347.

安寿吉作为移民文学的代表作家，大多数作品致力于关注朝鲜人的农畜牧业发展和第二故乡的建设，《在车中》是为数不多的体现自省意识的作品。身为知识分子的主人公，以旁观者的身份讲述了一个列车上发生的故事。这种自省与姜敬爱从阶级理念出发的自省虽然不尽相同，但却都是知识分子的一种自我审视。从旁观者的角度作者看清了自我，也让他深感自责和不安。小说中对社会现实的映射和对自我的批判通过一件微不足道的小事表现出来，它将作者对贫苦大众的同情和自身思想的弊端跃然纸上，这是一种直面自我的率真做法，也展现了不同于其他作品风格的异色。

自省作为伪满文坛现实主义作品中具有典型意义的表现方式，常常和现实否定意识有着十分紧密的关联。在风调雨顺、国泰民安的大背景下，人们主观意识上很少会去检视内向世界。但在外界环境恶劣或主客观发生激烈矛盾之时，部分作家就会选择用自省的方式来进行疏解。通过内心审视寻找问题的出口，在无法可寻时又表现出深深的自责，这种自省的背后实际上渗透着一种强烈的社会意识、阶级情感和民族责任。它就像一道照向内心世界的光束，给整体暗淡的伪满文坛带去了一丝慰藉。

四　大众化的叙事手法

伪满时期的朝鲜文学作品在受众群体素质、社会环境和生活条件的影响下，其传播范围受到很大程度的限制。如果说其他题材的作品在传播范围和影响深度方面的要求还不算迫切的话，那么对于抗日题材的作品来说这却是最为紧迫的任务。为使文学贴近生活并广泛地被接受，抗日歌谣和抗日戏剧在古典文学的基础上进行了大众化和通俗化的改造，以适应广泛推广的社会功用化需要。有关"大众化"的诠释，茅盾早在20世纪40年代就曾做过这样的分析："所谓'大众化'，可以从以下列诸点得到证明：第一，作者是站在人民立场写这题材的，他的爱憎分明，情绪热烈，他是人民中的一员而不是旁观者，而他之所以能如此，无非因为他是不但生活在人民中，而且是和人民一同工作一同斗争；第二，他笔下的农民是地道

的农民，不是穿上农民服装的知识分子，一些知识分子那种'多愁善感'、
'耽于空想'的脾气，在作者笔下的农民身上是没有的；第三，书中人物
的对话是活生生的口语，人物的动作也是农民型的；第四，作者并没有多
费笔墨刻画人物的个性，只从斗争中表现了人物的个性……"①从这些分
析中不难看出，大众化的叙事手法作为连接文学与群众的纽带，不但其产
生来源于群众和实践，而且在人物性格、语言表达和形象塑造等方面与一
般的文学创作手法都有所区别。这一桥梁实现连接作用的根本在于其创作
者就是参与实践生活的群众一员，描写对象也源自身边的点滴小事。在艺
术表现上没有更多地去突出文学性，而是将重点放在如何让底层群众易于
接受并实现广泛传播。

抗日类作品无论是歌谣还是戏剧，主要的创作意图都在于通过对抗
性来激发人们的斗争意识和热情。面对群众普遍文化水准低下的现状，
简洁明快和直白有力是实现作品广泛普及传播的重要前提，因此使抗日
文学具有了生活化和煽动性并重的创作特征。抗日歌谣的创作主题一般
围绕着对侵略者罪恶的指责和对抗日军民顽强斗争意志的歌颂两个方
面。揭露日军暴行的根本目的在于强调斗争的正义性和迫切性，因此直
白的表达成为大部分作品的普遍特征。这类作品除体现反侵略斗争意志
和革命思想之外，还渗透着朝鲜人对亡国奴身份的痛叹和对故国山川的
切切思念。而以歌颂抗日精神和激发斗争热情为主题的歌谣则热衷于修
辞的使用和律动性的表达，整齐的结构使群众在传唱过程中朗朗上口，
同时得以迅速传播和普及。

抗日歌谣中，《九·一八事变歌》、《反日歌》、《民族解放歌》、《革命
者之歌》、《革命家》、《革命军之歌》、《阶级战歌》、《决战歌》、《革命斗争
歌》、《红色的春天回来了》、《十月革命歌》、《苏联拥护歌》等作品在大众
性手法的运用上表现得较为显著。这其中，在简洁直白和煽动性方面具有
代表性的歌谣要数《反日歌》：

---

① 茅盾：《关于李有才板话》，《群众》1946 年第 10 期。

　　日帝铁蹄践踏狂，

　　满洲江山现颓荒，

　　杀人放火何时了？

　　大众控诉血泪伤。①

　　这是诗歌的第一部分，虽然字数不多，但却反映出了人们对日本罪恶侵略行径的满腔怒火。起句揭露和描绘的是日本帝国主义在东北肆意杀人放火的野蛮罪行和东北大地在日军铁蹄下呻吟的惨状；承句描写了日军淫威下日渐荒废的"满洲"国土；转句和结句在揭露敌人暴行之后号召人们奋起抗战，以报血泪之仇。诗歌中出现的"敌人"、"罪恶行径"、"蹂躏"等词汇表现了人们对日本帝国主义的满腔仇恨并暗含了对抗日斗争必胜的坚定信念。抗日歌谣一般都采用较为直白的形式，重视律动和节奏，在生活性和煽动性的基础上实现鼓舞大众斗争意志的目的。

　　抗日戏剧和抗日歌谣类似，在叙事手法上与一般戏剧有着较大差异，这其中最显著的特征就是情节的单纯明了和矛盾的尖锐直接。这里的矛盾设置没有复杂曲折的变化，大多按直线激化的趋势发展。虽然会以一部分人的牺牲作为代价，但最后结局都以胜利为终结。例如，《战斗的密林》以农民的悲惨生活为起始，为抵御侵略他们与游击队相配合进行抗日活动。游击队将潜伏人员安插在敌后侦查，随着启顺被暴露和通信兵的深入情节渐入高潮。在与敌人周旋的过程中启顺和王老头不幸牺牲，但由此却换来了抗日游击队全歼日军及其走狗的胜利结局。情节发展始终推动着矛盾不断激化，而现实的矛盾又造成了斗争的不可回避，其解决方法被提示为正面的武装斗争，这也是作品为现实指明的矛盾解决路径。《血海之唱》与此相似，以游击队侦查员布谷鸟和地主儿子黄子的冲突为起始，布谷鸟受伤后得到了宋妈妈母子的保护，宋妈妈母子也因此在与敌人的周旋中不幸牺牲，而游击队则通过情报最终获得了战斗的胜利。这两部具有代表意义的抗日作品以其相似的简明情节和直接尖锐的矛盾冲突诠释了这一

---

　　① 오상순, 중국조선족문학사, 북경 : 민족출판사, 2007, p.20.

时期戏剧在叙事手法上的特征，虽然这一特征有悖于一般戏剧情节展开的原则，但这一原则与号召民众投入到积极的武装斗争中并开拓民族发展路径的目的相较，后者更具紧迫性和现实意义。因此，从现实功利性的角度来看，抗日戏剧发挥了其他文学体裁不具备的宣传作用，大众性手法的运用正是实现这一目的的重要方法。

抗日游击区创作的抗日作品除上述的抗日歌谣和抗日戏剧外，还相继出现了《朴志亨》、《烟筒砬子》、《新昌洞战斗》等民间故事。此外，很多的散文、战斗檄文和小说陆续发表在《反日报》、《战斗日报》、《曙光》、《斗争》和《赤旗》等报刊，这些作品也几乎都采用了大众化的叙事手法。这一手法作为伪满时期特有的艺术表现特色，它的运用有着与时代和环境不可分的密切关系。首先，其作者大多为直接参加抗日斗争的战士或群众，这些人整体文学功底不深，很多自发的创作都源于一时的灵感，由此造成了作品内容粗糙和缺少艺术雕琢的缺陷。其次，战斗的艰苦卓绝使创作无法在舒适优雅的环境中完成，风餐露宿和应急备战的空隙完成的作品在主题把握、结构处理和艺术手法运用等方面难以得到周全的考虑，因此作品细致程度和文学性必定会受到影响。最后一点起到决定性作用的就是受众群体的接受程度，由于战乱的环境无法提供优越的教育条件，所以大部分人的文化素质十分低下。为了普及和激发这一群体的斗争热情和参战意识必须要考虑到这一方面，能否得到最底层民众的接受将直接决定作品价值实现与否。由此可以看出，大众化叙事手法的出现既是战争条件形成的直接结果，也是助力作品扩大接受范围和加快传播速度的必要文学手段。抗日文学也因此获得了民众的青睐，并成为抗日宣传的有力武器，为抗日战争的胜利提供了丰富的精神食粮。

第四章　协和和逃避
——妥协文学的风向标

伪满文学产生于特定时期和特定地域，因此仅从表层很难把握作品的全部内涵。当时伪满地区活动的作家处于极度矛盾的状态，特殊社会政治环境中的作家意识倾向也自然会呈现出错综复杂的样态。大部分作家在日本的法西斯统治下一直保持着对民族命运的深度关注，以现实主义手法描绘他们血泪交织的生活，对腐败黑暗的现实予以暴露并高扬民族精神，展现出对于不义现实坚定的抵抗姿态；一部分作家在政策的严密控制下，避开敏感的政治性内容，选择了人情世态和生活伦理等主题作为写作内容来应对时局，不放弃写作的同时不妥协于现实；还有一部分作家在前期发表了一些反映民族意志的作品，但随着时局的紧迫，他们在统治阶级的文化镇压下和物质诱惑下逐渐沦落为背叛民族、顺应现实政策的妥协文人。虽然有着种种借口和身不由己，但他们的行为却在事实上背叛了民族。这种行径为世人所不齿，也在文学史和民族史上留下了无法洗刷的耻辱。此外，还有一些作家虽然并非御用文人，却在作品中表现出了妥协迎合和殖民服务的倾向，此类文学在本书研究中也将被划归为妥协文学的范畴。本章将以迎合现实的妥协文学作为研究重点，其中也包括一部分现实逃避和其他倾向的作品，着重考察它们在主题、结构和文学特色上表现出来的共同特征。

第一节　政策逢迎和现实逃避

一　败北意识的蔓延

日本通过伪满洲国对东北进行政治、军事和经济侵略的同时，时刻未曾放松过思想文化方面的殖民渗透。全面侵华以后，日帝更加重视对东北人民的精神麻痹和思想控制，这种手段日益成为其重要的侵略政策之一。1938年日本搬出"天照大神"来作为"国民精神的支柱"，强制人们信仰并作为顶礼膜拜的对象。日帝企图通过神道思想来蚕食东北人民的精神世界、麻痹和磨灭他们的斗志，使其成为殖民统治的忠实"皇民"。1937年3月满洲图书株式会社成立以后垄断教科书的发行，只允许编辑、出版"国策优良图书"。1936—1941年日本图书由56万本增加到3400余万本，这些书籍90%以上是宣传"王道"、"皇道"、大东亚圣战的内容。《满鲜日报》创刊以后，日帝的文化整理和扫荡一直进行到1940年7月。"到那时为止，以日文发行的报纸数量激增，加盟宣传协会的报纸增加到29家，发行数量占到伪满洲国报纸发行总量的百分之九十。"[①]

恶劣的舆论环境使很多文人受到了挫伤，在文学应对方式上他们的表现不尽相同。安寿吉对"第二故乡"建设的倡导、金昌杰笔耕不辍的现实揭露、尹东柱山水田园式的不屈反抗都在诠释着他们在新环境下的社会理想和应对策略。然而诸多的倾向，整体都呈现出了一种下行的趋势，这其中姜敬爱的"满洲"文学创作轨迹最能体现出这种日益颓败的趋势。从最初的《母女》、《菜田》、《足球赛》、《人间问题》对阶级理念基础上集团行为的倡导到《有无》、《盐》和《母子》中对阶级意识的暗示性表现，再到

① 김장선, 위만주국시기 조선인문학과 중국인문학의 비교연구, 서울：도서출판 역락, 2004, p.24.

《同情》、《二百元稿费》和《烦恼》中的自省彷徨和抵抗意识的动摇，最后到《地下村》、《毒品》、《黑暗》和《黑球儿》中在绝望和溃败中向现实的低头，这一轨迹代表了伪满时期"满洲"朝鲜人文学整体的下行趋势。从客观来看，这与日本在太平洋战争前后实施的战时总动员政策有着密不可分的关系，而在主观上姜敬爱身体状况的欠佳和其阶级理念的弱化也有着一定的联系。

在《毒品》中，姜敬爱通过对主人公宝德爸因沉迷于毒品而丧失人性和道德过程的描写，表现出她对现实无法挽回的绝望。曾经对家庭和亲人十分关照和牵挂的宝德爸在吸食鸦片后逐渐开始颓废和不振，甚至后来在无钱继续购买鸦片的情形下将自己老婆卖给了中国人。宝德妈在被卖后，因牵挂襁褓中的孩子在半夜试图逃离，却不幸在逃跑途中伤到头部而死去。父亲的无情和冷漠与母亲的忘我和挚诚形成了鲜明对比，无可挽回的家庭悲剧映射了姜敬爱的情绪极度悲观和对现实的束手无策。应当说，这部作品中宝德爸的吸毒和放任自流并不是个案，在社会阶级压迫深重、依靠劳动无法获得基本生存保障的情况下，人们对于未来难以寄予希望。这种自甘堕落的意识折射出了社会普遍存在的现象，精神上的鸦片如同物质上的鸦片一样，不断地蔓延和传染，成为一种社会毒瘤而难以被去除。

姜敬爱在接下来的作品《黑暗》中，以主人公英实的哥哥"为可怜的人们献出了生命"①为背景，将这一事件前后人们的变化展现出来。这其中反差最大的是英实的前男友医生。

十年前刚来到医院的时候，他对一切都充满着激情。经常给贫寒的患者减免手术费，对于特殊困难的患者甚至分文不收。因此经常和院长发生争执，甚至曾经提出过辞职，这让人们很为他担心。②

就是这样一个正直而热心的医生，对于英实兄长被执行死刑的消息没

① 허경진, 허휘훈, 채미화, 중국조선민족문학대계 8—강경애, 서울 : 보고사, 2006, p.205.
② 위 책과 같다, pp.206-207.

有表现出丝毫的悲伤。医生的抛弃和外界的冷漠让英实在承受失去哥哥的痛苦同时更加绝望，这种痛苦也正是作者姜敬爱痛失理想、无法找回希望心境的真实写照。作品创作时正值姜敬爱健康状况急速恶化、日本发动全面侵华战争之前，内外环境的同时变化让起初阶级意志坚定的她失去了曾经的斗志和热情。作品结尾的最后一句话"夜，很黑"①表达了她对现实和自我的完全绝望，与题目相呼应的同时将作品的整体色调定格于此。

此外，作品《黑球儿》中的作家意识表现也与《黑暗》十分相似。作为不能背叛自己良心的 K 老师，他的苦闷与民族意识和阶级理念直接相关，现实环境下的无力转圜将知识分子的无奈和愤怒压抑于心底，这也预示和表征着姜敬爱欲行屈从和回避的态度。从以上的几篇作品中可以看出，从《毒品》中黑暗的社会环境以及勉强延命的苦难人们的生活，到《黑暗》和《黑球儿》革命和斗争过程中遭遇的挫折和社会整体意志的下行趋势，这些内容将作者所感受到的弥漫于周围的现实绝望和败北情绪充分展现出来。

随着日帝文化控制政策的加强，朝鲜移居民的生活环境日益恶劣，移民作家的创作自由度受到了极大限制，伪满时期"满洲"朝鲜人文学中很多中后期的作品表现出了前所未有的落寞和绝望。玄卿骏的《回转的人生》发表于 40 年代初，作为《满鲜日报》的连载作品，小说在构成上主要体现了对"满洲"国策的积极呼应，因此后人大多将其归类为亲日作品。从表层意义上说，这部作品的亲日的主题倾向十分明显。但如果深入分析，这其中还隐含着一种力图摆脱主流文学的力量，而这种力量正是以人物思想的迷乱和颓败的形式表现出来的。自主性和民族性是边缘文学与生俱来的天性，在离心力的指引下它会展现出作为民族文学的独特性质。作品中的辅道所长虽在表面上是一个权力拥有者，但在对鸦片中毒者进行说教时他却表现出一种苦口婆心、近乎乞求的姿态。其结果非但没能得到理解和支持，反而还遭到中毒者的反驳和嘲笑。在"被辅道者"面前，他

---

① 허경진, 허휘훈, 채미화, *중국조선민족문학대계 8—강경애*, 서울 : 보고사, 2006, p.220.

俨然成了一个没有任何威严的可怜之人。因此，可以看出"所长也是一个中毒者，但他不是辅导所里的鸦片中毒者，而是满洲国策的中毒者。"①所长自身的问题和辅道所的"繁盛"反映了"满洲"统治下众多思想处于病态和畸形的人们的生活状态，也将整个社会呈现出的堕落和绝望实景充分展现出来。

> 但这期间部落还发生了一件令人震惊之事。
> 不是别的，是奎善妻子自杀带来的骚动。
> 她在丈夫出走之后的两天时间里加入到搜索团之中，期间一直在山里徘徊，最后完全绝望而在后江边的柳树上吊了。
> 然而万幸的是被村里人及时发现没能死掉，只是精神恍惚地回了家。②

作品对于明宇的说教虽然给出了明确交代，但对大多数人的辅道结果却未在作品中表现出来。在得知奎善死不悔改的态度后，其妻子即刻选择了自杀。可见，在大力颂扬辅道制度的背后，作品中暗藏着对于政策实效性的怀疑。失败的"辅道"让统治阶层束手无策，这也使威严的政策最终流于形式而无法奏效。在辅道所成功被说服的一小部分知识分子背后，是无数不能重获新生的人们。虽然作品以国策宣扬为主旨，但其背后却暗含了辅道政策的种种弊端。这部作品迂回地表现了"满洲"禁烟政策的欺瞒性并以现实主义手法描绘了社会整体的绝望和无助状态。

除小说之外，伪满后期的诗歌创作也体现了一种矛盾、逃避和无助的意识倾向。在作品《室内》中，作者金朝奎在把丧失和悲哀当作了宿命接受，与面对暗郁和无情的现实相比，逃避到闭锁的空间不失为更好的选择。但与此同时，对现实堕落的反抗却也在其意识中不断萌生。两种情绪的激烈交锋使人处于徘徊和矛盾的十字路口，因此整部作品意象零散、语

① 김장선, 만주문학연구, 서울 : 도서출판 역락, 2009, pp.23-24.
② 연변대학 조선언어문학연구소, 중국조선민족문학대계（9）, 소설집—현경준, 하얼빈 : 흑룡강조선민족출판사, 2002, p.609.

言模糊、主题深邃,欲此而言彼,这种带有现代主义创作风格的作品在这一时期具有一定的代表性。

日帝统治末期寄身于他乡的朝鲜移居民不得不去思考如何生存下去的问题,无论是新故乡建设、还是亲日妥协和体制协力的作品初衷大体都源于此。"这一方面是日帝长期殖民统治的结果,在殖民主义思想的影响下,现代作家们的现实意识出现了二重性的价值取向。另一方面,也意味着移居民的身份意识,即本体性认识发生了质的变化。"①在身份意识和本体性的摇摆中,一部分人既无法抛弃曾经的理念,也看不到理念指引下的希望,由此而陷入迷惘和绝望。他们或表现为人为刀俎、我为鱼肉的无奈,或表现为自甘堕落的随波逐流。反映这一社会群体状态的作品既未体现出反抗和阶级的主题,也没有表现出民族和亲日的倾向,而只是一种社会现实和自身心境的重现。

二 对殖民政策的迎合

"'文学场'是一个相对自主的空间,同时也是一个相对依赖的空间,特别依赖于经济场和权力场。"②"场"是由多样的位置而形成的客观关系网,因此在经济场和权力场中如果处于支配地位,自然也会在文学场中起主导作用。受制于外部环境的限制,很多作家不但在社会行为上要服从于中心场,而且在作品倾向上也不得不遵从于规则。也就是说,在权力场处于中心地位的作家在文学场也会处于中心地位。中国东北的朝鲜文学从 20 世纪 30 年代后半期开始,逐渐开始表现出十分明显的意识形态特征,这不是文学自然发展的结果,而是日本殖民文化统治进一步强化的表征。在伪满洲国建立初期,由于政策尚未完善、日本统治根基也尚待稳固,因此文学环境相对宽松,作家们的创作也有很大的自由空间。但到 30 年代后半期开始,情况就发生了巨大变化。日本当局意识到文化统治的重

---

① 장춘식, *해방전 조선족이민소설연구*, 북경 : 민족출판사, 2004, p.192.
② 김장선, *위만주국시기 조선인문학과 중국인문학의 비교연구*, 서울 : 도서출판 역락, 2004, p.34.

要性，开始加紧对"满洲"国民进行文化灌输和精神控制，文学审查变得日益严格，作家们不得不收敛锋芒，开始顺应国策和协和理念进行创作。文学发展的正常环境被破坏，作家不能再为审美而追求文学，而被迫走上了为政策服务的道路。"可以说，伪满洲国政权是压制民族文学自由发展的精神枷锁，它使朝鲜文学处于畸形的状态发展。"[1]

在伪满时期公开出版的作品中，大部分是以"建国精神"为中心进行的创作，这里的"建国精神"实质上是日本在"满洲"实施殖民侵略的政策精神，其核心内容包括三个方面："一是倡导'满洲独立'，以此将东北从中国版图上割裂出去；二是利用'文治'来宣扬日本文化的先进性和优越性，企图用殖民文化来代替本土文化；三是在伪满洲国成立之后，将其美化为'五族协和'下的'王道乐土'，尽其所能进行虚伪宣传来掩盖殖民侵略的罪行。"[2]

这一时期以殖民政策迎合为主题的作品中，《密林的女人》是最具代表性的。作品中的金顺伊在十五岁时被"共匪"游击队员抓获而度过了十余年的"山野生活"，后来因腿部负伤而在日本土伐军的帮助下实现了"精神回归"和"思想转型"，这部小说可以称作是这一时期对"满洲"殖民政策迎合最为典型的作品。这样赤裸裸地迎合倾向与其他作品的生活现实顺应有所不同，它没有体现出无奈和被迫，而是刻意的迎合和思想变节。金顺伊从作为俘虏到融入"满洲"政府公务员郑先生家庭生活的过程正是体现作品体制协力最为显著的部分。"《密林的女人》呼应日帝策略，将反日斗士描写成了毫无人情味、整个世界都要为他的幸福牺牲、与现代文明隔绝和丧失人性的人，这部作品中作家的亲日性和反民族性是不可否认的，能看出它美化了日帝对反日游击队的镇压、诱引和策动。"[3]在共产党和抗日斗士是日帝最大威胁的条件下，为离间和挑拨他们与民众的关系，"满洲"政府十分欢迎这类"抑共扬满"作品。

---

① 전성호, 림연, 윤윤진, 조일남, *중국조선족 문학비평사*, 북경 : 민족출판사, 2007, p.112.

② 山口重次：《民族协和之道》，大连满铁社员会 1941 年版，第 78 页。

③ 오상순, *중국조선족소설사*, 심양 : 료녕민족출판사, 2000, p.145.

在伪满时期的诗人中，尹海荣应该算是在短期的创作倾向上变化较大的一位。一个月前刚刚创作出具有明确历史意识和民族意识的《海兰江》，一个月后就发表了对殖民政策表现出积极迎合的《兀良哈山岭》。这样急速转变的作家在伪满时期的朝鲜文坛并不少见，特殊的社会环境常常会撼动立场不坚定的作家的意志。在现实的对应方式上，尹海荣的是一位"结局令人遗憾"①的作家，这部作品将作家的无力反抗和现实迎合的态度暴露无遗。诗歌《兀良哈山岭》分为起承转结四个部分，前三部分中作家的现实意识都没有问题，但到最后一部分的"今天"，诗歌则出现了明显的政治倾向。从"五色旗的飘扬"、"年轻人嘹亮的歌声"和"没有丝毫的恐惧"能看出作者对日本侵占"满洲"事实的迎合和歌颂。"五色旗"下的大同世界一片生机勃勃的景象，图们江畔越过兀良哈山岭定居的朝鲜移居民过着无忧无虑的生活，在嘹亮喜悦的歌声中看出他们在"王道乐土"下的优越和满足。作者背离了殖民统治下的现实，竭力美化着亡国民族的移居生活。尹海荣虽然感受到了专制统治的压抑和郁愤，但又无奈于自身作为政府协和会宣传处职员的身份。由于软弱的性格和明哲保身的想法，他选择了听命于为自己提供生计来源的伪政府，无立场的随波逐流使他成为反动政府的卫道士。这样的沦落让人不禁感慨和叹息，文人如不能保持清醒的意识，在侵略势力异常强大的环境中就很容易成为倒转历史车轮的帮凶，也将自己永远地钉在了民族的耻辱柱上。

发表于 1942 年的《土城》是收录于《北原》作品集后期的作品，从前期对朝鲜移居民受难史和开拓史的关注到逐渐倾向于人物个性化的凸显，《土城》表现出了明显的现实顺应倾向。如果说前期移民文学作品侧重于批判现实、表现朝鲜民众集体与外部世界对决的话，那么这部作品则开始转向迎合现实、展现个人的自我分裂和内心对决。众所周知，"集团部落"是为切断朝鲜民众和抗日游击队的联系而建立的、最终服务于殖民统治的反动组织形式，但在作品中作家却以肯定的态度予以接受。不仅如此，号召民众响应殖民政策、为新国家的繁盛而团结奋斗的言词在作品中

---

① 김호웅, *재만조선인 문학연구*, 서울 : 국학자료원, 1997, p.85.

随处可见。明洙对现存秩序的拥护自是不必言说，学洙为守护自身利益而被烧死的结局也丝毫没有表现出对外部环境的苛责，而只是在人性伦理层面试图引起人们的思考。应当说，安寿吉现实顺应程度的逐步加深与社会现实的越发严酷和殖民统治的越发森严不无关系，"为生存而生存"的理念使他不得不屈从于殖民政策。

此外，安寿吉的《牧畜记》也是一部表现出对殖民政策迎合的作品。小说以养殖事业的关注为中心，塑造了一个热衷于发展畜牧业而辞职的教员形象。虽然赞浩的行动建立在积极生活的基础上，但其背景却是在伪满殖民当局力主发展畜产业的政策之下，这一行为不能不让人产生现实呼应的嫌疑。安寿吉的很多作品都是在顺应殖民政策的同时关注民族的发展和建设，这样的二重性来自特殊的历史时期和特定的移民身份。伪满时期的朝鲜人作为殖民统治下的异族人，文学作品首先需要顺应统治意愿才会被获准发表，而异族的身份也使朝鲜人深感自身地位的卑微。安寿吉的这一"大树底下好乘凉"的观念在伪满后期越发显著，在文学实践中则体现为对黑暗现实的无视和对伪满政策的迎合。

有关殖民政策迎合的作品研究是与日本统治关系最为密切的一个文学主题，但本书研究并未将这一主题命名为"亲日作品"。之所以如此，就在于朝鲜移居民特殊的身份和所处的环境。虽然伪满洲国只是通过傀儡政府来发布施令，但其主导的政策却在名义上代表了一个国家。作为一个外来民族的移居者，朝鲜人为实现定居和生存，必须服从移入国政府的领导并与当地人适时地融合。因此，比起"亲日"，"殖民政策迎合"这个名称更适合此类作品。尽管数量众多，但这类作品仍不是伪满时期"满洲"朝鲜人文学的主流，绝大多数的作品还是站在民族的立场上代言了最底层朝鲜人的生存方式和生活理想，也正是这类文学取得的丰硕成果推动了朝鲜文学的健康发展。

三 绝望中的现实逃避

如果说在殖民统治下表现出对现实的迎合和接纳已经形成了伪满朝鲜

中后期文学的一种倾向的话，那么这种倾向也不能将全部主题包括在内。陷入迷惘和绝望的人们当在物质现实中无法找到心灵出口的时候，他们就会将关注的重点转移到通过精神书写来进行生命的确认。对精神世界的关注在文学中常出现在现代派文学的创作中，虽然现代派文学不属于迎合文学，但它所体现出的逃避意识却与现实迎合的作品形成了异曲同工之效，即通过或显著或模糊的主题倾向将人们导向茫然虚幻的不可知世界。文学对内在世界的关注从侧面印证了这一时期外在世界的虚妄和狂躁，当人们不再寄希望于此的时候，表现精神混沌状态的创作便开始出现并形成一类主题。

起源于西方的现代派文学是西方社会精神危机在文学上的反映。进入20世纪以后的两次世界大战和经济萧条使得越来越多的人对于社会前途和个人命运持悲观绝望的态度，现代派文学也正是伴随着人们心灵受到的创伤应运而生。现代派文学不是一个单一的流派，而是许多反传统文学流派的总称。1857年波德莱尔发表的《恶之花》是一部最早的完整的现代派文学作品，它提出的一系列创作方法对现代派文学起到了示范作用。不仅如此，这部作品还冲出了古典主义美学的藩篱，创立了新的美学原则。从创立开始，现代派就打着反现实主义旗号，首先对文学是社会现实反映的这一提法提出质疑。现代派作家认为，文学要表现的是人的精神生活，他们把物质世界和精神世界的关系颠倒过来，认为物质是表象，精神才是实质。这样的认识决定了他们反对文艺反映现实的本来面目，而是要按照自我的直观感觉来表现现实。

在朝鲜现代文学的初创期，"满洲"朝鲜人文坛也自然不可避免地受到西方现代思潮的影响，这其中最为典型的就是超现实主义文学。超现实主义作为一个阳性名词是一种纯粹的心理无意识化，体现了人们有意识地利用口头、书面或者其他的方式来表达思维的真实过程。"这是一种理想的、不受制于任何限制的，并且排除了所有美学和道德利害关系的思想自动记述。"①在傀儡满洲国的政治影响下，暗淡现实的描述和抵抗情绪的抒

---

① 김관웅, 윤윤진, *서방모더니즘문학사론*, 연길 : 연변대학출판사, 1999, pp.196-197.

发无法用常规的作品形式表现出来，因此一部分文人开始运用黑暗、寒冷、悲凉、孤独、绝望等意象和象征性技法来影射现实。虽然这种文学形式不具备积极意义，但也在一定程度上代表了特殊时期的文学取向。"满洲"朝鲜文坛的超现实主义文学的兴起始于李琇馨、申东哲、金北原等诗人。从 1940 年开始《满鲜日报》陆续发表了李琇馨和申东哲的《生活的街市》，金北原的《椅子》，姜旭的《带着乐谱》，金北原的《鸽子飞了》，申东哲的《沙果和飞机》等超现实主义诗歌，由此拉开了"满洲"朝鲜文坛超现实主义文学的帷幕。这些作品把梦、幻觉、本能和疯狂等绝对现实作为文学的真正源泉，在创作上主张刻画这样的世界。很多作品采用意识流的记述法，在没有任何准备的瞬间迅速地记录下头脑中迸发出的景象。应当说，超现实主义的创作是以反现实作为出发点的，他们极端地认为建设的前提是破坏。因此，所有的传统和陈旧的东西都是破坏的对象。李琇馨的《娼妇的命令的海洋图》的描写对象不是个体的对象，而是作家的无意识和幻觉。对于现实伦理的否定从无意识中流淌出来，互相没有任何关系的词汇将读者带进了一个费解的迷宫世界。这种介于可解和不可解之间的话语正是超现实主义文学的魅力所在。

文学具备审美与社会的双重属性，但二者的地位和作用不同，审美属性总是直接和突出的，而社会属性则是间接和隐蔽的。"真正成功的文学作品，总是善于把隐秘的社会意图掩藏或渗透在话语蕴藉及其生成的审美诗意世界中，并赋予这种话语蕴藉及审美诗意世界以多重解读的可能性。文学的双重属性及其复杂性正在于此。"[①]黄健的《祭火》被称为具有"异色的作品"，这是一部通过生活烦闷暗喻社会现实的心理小说，虽然始终没有正面解说，但读者在行文中能够感受到"满洲"文化运动中热情知识分子的挫折、内心矛盾和无法捕捉的虚无意识。在新京公司工作和积极参与文化运动的"我"的绝望究竟来自于母亲的病患、朋友的争斗还是爱情的挫折不得而知，在送走箕珠后心情似乎轻松了，但在咖啡馆独自喝酒回家后却开始浑身酸痛，病床上的独白依然让人不得要领。作品中充满着隐秘的哲学

---

① 童庆炳：《文学理论教程》，高等教育出版社 2008 年版，第 64 页。

及玄学的暗示和象征，而这样的虚无意识正是来自失去国家的百姓的悲苦、失望和彷徨。这部作品与同时期现实抵抗和顺应倾向的作品不同，全篇都采用了内心独白的意识流叙述方式，它没有展现出对现实世界明确的爱憎，而在混乱的状态中表现着一个懦弱知识分子的生存面貌以及在"满洲"的生活感受。从作品中"我们可以揣测出，面对在殖民地悲惨现实中呻吟的祖国自己却无能为力的国民的自责感，甚至祖国的重病是否将会临终都无从知晓的绝望，以死来表现对祖国的孝道、爱和责任感，在产生这样信念的同时用积累的祭火来期待某种新的希望。"[1]因此，"这部作品表现了在标榜'王道乐土'的傀儡国家所有朝鲜青年的绝望和对现存制度的怀疑和否定，从这一角度来说具有相当的意义。"[2]但不可否认的是，感情的过分表达和主人公的混乱意识让一般读者很难把握作品的主题，内心独白中的很多象征形象也并不清晰。即使把这种叙述形式看作是为避开官方审查的一种文学手段，也不能掩盖作者文学技法并不成熟的事实。

此外，这一时期还有的小说将自我表现置于无意识状态，他们作品中的人物不是现实人的典型概括，而是根据作家自我表现的需要设计出来的，他们非理性的自我意识必然会导致作品中人物形象的非理性化。崔明翊《心纹》的主题虽是通过主人公的心理描写暗示出来的，但却不能将其归为心理小说。原因在于作品中脱离了现实常理，从人物设置到情节发展都不具有代表性，而只是一种个人心境的自我书写。作者试图在离奇的人物关系中寻找人的双面性，进而揭示人类思绪的真实一面。在画家"我"爱上画中人物"如玉"之后，作品设置了如玉询问主人公爱的是白天的她还是晚上的她这一情节，这里可以看出作者将自我人格分立审视的端倪。"如玉的反问，将晚上的她和白天的她看作是两个人，由此推测她将我也看作是昼夜不同的两人。那么与其说两人关注的焦点变得越发模糊，不如说分裂为昼夜两人的如玉和我的心因遥远而只能互相眺望，这一说法似乎是没有道理的。"[3]从主人公名字"金明一"和作者崔明翊的近似性可以看

---

① 장춘식，"〈만주〉소설의 정신사적인 의미"，*아리랑*，제 58 기，p.140.
② 오상순，*중국조선족소설사*，심양：료녕민족출판사，2000，p.113.
③ 장춘식，*해방전 조선족이민소설연구*，북경：민족출판사，2004，p.165.

出作者在暗示自身的境况，但在强调自我情绪为中心的现代派作品中，该小说仍属于情节较为集中的类型。在经历一系列的变故后，如玉成为画家在现实生活中遇到的真实女子。通过这个女人，作家将知识分子的逃避意识和失落感表现出来。"作品用现实手法细致刻画了从'我'的视角看到的妻子和如玉的二重性、爱与被爱的不确定性、同情和堕落憎恶的二重人性，以及人性的分裂现象。"[1]非理性化人物形象的选取拓展了作品表现空间，也增加了作者对人性挖掘的深度。

伪满时期"满洲"朝鲜人文学中表现现实逃避主题的作品，产生的直接原因来自对社会现实的怀疑。日本严酷的殖民统治将文学的创作自由抹杀，深刻的精神危机使现代派文学在这一时期逐渐繁盛。它对黑暗和恐怖的描写反衬了个人的渺小和无力，从精神层面上反映了人们对理想的动摇和对现实社会生活的逃避。对这一时期以现实逃避为主题的作品进行研究不但有助于挖掘殖民社会大众的心理内涵，而且可以从它细致无意识的描写中探究移居民在异国生活的微观思想状态。

本节主要探讨了以败北意识蔓延、殖民政策迎合和现实逃避为主题的作品，如果说表现败北意识和现实逃避的作品还残留着一丝民族情感的话，那么顺应殖民政策的作品就已完全荡涤了民族意识，成为主动迎合反动的逆作。在对妥协文学进行主题归纳的过程中，每一细节的微小差异都会增加对其进行分类和评价的难度。对于一个移居民族在第三国的殖民统治下所展现出的文学面貌要想做出一个客观理性的分析，需要文学批评者首先端正批评态度。"在评论这一时期文学时，应本着尊重历史事实、将历史现象和历史人物放在一定的历史范围内进行分析批评的历史主义原则和具体问题具体分析的实事求是原则进行。"[2]我们相信随着时间的流逝，文学史会对是非曲直有一个公正的评判。

---

① 장춘식, *해방전 조선족이민소설연구*, 북경: 민족출판사, 2004, p.166.
② 전성호, 림연, 윤윤진, 조일남, *중국조선족 문학비평사*, 북경: 민족출판사, 2007, p.111.

第二节 模式化与无序化并存的结构

1941 年 1 月 15 日，日本当局设立"满洲"出版协会，全面担负出版物的管理、配给和出版内容的审查。太平洋战争爆发以后，不允许个人不经过审查而独立进行图书的印刷和出版，报纸杂志的出版和外国图书的进口也必须接受严格审查。"1941 年接受行政处分的出版物 840 种，其中禁售 719 种；1942 年接受行政处分的出版物 296 种，其中禁售 204 种，受到除名处分 192 种。"①在这种严令统治下，这一时期基本没有较高水准的出版物发行，全部内容都与"建国精神"、"大东亚战争"宣传相关。同年，伪满洲国公报出发表的《文艺指导纲要》中规定："满洲国的文艺方针应以建国精神为基础，体现'世界一家'之精神。以移植的日本文艺为经，原住各民族固有文艺为纬，吸收世界文艺的精华，形成独立的文艺体系。"这些政策规定无疑是在宣传日本文化的优越性并确立其统治地位，把日本的大东亚精神渗透到伪满洲国各民族的血脉。面对越发严酷的政治环境，朝鲜文学的创作取向渐行渐窄。表现政策迎合和现实逃避的作品，其结构模式可归纳为两大方向，即固定的模式化和散乱的无序化。前一类作品以宣扬伪满意识形态为意旨，将辅助政策推行和颂扬社会体制作为创作理念；而后一类作品则在混乱中夹杂着愤懑与无助，表现了在严苛文化统治下人们的无奈和绝望。

一 以"建国理念"为核心的构架

表面看似独立的文坛实际上一个是依赖于权利地位和经济地位的非自

---

① 김장선, *위만주국시기 조선인문학과 중국인문학의 비교연구*, 서울：도서출판 역락, 2004, p.26.

主空间，政治和经济占据统治地位的利益方会通过掌控社会的主导权而成为主流文学的中心，而其他阶层也会相应地处于被支配的边缘地带。这些边缘文学不得不依赖于中心文学，但同时却带有渴望重获自主、远离中心文学的倾向。在日帝强占期的中国东北，政治、经济和军事大权被日本人牢牢掌握，文坛也自然会形成以日本统治为中心的殖民文学场。在它周围林立着各类的边缘文学，朝鲜文学便是其中之一。有关伪满时期"满洲"朝鲜人文学的性质是亲日文学还是抵抗文学的论争一直不休，其原因就在于它具备边缘文学的核心特征，即客观上依赖和主观上独立的双重性质。这其中依赖呈显性，而独立则呈隐性。依赖性文学重在关心和迎合时政，这类文学其中的一部分作品在结构上体现为以"满洲"建国理念为核心的构架。

　　伪满洲国成立以后，颁布的一系列文艺政策整体上可以分为两个阶段。第一阶段从 1932 年"满洲国"建立到 1941 年太平洋战争爆发，这一阶段主要以宣传"建国精神"、提倡"国策文学"为主调；第二阶段从 1941 年至 1945 年第二次世界大战结束，这时期则以"服务时局"和"报国文学"为基调。在文艺政策的指导下，当局政府成立了许多文艺团体和控制机关。在最初以"建国精神"为中心的文艺政策的指导下，伪满洲国的行政机构设置了进行政治宣传的专门机构"弘法处"，对东北三省的新闻文化进行统治和监视，并有权检查和取缔不符合"文艺方针"的出版物。在日本侵略者严密的文化监控下，"满洲"朝鲜文学的很多作品开始出现了与政策相呼应的倾向。这类作品以政治理念为中心，旨在粉饰日本侵略者的侵略行为和麻痹人们的反抗意识。它们在结构上形成了模式化，即通过政府的推动和帮助使原本"堕落"和"受蒙蔽"的灵魂得以洗礼，重新走入"正轨"。

　　玄卿骏的《流氓》首次发表于 1940 年的《人民评论》上，之后被《满鲜日报》转载，最后收录于《发芽的大地》。这是一部对伪满洲国的"辅道政策"表现出积极推崇的作品，作品中由政府设立的"辅道所"目的在于"拯救"鸦片吸食者、走私犯、赌博犯和贪污犯，把他们"培养"成对"满洲"建设有用的人才。辅道所长秉承"建设王道乐土满洲国"的核心理念对这些青年进行苦口婆心的教育和引导,他的"善行"和辅道所青年的执迷不悟形成了鲜明对比。在他的不断地努力下,辅道所的改造取得了一定"成效":一个叫明宇的青年被成功改造,在所长的介绍下认识了在人口买卖中被解救的女子,与其结婚并开始了新的生活。这部作品描写了腐化堕落的青年在"辅道政策"的帮助下,逐步改掉恶习并走上正常的生活轨道。这一模式通过前后的对比将"满洲"的优越性凸显出来,旨在鼓吹新国家重塑人性的能力,这不能不说是对"建国精神"的一种认可和赞扬。"这部作品虽然客观展现了社会的混乱状态,但历史感觉的迟钝和对满洲国既存秩序的呼应意识十分明显。"①作为殖民政策的执行者,"所长"是"满洲"政治取向和理念意志的代表,他的种种"善举"体现了作品显著的倾向性。应当说,作者在伪满洲国禁烟总局的委托下写出的作品不可能不带有呼应建国理念的意向。在写作之前,作品的政治目的就已经确定,这也就决定了它政治构架的必然性。相比较文学的"甜美"来说,它更追求的是"有用",也就是利用文学的传播作用将建国思想传播给更多的"国民"。因此,可以说《流氓》是一部对'满洲国'国策完全呼应的作品,即作者从变节性思考出发进行作品构架并强行要求人们顺应现实。"②

在《流氓》之后,玄卿骏又发表了相当于其后篇的《回转的人生》,并在 1941 年至 1942 年 3 月期间连载于《满鲜日报》。进入 40 年代以后,日本的殖民文化统治进入白热化,在此期间出版的朝鲜文学作品集在序文部分几乎都被要求标明其为"满洲"国策服务的宗旨。作为边缘文学的朝鲜文学和汉族文学处于"满洲"文学场,无论生存还是发展都无法离开这个文学中心。30 年代末开始,《满鲜日报》文艺栏成为"满洲"朝鲜文学唯一被允许发表的空间。在这样的情势下,《回转的人生》能够获得在《满鲜日报》的发表足可见其国策宣扬色彩的浓重。前篇《流氓》中的主人公明宇在被成功"拯救"后,将母亲从朝鲜接来并使其任教于部落学

---

① 김호웅, *재만조선인문학연구*, 서울 : 국학자료원, 1997, p.126.
② 전성호, 일제하 중국조선인소설연구, 박사논문, 강원대학교, 1998.

校。不仅如此，他还成功地说教了一个名为仁奎的吸毒知识分子。在他的帮助下，仁奎开始了新的生活并进入学校工作。此外，顺东也与福顺喜结良缘并建立了幸福的家庭。最后，作品以"很多人聚在一起，用充满希望的目光一直凝望着天空流动的白云"①明朗的氛围收笔。可以看出，无论是作品结构还是主题意义，这部作品都可以称得上是呼应殖民政策十分典型的作品。

此外，金昌杰的《青空》也是一部在结构设置上体现呼应"建国理念"的小说，作品在禁毒的大背景下透露出作者对伪满洲国当局禁烟政策的呼应。如果把对主人公从沉迷于鸦片到成功戒毒过程的描绘单纯理解为意在表现鸦片毒害性的主旨未免牵强，紧密追从时局、从落至起的作品布局让人很容易与当局的禁毒政策相联系，作品结尾处主人公表明对禁烟的支持态度也起到了再次确认时政意义之效。

在描绘移居民的移居史和第二故乡建设方面，安寿吉的文学成果功不可没，但同时也不可否认，他后期的很多作品也是以呼应殖民政策为构架的。《牧畜记》以对"满洲"政府农业和畜牧业、开发政策的呼应为主题展开情节，赞浩毅然放弃学校工作而从事畜牧业的抉择将作品的重心转向后者，这种非理性选择的缘由正在于政策的导向性。作品通过赞浩这样一个忠诚于农牧业的知识分子形象，将秉承和依附于殖民统治的核心理念透露出来，在结构设置上也自然体现出为政策服务的模式。

诗歌创作方面，尹海荣的《乐土满洲》在对时政颂扬的直白程度上达到了一个巅峰。作为发表于纪念"满洲"建国十周年的文集《半岛史话和乐土满洲》的作品，作者将"满洲"朝鲜人称作 "得福的百姓"和"打下基业的先驱者"，这种溢于言表的自豪正是源于"五色旗飘扬的乐土满洲"。以仁义治天下，以德政安抚臣民，是为王道；自由、快乐、幸福的地方，是为乐土。在言实并不相符的伪满统治旗号下，作品以仰慕的姿态歌颂现实生活的意图十分明显，诗歌从结构设置到内容选择始终未离开宣

① 연변대학 조선언어문학연구소, 중국조선민족문학대계（9）, 소설집—현경준, 하얼빈：흑룡강조선민족출판사, 2002, p.711.

扬"建国理念"这一中心。但同时也应当看到,作为移居民的作者对"满洲"的歌颂和对日帝的歌颂还是存在一定差别的,原因在于"满洲国不只意味着给予百余万土地以希望,这片疆域的沃土更多表现的是移居民对生活根基挚爱的诗意情绪。"①从这一角度考虑,朝鲜移居民对时政的呼应除去对日本主动依附的因素之外,也包含了他们对移居现实无奈的抉择。

以粉饰和美化伪满洲国统治为构架的作品在以现实顺应和反民族形式出现的同时,让人们不禁思考它们出现的原因。张春植在《日帝强占期朝鲜族移民文学》中认为,其原因主要包括两个方面:一是日本长期殖民主义渗透造成的客观结果;二是移居至中国的朝鲜人为显示优于朝鲜本土的生活而刻意夸大现实的美好。应当说,这两个原因是从日本殖民侵略和朝鲜人移居两大客观事实出发得出的结论,它们结合了内外因素,在分析此类作品出现原因的范围内不可或缺。但同时不可否认的是,时政附逆类作品出现的规模之大、种类之繁多虽然包括了以上两种客观因素,但同时也存在着一定的主观因素。从趋利避害的角度来看,朝鲜人对伪满政权的依附反映了他们民族自信心丧失、抛弃恢复亡国信念的心理取向。这种心态从人性角度出发可以理解,但从民族角度来看,这段文学史确实算不上光彩。

二 日本亲善和五族协和的大同模式

日本在建立伪满洲国政府以后,为消除中国人民的民族仇恨意识并稳固统治,开始大肆制造舆论,宣称"满洲国"是"王道乐土"的新国家,境内的日、鲜、满、汉、蒙各民族"皆无种族之歧视,尊卑之分别"②。"满洲国"的政治特质就是在"五族协和"的指导下,实现各民族共存共荣、万流归宗和新国家的革新思想。虽以民族平等和协和为幌子,实质却

---

① 장춘식, 일제강점기 조선족 이민문학, 북경:민족출판사, 2005, p.100.
② 《"满洲国"国务院法制局:满洲国法令辑览》,满洲日报社 1932 年版,第5页。

将日本视为五族的核心，原因在于"满洲国"是"一君万民的日本国体的开拓"①。在这样精神的指引下，"满洲国"的国民要包含一定比例的日本国民，社会的各个要害部门也主要被日本人所执掌。日本民族正在谋求牢牢扎根于满洲的土地，对外充实国防，对内谋求国内产业开发，文化要达到日满两国实质性的亲密不可分的关系，而且要永远强化下去。太平洋战争爆发后，伪满洲国的文艺方针逐渐转向以服务战争和提倡民族协和为基调。当局的各种势力不断加强对文艺的控制，通过一系列制度法规来"规范"作家言论，把舆论机构的文化活动都引向为战争服务的中心。

伪满政府所规定的"五族协和"是指以"满洲国"政策为指引，在多民族国家内实现民族间的和平共存、互助友爱。对协和理论呼应最为积极的朝鲜作家当属申曙野，他在《满洲朝鲜文学的性质和特异性》中主张"'满洲'国内鲜、满、蒙、露等其他民族间的协和"②。这一提法可以说是对日本"民族协和论"和其他建国理念原搬接受的典型。在申曙野看来，"满洲"朝鲜文学应当建立在民族理解和纽带联系之上，通过互相学习彼此的长处而实现文化的融合。他的这一观点在当时代表了很多朝鲜文人的看法，如金贵、安寿吉等作家都对文学在传播民族协和方面所起的作用加以认同。之所以如此，朝鲜文人考虑的不仅仅是单纯的民族问题，也并未止于民族问题。从古至今，民族团结对于任何一个多民族国家都至关重要，由民族问题引发的战争和悲剧不胜枚举。民族稳定是国家稳定的基础，主流民族对弱小民族的政策倾斜一直以来也被许多多民族国家长期沿用。民族间的均衡发展有利于社会秩序的长期维持，同时也可减少国家内部的矛盾冲突和斗争，最终有利于民族自身的繁衍和延续。

但从另一个角度来看，日本殖民统治下的民族协和具有不同于一般国家倡导的民族团结的虚伪性和欺骗性，实质上是一种"伪协和"。伪满洲国统治下的弱小民族不可能获得与日本人同等的身份和待遇，这是殖民侵

---

① 田村敏雄：《满洲与满洲国》，有斐阁 1941 年版，第 6 页。

② 전성호, 림연, 윤윤진, 조일남, 중국조선족 문학비평사, 북경 : 민족출판사, 2007, p.149.

略背后傀儡政权政策的必然结果。日本当局正是利用了少数民族对民族生存和种族延续的迫切期望而描绘出一幅"五族协和"的美好画卷，这样和谐之下的顺民能更好地接受他们的奴役，为"王道乐土"的梦想而甘心忍受现实的压迫。在殖民政权方针的指引下，朝鲜作家的很多创作都被格式化和概念化。宣传日本亲善和五族协和的作品不断涌现，在其中看不到揭露殖民侵略本质和衰败社会现实的内容，更多的是日本人对"满洲"建设倾注的努力、友善统治者对弱小民族的扶持、各民族互助友爱的温馨和归化殖民统治后的美好生活。这些作品制造出的假象旨在使更多的读者逐渐认同日本殖民侵略的正确性和必要性，用更隐蔽的手段麻痹人们的反抗意志，让"国民"沉醉其中而无力斗争。从这个角度来说，在作品中体现日本亲善和五族协和模式的朝鲜作家初衷也许旨在维护民族的生存和发展，但在实际上他们却成了殖民统治的帮凶。

韩赞淑的《草原》正是一部以朝鲜青年和蒙古族少女的爱情故事为主线、体现民族和谐共存模式的小说作品。从朝蒙两族主人公的布局可以看出，"民族协和"是作品要表现的主要议题。"通过日帝满洲国政府的'五族协和'精神，即朝鲜族、满族和蒙古族团结一致并实现大东亚的和平和繁荣的精神，可以看出作品对于五族协和精神的顺应。"[①]有评论家认为，《草原》是满洲国政府为宣传畜牧产业奖励政策而创作的小说。不管是否存在这样的嫌疑，这部作品在结构设置上体现出的对民族融合和畜牧支持的态度是十分明显的。林凤翊向马露陶的求爱代表着民族亲和的主动态度，而马露陶在面临困境后最终选择重寻林凤翊则是对他追求的回应，二人的爱情故事在民族背景之下，昭示着民族联合的必要性。作品所倡导的朝鲜族、满族、蒙古族团结一心以实现大东亚和平发展的理念正是对日帝大陆侵略政策的回应，在"政治婚姻"暗示下以"民族协和"为借口，实质上则是日本意图以"满洲"为跳板将包括蒙古在内的中国大陆全部归入自己魔爪之前的理念铺垫。

在谈及《草原》这部作品时，张春植认为："实际上，这部小说主要

---

① 오상순, 중국조선족소설사, 심양：료녕민족출판사, 2000, p.142.

关心的是蒙古特异的自然环境、风俗和异民族之间纯粹的爱，特别是马露陶这一美丽的蒙古族少女热烈和纯真的爱情，这部小说的主要魅力正在于此。"①应当说，这一点确实是作品的着力点之一，但并不是小说的中心议题。在伪满大肆倡导民族共存共荣、万流归宗的旗号下，民族问题是十分敏感的话题，作品以此来构架不能不说是有意为之。"作家将所谓的现代科学文明和蒙古民族固有的风俗对立起来，这不能不说是一种殖民主义的思想。马露陶最后抵抗固有的风俗并忠诚于爱情的做法正是对以科学文明为表象的殖民主义意识正当性的拥护。对蒙古草原特异的自然环境和特有的风俗，以及这一环境下异民族间真挚美好感情进行富有情致的刻画是对'王道乐土'和'五族协和'满洲国国策的宣扬，这部作品国策文学的性质是十分明显的。"②符合伪满政府倡导的创作议题更易获得官方的首肯是不言自明的事实，因此不能不说《草原》的政治目的重于它的歌颂目的。

李学仁的《人间同志》是在《北乡》创刊号上刊发的连载作品，由于创刊号的遗失只能从第二期登载的内容来推断前部的情节。朝鲜人杨氏和日本大学生神本信一自"一次终生难忘的情由"相识并成为知己，在之后的交往中杨氏将神本信一看作是"灵魂和道义的守护者"而对其念念不忘，后来甚至到东京去拜访他的一家，这种朝鲜人和日本人之间作为"同志"的深厚情谊着实让人难以揣测。"在日本殖民地——间岛的一个小杂志上，歌颂朝鲜人和日本人之间国际友谊的作家本意是什么？"③《人间同志》作为在伪满政府建立后几年内出现的以歌颂朝日友情为主旨的作品，不能不说从结构上在为其主旨服务。日本将本国的发展建立在侵略他国土地和抢夺他国物资的基础上，这是怎样一种"灵魂和道义"？在民族等级森严的伪满社会，日本人和朝鲜人又如何建立密不可分的纯真友谊？这部作品对日本人形象的美化和对日本亲善的歌颂带有明显的政治倾向性，可以说，在作品构架之时作者就已将政治宣传的效果考虑在其中了。

① 장춘식, "만주소설의 정신사적인 의미—재만조선인작품집〈싹트는 대지〉에 대하여", 아리랑, 1998（58）, p.135.
② 장춘식, 해방전 조선족이민소설연구, 북경：민족출판사, 2004, p.188.
③ 김호웅, 재만조선인 문학연구, 서울：국학자료원, 1997, p.115.

即使暂且不论当时的文学在何种巨大政治力量的指引下发展，即使到了战后，日本还有相当一部分人把伪满洲国看作是难以忘怀、值得纪念的土地。岸信介在他的《啊，满洲·序》中这样写道："在那里，民族协和、王道乐土的理想闪闪发光，科学地、良心地进行着果敢的实践。这是正确的唯一的近代国家建设。不仅仅是直接参加这一实践的人们在巨大的希望之下倾注了纯真的热情，而且也赢得了日满两国人民的有力支持……当时满洲国是东亚的希望。"在第二次世界大战结束 20 年之后，日本人仍不承认其侵略行径给"满洲"带来的伤痛，反而坚持认为是他们给"满洲"带来了新生的契机，津津乐道于五族协和下的"王道乐土"。可见，当时伪满殖民政治理念的强大和余毒之深远，那么在当时朝鲜文学中以大同模式为结构作品的涌现也便不足为奇了。

三　超现实主义的无结构模式

超现实主义作为一个文学流派，实际存在的时间并不长，但作为一种文艺思潮和美学观点，影响却十分深远。它既不是新的表现方法，也不是诗的形而上学，而是一种精神的解放。这种精神解放并不是一般人所理解的精神修正，而是将思想的弱点暴露出来，同时展示价值观的不稳定性和易摧性。作为否定一切和提倡"无化"的超现实主义，它所倡导的是回归自我。由于本身的无所意味、无所追求，使得"无体系"成为它的一大结构特征。从咸亨洙的《正午的道德》开始，伪满时期"满洲"朝鲜人文学的部分作品就逐渐展现了超现实主义的倾向。"克彦将自 1940 年 8 月 31 日到 9 月 5 日期间在《满鲜日报》的《'诗现实'同人集评》中发表作品的李琇馨、金北原、姜旭、申东哲称为'诗现实'同人。"[①]它的出现和时政有着不可分的紧密联系：40 年代初的朝鲜半岛本土民族文学几乎完全停滞，随着太平洋战争的爆发，整个朝鲜语文学界进入了史上最低潮的时期。日本在"五族协和"和"大东亚共荣"的美名下，实际上推行的是强

---

① 김호웅, *재만조선인 문학연구*, 서울 : 국학자료원, 1997, p.54.

行皇民化。文人意识到了"若不服从，人命就如同鸡狗一样"的事实，如果不想沉寂下去，文学创作就必须选择一种其他的方式来替代常规。因此，40 年代初"诗现实"的现代主义实验之所以能在 30 年代的李箱中断之后又被重新唤起，是有着深刻的历史背景的。可以说，20 世纪前半期的朝鲜超现实主义文学是一种文学精神堕落和自我保存的艺术哲学。

在"诗现实"同人的作品中，李琇馨和申东哲合作的《生活的市街》首开在创作方式、作品结构和表现手法上有别于其他作品的先河，现实伦理的破坏和思维上的自动记述将作品结构完全倾覆，而奇异的形象和神秘狂乱的手法更是让读者耳目一新。在其之后，李琇馨的《娼妇的命运的海洋图》通过一系列的非理性语言传达出一种暗郁和绝望的意味。"娼妇"的生存方式与黑夜紧密相连，混乱中的堕落和伤感会使人更易联想到迷惘、消失和死亡等意象。此类作品普遍带有着一种非现实意境，逻辑的无序性是其结构上最显著的特征。在这一时期，李琇馨和申东哲的《生活的市街》、金北原的《椅子》、姜旭的《带着乐谱》、李琇馨的《娼妇的命运的海洋图》、金北原的《鸽子飞了》和申东哲的《沙果和飞行机》六篇作品集中发表于 1940 年 8 月下旬的《满鲜日报》，其中的李琇馨、金北原、姜旭和申东哲四人被称为"诗现实"同人。除此四人外，若将带有类似倾向的 SSY①、宋石荣、千青松、郑野野和咸亨洙等五人包括在内，那么这一团体共有九名诗人的十二篇作品。"从数量上来说（'诗现实'同人）比较贫弱，这其中大多数人还是在朝鲜本土文坛上并不知名的诗人。但就超现实主义文学来说，这个问题却有所不同。纯文学中被压缩为'精神爆发'的文艺思潮在朝鲜诗歌中被作为一个成果评价，原因就在于存在着李箱一类的作家。"②在近乎疯狂的日帝侵略末期，目睹过无数变节和亲日嘴脸的文人，在这一环境中用非常规的方式表现着对世态的态度和观念。

"诗现实"同人之外，这一时期的很多作家都表现出了对超现实主义

---

① 对此人的姓名尚无确切考证，一般人们猜测其为송석영名字的英文缩写。
② 장춘식, *일제강점기 조선족 이민문학*, 북경 : 민족출판사, 2005, p.88.

创作的兴趣，也在实践着无结构模式的创作摸索。"超现实的诗歌作品并不是描写以开拓民为中心的农村生活，而是以与移民社会的不安和争斗不相关的城市文明残骸作为诗歌素材，表现着市井人的爱情、死亡、不安和绝望的主题。"①咸亨洙的诗歌《家族》中出现了母亲、姐姐和妹妹等人物，虽然对他们所关心事物和喜怒哀乐的描写很分明，但却无法找到其相互间的联系，这种结构上的错乱映射了作者凌乱而无所适从的心境。与姐姐行为相关的形象到底所指为何物、意味着什么都不得而知，在以"家族"为核心的主题词下，作品中的人物虽是具有血缘关系的统一体，但却失去了内在的规则联系，混乱的结构模式反映了作者内心趋向于逃避的真实。此外，他的另一部作品《像母狗一样》也与此相似，但其意却是更加难解。天空如白纸一般，太阳像红色火球一样……这种看似充实的存在代表了一种虚幻和缥缈。面对无意义的现实，作者无法欣然接受，原因在于这并不是现实生活的本身，而是由某种原因造成的。作品中并未提及具体原因是什么，但却流露出了对于这一原因的不满。在超现实诗歌运动中所出现的颓废意识和混乱结构巧妙地回避了现实的锋芒，从文学角度来说也是一种智慧的选择。

奥地利心理学家弗洛伊德的潜意识学说奠定了超现实主义的哲学和理论基础。作为一种无意识和梦幻中流露出的情感，超现实实现了语言和事物之间的超常链接，由此而产生一种客观偶然和瞬间凝固的神奇。这种神奇不是志怪小说中神仙鬼怪的离奇现象，也不是科幻作品中的超自然现象，而是回归到被理性掩盖的事物和现象本身。在创作过程中，作家按照思想的流向自动记述潜意识中的梦幻世界，但这个梦幻世界的原始材料却来自理性的客观世界，只是被主观地改造和变形而已。自动记述就像打开了人的第三只眼，让人抓住瞬间即逝的感觉。由于作家的写作不受客观世界理性和道德的约束，所以它可以最大限度地触及人类思维的底层，从而发现与常态的不同之处。

为避免无意识和有意识发生的摩擦，超现实主义者进行了一种实验性

---

① 김호웅, *재만조선인 문학연구*, 서울 : 국학자료원, 1997, p.62.

探索——拼贴。拼贴是将参加人偶然迸发的单词连接在一起组成句子或诗歌，这样的形式比个人创作更彻底地摆脱了理性和逻辑的束缚。在将生活中毫不相干的词语和事物联系在一起后，它们因彼此的巨大差异而迸发出"火花"，这种"火花"最大限度地解放了人们的想象力并形成了一种超乎寻常的审美体验。作为超现实主义者的集体创作，拼贴打破了平庸僵化的日常思维和语言逻辑，实现了潜意识的自然流露。从形式上来说，由于集体创作已经超越了个人潜意识的范围，其结果往往会形成超现实更深程度的无结构。如在李琇馨、申东哲合作的《生活的市街》中，出现了"夜晚的皮肤里"、"萤火虫的神话"、"银河"、"液体"和"圣母"等现实中并不相关的词汇和意象，这些片段在自动记述和形象相脱离的状态下，将男性和女性的生殖神秘化，执着于性游戏的同时试图在爱与性交中获得拯救。这些无关联的纯自由实际上是诗人为自己炮制的一件隐身符，用它来远离现实世界无法摆脱的苦恼。我们无法考证二位作家是否以拼贴形式进行创作，但作品对于传统诗歌形式的颠覆却是无可否认的，它表现着模糊、奇异和思维跳跃的自由，将作家头脑中的"市街"以最原始的状态展现出来。

文学真正的价值，在于对人类感性的挖掘。从庞杂的思维中归纳出抽象意义对于一般人来说具有较大难度，但超现实主义作家们却将思维底层的情绪、理想和爱憎在无意识的状态下表露出来。这种无意识代表了人类思维中更为真实的一面，也就更接近于精神分析方法论中的"本我"。这种真实思想的挖掘需要作家沉潜于异象，在游离中撷取思维的点滴火花，之后转化为日常的语言表达出来。从异象到现实的转化会不可避免地打破常规和秩序，使作品呈现出一种无序的非理性结构，这正是超现实主义作品无结构的源头。

纵观日本殖民统治下的伪满时期"满洲"朝鲜人妥协文学，其中的绝大部分作品是为日本殖民统治服务的。它们有的宣扬日本亲善和五族协和的大同局面，有的鼓吹"满洲建国"精神，还有的杜撰中国人和朝鲜人归化"满洲"的神话。以现实迎合为构架的作品中设置的人物，无论是日本人、"满洲人"还是朝鲜人，都在殖民主义的统摄下被不同程度地扭曲和变形了，他们带有着殖民主义和军国主义的种族偏见和文化歧视。可以说，日本殖民体制下的模式化文学缺乏写实主义精神，同时也背离了文学自身的本质和初衷，已沦为日本对"满洲"进行思想和文化渗透的工具。与模式化结构相对，无序化结构主要通过超现实主义作品表现出来。这一创作手法在 20 年代的朝鲜因其难解性曾一度受到人们的质疑而搁置，但在伪满统治末期的"满洲"它却获得了重生，可以说这与严酷的殖民舆论统治不无关系。在表层思想受到严重抑制时，深入思维底层的挖掘使它的再现成为不可回避的历史必然。

第三节　殖民统治下的文学特色

1934 年 3 月傀儡"满洲帝国"开始正式行使其职权，并声称"满洲国是以王道政治为基础的民族协和国家，各民族应共同参与王道政治"。"王道乐土"是中国传统文化追求大同社会的终极理想，然而"满洲国"真是日帝所谓的五族协和下的"王道乐土"吗？事实上，日帝操纵下的伪满洲国绝非如此，他们只是以此为幌子，企图用假象粉饰侵略行径、以拙劣的手段掩盖其罪恶本质。在日本的殖民统治下，人们过着水深火热的痛苦生活。伪满时期"满洲"朝鲜人妥协文学虽然旨在维护殖民统治，但其中也会在作品特色中透露出社会现实。毒品横行和沉醉堕落的描绘、日本人形象的模糊刻画、"王道乐土"下的真相透露等文学特色将这一时期妥协文学的整体特征表现出来。通过对这些内容的分析，有助于我们全面地考察殖民背景下的文学全貌。

一　毒品横行和沉醉堕落的描绘

朝鲜人笔下的"满洲"是一个毒品横行的世界，社会各阶层都遍布着"瘾君子"。吸食鸦片成了这些人生活的主业，毒品吞噬人们生命的同时也麻痹着他们的灵魂。而事实上究其根源，毒品的遍布正是日本当局鸦片政策造成的直接后果。1936 年，伪满洲国政府为鼓励农民种植鸦片，在热河省部分县以奖励的办法引诱农民多种植罂粟，其中规定："一、凡按指定面积种植罂粟者，免除土地税；二、凡种植罂粟面积超过 5 亩者，除免交土地税外，还免除服兵役；三、凡种植罂粟面积超过 20 亩者，可获得县政府奖励，并享有第一、第二款规定的特权；四、凡种植罂粟面积超过 50 亩者，可当村或县的头面人物，并成为社会职务的候选人，同时将得到第一、第二、第三款规定的奖励。"①在伪满政府一系列政策的鼓励下，鸦片生产形成了从种植到贩卖的一条龙体制。中国的大连港变成了偷运鸦片的中心，其吗啡和可卡因的年度输出量居全球之首。日本为筹集战争军费、增加财政收入，利用鸦片贸易这一重要财政来源而制定了"国家零售系统"，由此将私人交易转移为官营，以便为他们的侵略战争和军事发展提供源源不断的财政支持。

　　鸦片毒化政策是日本侵华政策中最为毒辣和卑鄙的手段，在日本国内被严令禁止的鸦片在东北不仅公开奖励其种植，而且还鼓励和强迫中国人吸食。日本利用"鸦片专卖总署"来监督《鸦片法》的实施，但这个垄断组织事实上却成为鸦片生产和倒卖的保护伞。他们利用东北适合种植罂粟的特点向海外偷运鸦片并从中获利，这使得鸦片在东北迅速泛滥，而首当其冲的受害者就是"满洲"国民。东北农村成为鸦片的主要种植和生产基地，烟毒的泛滥给社会带来恶劣影响，大批的良民沦为"瘾君子"，而日本却在其中赚取高额利润，以供应军事后备需要。1941 年太平洋战争爆发以后，伪满洲国作为战争的后方基地必须增产战时物资并加强对日援助，这时的鸦片产业就成为提供军需物资的重要来源。禁烟总局开始重操专卖旧业，戒烟所也变成了公开的吸烟场所，登记制度形同虚设，断绝鸦片的伪装彻底荡然无存，帝国主义的虚伪本质变得越发表面化。

　　在鸦片遍布的"满洲"，文人也在以自己的视角记录着这个畸形的世界。金昌杰的《青空》描写了一个被金钱迷惑而贩毒的知识分子最终走上

①　滕利贵：《伪满经济统治》，吉林教育出版社 1992 年版，第 230 页。

吸食鸦片的道路，在幡然醒悟后又重新回到了自力更生的生活轨道。知识分子的堕落源于生活的极度贫困，走投无路下选择贩毒的人们是伪满社会具有代表性的一类群体。作为被登载于《新春文艺》的作品，这部小说迎合了伪满洲国当局禁烟运动的导向，也因此被看作是带有国策文学性质的作品。但客观来说，小说通过姜氏的贩毒、吸毒和戒毒展现了鸦片的中毒过程、对身心的伤害和对社会的危害，告诫人们远离毒品的号召符合普遍的人性伦理，即使它呼应了傀儡政府的现实政策，但其现实价值和历史意义也是不容否认的。安寿吉曾评价道："可以看出，金昌杰的《青空》处理得十分凝练，主题很好。从教员夫妇的鸦片买卖到成为中毒者，然后又从中毒的苦闷中重新自力更生，这里找不到任何模仿的痕迹，能看出作者为发扬'满洲'朝鲜文学常规题材所做的努力。这部作品即使拿到朝鲜，也绝不逊色于其他作品，我认为这不只是我个人的观点。"①

日本操纵下伪满洲政府的纵容是造成鸦片遍布、吸食泛滥的魁首，然而日本殖民者在其中获得巨大经济利益的同时，还在另一方面展现出禁烟和救世的虚假姿态。为"拯救"这些吸食鸦片、走私和赌博的人们，政府设立了"辅道所"对他们进行人道主义扶持和帮教。玄卿骏的《流氓》正是反映这一现实的作品，其中的主要人物辅导所长为帮助失道者改过自新而不惜用尽各种手段，他的忠于职守和尽职尽责是作品颂扬的中心。作品的本意在于呼应日本的殖民统治意旨并弘扬政府为拯救"失光者"而付出的努力，因此抵抗意识的削弱是这部作品的致命伤。玄卿骏在以往曾因发表过多篇抵抗意识强烈的作品而被称为阶级作家，而这种抵抗精神却在后期逐渐呈现下降趋势，以致到作品《流氓》为止转而成为对现实的积极呼应。从社会背景看来，包括政治运动家、艺术家、宗教家、医师、教育者等知识分子在内的被辅道者本应是推动社会发展的中坚力量，但这些人却在群体上呈现出了消沉和堕落，甚至拒绝悔改，这一现象不能不代表社会存在的普遍问题。虽然试图通过个别洗心革面被辅道者的

---

① 〈만선일보〉, 1940 년 8 월 11 일. 오상순, 중국조선족소설사, 심양 : 료녕민족출판사, 2000, p.103 재인용.

成功事例来颂扬辅道政策是作品的核心，但大部分未被成功辅道的人们却证明了这一政策的失败，因此在作者本意之外展现社会整体的堕落反而成为作品的重要亮点。

除《流氓》外，还有很多作品也通过毒品世界的描绘展现了社会的整体状态。朴荣濬的《中毒者》虽不是以鸦片中毒者为小说的基本主题，但却通过作品揭示了人们沉迷于鸦片的原因；《无花地》主人公将自身的堕落和精神崩溃与其他人的类似状态相比较而以此自慰，从中映射出移居民群体自怨自艾和道德沦陷的绝望状态；姜敬爱的《毒品》中原本善良的宝德父亲在鸦片的蚕食下丧失人性的情节，表现了作者对吸食鸦片行为的斥责和对恶劣社会环境的控诉；朴启周的《母土》以描写移居民因鸦片中毒而丧失人性、最终走向死亡的经历为主线，真实地展现了毒品对人们的残害。由此可见，在毒品横行的社会大环境下，作家们对于这一现象的描绘成为伪满洲国时期朝鲜人作品展现的特色之一。

除毒品外，失业、赌博和卖淫也在蚕食着"国民"的灵魂和意志，伪满时期特有的腐化堕落蔓延和渗透到社会的每一个角落。金国振的《除夕》虽然存在叙述单纯和平面化的缺陷，但却通过"承勇"这一形象将间岛恶劣的现实和失去生计而彷徨堕落的朝鲜移居民的悲惨面貌表现出来。这部小说写出了失业知识分子的堕落和苦恼，揭示了如虎一样勇猛的承勇在来到间岛以后找不到工作而陷入赌博泥潭，并使家人生活陷入窘境的现实。在个人与世界的对决中，移居苦难和殖民压迫挑战着知识分子的生活能力，这其中天性软弱而无立场的一部分人就会在对决中被淘汰，生存的威胁、家庭的压力和社会的排挤使他们越发难以面对现实而堕落。承勇的失业和赌博代表了一个社会阶层的生存状态，他们在畸形社会中成为无辜的牺牲品，并用赌博或鸦片来填充空虚的精神世界。小说结尾部分插入了一个乞丐经过的场面，这预示着精神的缺失将会带来物质的匮乏，而物质的匮乏又会带来更深层的精神危机，这种连续反复的恶性循环给伪满社会埋下了巨大隐患。

伪满时期卖淫现象的遍及究其客观原因，主要是来自生活的极度贫困。很多失去土地、没有技能的朝鲜移居女性赤手空拳地来到"满洲"

后，为解决温饱问题她们不得不选择卖淫。从主观上来看，卖淫的遍布与人们的心理空虚和扭曲的价值观有着直接关系。出卖肉体者满足于道貌岸然的所谓正人君子拜倒在自己的石榴裙下的虚荣，而嫖客则大多为宣泄郁愤、回避现实而通过嫖娼来追求新鲜刺激。金光洲的《野鸡》以移民妓女为主要描写对象，用回信的形式讲述了主人公美丽被舅舅卖到中国以后的沦落生活。信件的接收者是一个名为明淑的富家女，作为美丽的朋友她即将到上海进行新婚旅行，二人身份处境的鲜明对比凸显了美丽的凄惨无助。每日沉醉于灯红酒绿和麻将之中的主人公已经习惯穿梭于男人之间，通过卖身来维持生计是对失去国权民族女性的真实写照。虽然美丽也在憧憬着未来结婚生子的美好生活，但这一期待却只能止步于现实。此外，金昌杰的短篇小说《玛利亚》"将出卖身体妓女的心理挣扎清晰地描绘出来……能够感受到吞噬她梦想、如同洞穴一样的黑暗，也是对逼迫女性堕落和牺牲的满洲国现实暗示性地批评"[1]。

形成麻木堕落终局的缘由除吸毒、赌博和卖淫之外，还包括日常生活的摧残。日积月累的贫苦忧郁将那些原本充满朝气的人们不断逼入生活的绝境，朱耀燮发表于 1936 年的《奉天站食堂》就是一部反映朝鲜流浪民下行生活状态的代表作品。小说从"我"的视角以在奉天站食堂十年内先后四次遇到的朝鲜移居女性为描写对象，从主人公形象的变化暗示出其生活的日趋破败。严格来说，这部作品中的人物并无主观上的沉醉堕落，但现实却将一个热爱生活、天真烂漫的少女摧残成了一个麻木、迟钝和毫无生气的中年妇女。"这种技法不禁让人产生它与鲁迅的《祝福》是否具有可比性的想法。值得瞩目的是，作品通过主人公的容貌、表情和态度的变化来暗示性地展开故事，并提供了很多类似于读者余白的内容，可以看出作品具有更深的意蕴。"[2]

第一次见到少女的"我"，感到她身上洋溢的幸福和纯真的快乐震动着整个房间的空气，甚至让我嫉妒坐在她对面的小伙子；三年后再见到她

① 김호웅, 재만조선인 문학연구, 서울：국학자료원, 1997, p.214.
② 장춘식, 해방전 조선족이민소설연구, 북경：민족출판사, 2004, p.136.

时，已不见她身边的那个小伙子，但当视线与我相对时她会双颊潮红；第三次再来这里时，看到的她已经失去了曾经的魅力，嘴角的皱纹、紧闭的双唇和带着哭相的面容让人不禁叹息；第四次见到她时，她那黑珍珠一样发光的眼睛已不再有光彩，麻木的眼神透露出她对周围的一切都失去了兴趣。十年间不断丑化的形象将一个朝鲜移居女性的生活轨迹勾勒出来，从根源上来说这一悲剧的始作俑者正是侵略战争所形成的社会环境，它给人们带来的苦难和伤痛值得深思和反省。然而作品在结尾处却没有将主题从社会层面的角度深入下去，而是转向了对朝鲜的悲剧、女性悲剧和人类悲剧的关注。"不断地世代延续"意指移居女性的下一代将承袭母亲的悲剧，作品没有给出化解悲剧的方法或做出抵抗的号召，只是单纯地停留在对人生悲剧的慨叹，这种处理方式不能不说削弱了作品的现实价值和社会意义。

在暗淡的现实面前没有批判自由的文学创作展现了各自不同的取向，文人或顺应现实妥协，或放弃文学追求，或沉浸于纯艺术。伪满时期，底层人们的生活处于群体萎靡和落寞的状态，描绘包括吸食鸦片在内的、以沉醉堕落为主要素材的小说旨在表现朝鲜移居民落魄的精神状态和每况愈下的物质生活：金昌杰的《青空》和玄卿骏的《流氓》刻画出整个社会浸淫于毒品的状态让人不寒而栗，金国振的《除夕》、金光洲的《野鸡》和朱耀燮的《奉天站食堂》则展示了处于赌博、卖淫和生活摧残下人们的真实面貌。凄惨境况下的移居民无力于现实反抗，他们不得不寻求他法发泄内心的不满，通过吸食鸦片、赌博和嫖娼来麻痹灵魂的方式成为特殊社会环境下一种无奈的心理选择，对此类社会现象的映射展现了伪满时期文学独有的艺术特色。

二 日本人形象的模糊刻画

在朝鲜作家的笔下，描绘过开拓与定居过程中移居民肉体和精神上遭受的双重磨难，描绘过现实苦难与抵抗意识的激烈碰撞，描绘过民族未来发展的建设构想和宏伟蓝图，描绘过黑暗现实下曲意逢迎和苦闷逃避。可以看出，面对日本侵略和移居定居的现实，朝鲜人的内心经历了巨大的理念碰撞。但在作品描绘的众多人物中，却很少出现造成殖民悲剧的始作俑者——日本人。这种文学现象的产生并非偶然，集体沉默必定与某种政治现实和心理因素相关，这种紧密的相关性也成为这一时期具有代表意义的文学特色之一。

1939 年伪满洲国治安部高级军事顾问在沈阳伪训练学校视察，在对学校的全体军官训话时称："'满洲人'把自己当成主人，把日本人当成客人，那就大错特错了。满洲的日本人不是客人，而是地地道道的满洲主人。谁不承认这一点就请另投他方，不能允许这种人存在于满洲的土地上。"①日本人把自己放在主人的位置，要求其他民族都必须无条件服从，这样的蛮横无理和为所欲为使得"满洲"国民随时处于高压戒备态势下。与日本当局所追求的"五族协和"理想相悖，"满洲"人从未享受过与日本人的平等和共荣。虽然在内心中深刻体会到这种不平等和愤懑，但朝鲜作家创作的很多作品却未将这种心理表现出来。究其缘由，既有主观上痛恨侵略而选择视而不见，也有客观上刻意回避由侵略战争而引发的核心民族矛盾，为不招致麻烦而选择明哲保身。

应当说，安寿吉在伪满时期的创作中，被质疑最多的就是现实顺应和理念协力的倾向，甚至有人直接将他的作品归为"亲日"文学。即使这样受到质疑，安寿吉的作品中也很少将日本人作为主要人物描写，即使偶尔一些作品中有日本人出现，他也会以极轻描淡写的方式掠过。在安寿吉的代表作《稻子》中，日本人作为朝汉民族矛盾的调停人就是以一种若隐若现的姿态出现的。作为同情朝鲜人的第三者，日本人本应以正式的身份和形象登场，但在作品中却只通过侧面的转述透露了他的存在。从安寿吉一贯的创作理念上来看，这种不透明的人物刻画应当是对社会主要矛盾的一种回避。朝鲜人被迫移居的根本原因在于日本的殖民侵略，因此朝汉矛盾冲突的根源也在于日本，但在作品中日本人却摇身一变成为了双方矛盾的

---

① 万嘉熙：《伪满军的内幕》，政协吉林省委员会文史资料委员会 1988 年版，第29 页。

调解者。这种从背后魁首到矛盾化解者的身份转换代表了当时日本人在舆论传播上的期望和导向，符合他们进行"王道乐土"宣传的宗旨。若隐若现的表述将这种意识以不易察觉的方式传达给读者，也表明了日本当局及其倾向派对于歪曲现实的做法缺乏自信的心理。

金昌杰的《落第》的核心是揭露伪满洲国的日本官员卖官受贿的腐败现实，但对于接受贿赂的日本人却几乎没有正面提及，只是从主人公"我"和同事荣善口中可略知一二。善荣酒后说出了自己给所长送礼才成为雇员的事实，同时也道出了他对于人情世故的态度。

> 你呀，即使过了一百年也还是老样子，我只要有了钱就不会输给任何人。这个世界，就是这样。不仅在工厂，无论什么事如果只循规蹈矩的话就会一辈子落第、落第、落第……改改你的想法吧，唉。[①]

这段话道出了伪满时期的官场规则，不贿赂上级就不会有晋升的机会。日本人在伪满各机构的控制已达到相当的规模，日籍官吏的比例在不断提高，重要职能部门也都被日本人所掌控。"伪满中央政府的官吏为六百人，其中百分之二十是日本官吏……到一九三五年五月，日本人官吏已增加到三千人，如果再加上所谓准官吏，则达六千人，在中央一级的伪机构中，日、中官吏的比率已超过一比一，像国道局这样的机关，日本人官吏达百分之九十。"[②]在日本人当权的社会，腐败和卖官鬻爵已司空见惯，而这些主掌大权的日本人却很少在作品中直接出现，这是一种对背后罪魁的回避，也是对侵华事实的回避。《落第》这部作品"在当时森严的言论统治下，不能将与日本的矛盾设定为社会主要矛盾，而只是以个人矛盾的形式体现出来，主要原因在于作品是在'满洲'的机关报纸——《满鲜日报》发表的"[③]。

---

① 연변대학 조선언어문학연구소, 중국조선민족문학대계 (11), 소설집—김창걸 외, 하얼빈 : 흑룡강조선민족출판사, 2002, p.152.

② 姜念东等：《伪满洲国史》，吉林人民出版社 1981 年版，第 176 页。

③ 오상순, 중국조선족소설사, 심양 : 료녕민족출판사, 2000, p.94.

如果说在表现社会腐败、维系日系特权方面，日本人只是以幕后推手的身份隐藏在其后不适合直接描写出来的话，那么在日本人直接参与和执行的事件中，有些作品也是以侧面描写的方式回避对他们的正面描述。朴启周发表于 1940 年的《处女地》就是这样一部作品，它批判了日本为实现殖民侵略而推行的现代文明给朝鲜人民生活带来的直接影响。作品将视角着眼于一个安居于深山之中享受自给自足生活的家庭，原本平静的生活被日本人掠夺式的开发打破，因此一家人被迫搬迁。在给一个普通家庭造成生活根基断绝、无法适应新环境的恶果背后，是对一个时代悲剧的直陈。然而，作为给森林资源造成破坏结果的执行者，日本人的形象却只通过主要人物的行为和对话透露出来。

　　那是什么？听说好像有人来过，妈妈惊异而沉重地把门打开一个缝隙向外望着，可只看到了消失在密林中的一个孩子的背影，并没有其他什么。[①]

作品将日本人勘测环境首次出现在作品中的场景设计为若隐若现的形式，通过女主人的半信半疑逐渐拉开现实改变的序幕。但从作品的题目就可以看出，作者对日本人形象温情描写的方式并非出自对他们的好感，而是迫于发表环境的限制不得不收敛住批判的笔锋，只能将他们对未开发土地破坏的野蛮行径透露出来。

对于玄卿骏的小说《流氓》，学界对其是否属于具有亲日性质的作品争议不断，至今仍未有定论。这部作品以吸毒和赌博等堕落人群在辅道所的生活为描写中心，旨在宣扬"满洲"政府对社会底层群体的说服和拯救，以彰显社会温情的一面。日本人苦心设计和努力经营的辅道所，正是体现和鼓吹其人性化国策的绝好时机，但作品却没有去描写一个日籍的辅道所长，而是将一个灌输了日本国策思想的中国人形象塑造为辅道所长。

---

① 연변대학 조선언어문학연구소, 중국조선민족문학대계（11）, 소설집—김창걸 외, 하얼빈 : 흑룡강조선민족출판사, 2002, p.538.

他表面上执行"辅道"的任务，但作为傀儡政府的代表实际上却是日本展开怀柔政策的道具。可以说，在无法预测辅道政策能否取得成功之时，作品没有贸然将这一敏感角色直接以日本人的形象暴露于世人面前，这一设计的背后正是为掩饰社会尖锐矛盾的实质。从这个角度来看，将玄卿骏的创作判定为由阶级意识和抵抗意识的弱化到沉潜于世态，再到迎合统治的倾向具有一定的合理性。

伪满时期朝鲜语作品鲜见以日本人作为直接描写对象，即使出现也是以友善亲睦的侧面形象示人。这一文学现象乍一看来让人匪夷所思，在统治正盛的时代，日本人出现在作品中本应是情理中之事，但作家们却不约而同地采取了回避的态度。虽然回避方式各不相同，但整体上的模糊态度却是对恶劣文学环境的一种反映。这其中有人出于自保，有人刻意掩盖矛盾，如此种种情形造成了一种有反常态的文学现象的出现，即日本人正面形象的缺失。不管出自哪种原因，深入分析作品内部矛盾的源头便不难看出，其始作俑者正是日本妄图侵略占领他国的狼子野心，当局的高压统治和残酷掠夺带来的深重灾难是作品中呈现这一文学特色的根本原因。

三　"王道乐土"下的真相透露

伪满洲国早在建立之初，就将"五族协和的王道乐土"作为建国宗旨。然而，这一追求民族平等和社会大同的理想在"满洲"从未得以真正实施，美妙蓝图的勾画更多用在了掩人耳目、愚弄"国民"之上。在思想统治、文化专制、奴化教育、宗教欺压和民族分化等种种现实政策面前，对其理想谎言的揭穿势如破竹。事实上，在国家成立初期，伪满政府工作的重心都用于提升日本人地位上。在这片"乐土"只有日本民族才能成为真正的核心和主人，他们凌驾于其他各民族之上，欲将各民族驯化为永远的奴隶和顺民。为获得在"满蒙"的利益，日本人牢牢地控制了"满洲国"的政权。1932 年日本内阁通过的《满蒙新国家成立后对外关系处理要纲》提出："为了在外交和内政上掌握实权，最初应尽可能使之采用日本人作为官吏或顾问，并逐步地加以充实。"①伪满洲国皇帝没有任命政权机构中官吏的权力，这一权利被关东军总司令掌握和操控。日本政府对于"满洲国"政府的要求事项，一切均由帝国政府通知关东军司令官，通知满洲国使之付诸实施。

日本民族在伪满洲国不仅政治上处于统治地位，经济待遇和收入也远远高于其他民族。同一座城市中的日本工人和中国工人的收入差距十分明显，"他们的收入一般都是'满系'人的三至四倍。日本人不仅享受高薪，而且还有'减免税、双重补贴等等优厚待遇'。"②对于这些的不平等待遇，日本人以他们"生活水平高"、"工作能力高"、"在外国工作"等种种借口来辩解。这些大肆宣扬日本民族是中国东北原有民族的日本侵略者，以其强盗逻辑漠视民族间政治和经济上不平等，并无耻地为帝国主义的侵略和剥削行为辩护。

在现实黑暗和种种的不平等面前，"满洲"朝鲜文学自然会在作品中透露出这些事实。虽然本意并非旨在批判殖民统治，但从中却可以看出殖民统治下许多深刻的问题。申曙野的《秋夕》"是一部描写没有任何政治权利和人性尊严的朝鲜移居农民的苦恼和哀愁的小说。"③伪满政府出台的《粮谷交货法》和《粮食管理法》是日本为进一步扩大侵略战争而制定的粮食法案，其实质目的是对农民进一步的搜刮和掠夺。农民对自己种植的粮食没有支配权，金氏被贫困所逼迫得不铤而走险去做私米买卖。

　　他太疲惫了，骑到了牛背上。

　　以前在村子的私塾曾经做过先生的金氏，每遇到哀伤之事总会习惯性地吟唱曲时调。

　　"春江花月夜，秋窗风雨夕……"

　　这吟咏饱含愁思，伴着两行清泪顺着脸颊默默流出。

---

　　① 《现代史资料·满洲事变》(7)，三铃书房 1972 年版，第 495 页。

　　② 李茂杰、孙继英：《苦难与斗争十四年·中卷》，中国大百科全书出版社 1995 年版，第 82 页。

　　③ 오상순, 중국조선족소설사, 심양：료녕민족출판사, 2000, p.91.

这是他平生六十年第二次流泪，一次是去年妻子去世，一次就是这次。①

作品在结尾处展现了金氏临死之前的愁苦和哀愤，殖民统治下的悲苦让一向坚强的金氏在哀伤中呻咏，这一结尾凸显了悲苦的气氛。"小说将随时会遭遇灾祸和在恐怖统治下战战兢兢生活的朝鲜移居民的恐惧心和被生活逼迫、走投无路下犯罪的悲惨生活面貌展现了出来。"②这样对于移居民贫瘠生活现场的描写赤裸裸地暴露了日帝的野蛮本性，表面上提倡法制社会和大同世界，实际却是粉饰之下的丑陋和残暴，这样的虚伪通过底层人民的悲苦生活真实地体现出来。

玄卿骏在文坛上被认为是将问题性和趣味性结合得最好的作家，他的处女作《心灵的太阳》描写了朝鲜30年代青年知识分子的生活状态和世俗关系，小说对社会现实的揭露为他之后的创作奠定了方向性基础。在接下来的代表作《流氓》中，玄卿骏展示了他更为成熟的美学思想。权哲曾经这样评价这部作品："在暗淡的现实中，它真实描写了堕落的人情世态并告发了现实，同时为作品中的人物指明了一条再生之路。"③对于作品的争议一直存在于是否具有亲日和反民族的倾向上，但如果剥去作品的表层意义，不难看出作家深刻的问题意识，即对民族不幸的哀伤和在日帝殖民统治黑暗现实中感受到的痛楚。这一文学特色并未采用直接的方式表现，而是通过群体衰败的社会背景渗透出来。

此外，通过对现代文明的批判透露日本殖民统治真相的作品在这一时期也开始出现。朴启周参与了伪满时期"满洲"朝鲜人文坛最初团体"北乡会"的创立，自处女作《赤贫》登上文坛之后，他陆续发表了《肉票》、《地狱也有花开》、《妈妈》等作品。朴启周的创作善于迎合大众取向，但其深意却在于从通俗的大众性背后挖掘出的纯文学意旨。在作品《处女

---

① 연변대학 조선언어문학연구소, *중국조선민족문학대계（11）, 소설집—김창걸 외*, 하얼빈 : 흑룡강조선민족출판사, 2002, p.664.
② 오상순, *중국조선족소설사*, 심양 : 료녕민족출판사, 2000, p.93.
③ 장춘식, *일제강점기 조선족 이민문학*, 북경 : 민족출판사, 2005, p.113.

地》中，作者将生活于长白山林中靠打猎为生的一家人作为描写对象，他们原本平静的原始生活被日本铺设铁路的工程彻底打破。在融合到文明社会的尝试失败以后，一家人打算重新回归原有的生活，但现实却无法如愿。这部作品发表于日本大力建设文明社会的倡导和实施过程中，建国节热烈庆祝的余波还未消散，一家人颠沛流离的生活就与此形成了鲜明对比。建设现代文明作为日本殖民地统治一直以来宣扬的目标，其实质目的却是为了攫取更多的资源和矿产。他们大肆宣扬的"王道乐土"背后展示了一个人间地狱的真实面貌，这不能不说是对伪满洲国建国理念的绝妙讽刺。

这一时期的很多类似的作品主观上并没有批判"满洲"殖民政权的意图，也并未想过和"建国精神"相联系，但却在客观上揭露了殖民者宣扬的假象。日本在表面上高唱"民族协和"的大同社会，但在暗地里却大搞民族离间，排挤鄙视其他民族的同时制造民族间的矛盾，以拉拢和挑唆为手段，以便更好地控制各民族。他们认为朝鲜民族与汉民族有血缘的宿仇，可以利用它来怀柔朝鲜人，使其成为"皇民"。在汉朝两民族发生冲突时，要扬鲜抑汉。然而事实上，朝鲜人并未获得日本人的真正保护，他们只被殖民者当作是压制强势汉族人的一种工具。

除渗透于其中的现实否定之外，还有些作品通过人物的言行直接揭露了现实的欺瞒性，朴启周发表于 1941 年的《母土》就是这样一部作品。仁俊一家在朝鲜作为自耕农过着自给自足的悠闲生活，但日本人入侵后他们承袭自祖辈的土地却被抢走，一家人也被迫沦为佃农。在遭遇洪水的侵袭之后，他们无奈之下只能移居至被称为乐土的"满洲"，在中苏边境的罗寨沟过着开拓和定居的生活。在此期间，朝鲜人逐步认识到了日本移居政策的虚伪性和欺骗性。

这所谓的五族协和和王道乐土的国家只是名字好听。五族协和、王道乐土，哼！对于倭寇们确实是这样。抢走别人的沃土，给人逼入绝境，自己过着滋润的生活……

说什么好呢，这都是我们自己的错。因为我们没本事，就知道你争我夺，最后把国家给丢了，这能怪谁呢。①

这部小说描写了朝鲜农民本为摆脱压制和操控而移居至"满洲"另寻生计，不料在新居住地却要继续承受着日帝的搜刮和压迫，这一切使得他们苦不堪言、痛不欲生。"满洲"政府所标榜的五族协和和王道乐土实际上只是一种欺瞒手段，他们利用朝鲜人进行土地开垦并由此获得廉价劳动力。朝鲜人不但被抢走了用血汗耕种的土地，而且还被日本人驱逐。对于日本和朝鲜移居民，政府的配给供应更是天壤之别。日本人将大批朝鲜人移居至"满洲"北部地区的做法并不是出自对民生的关注，而是作为他们大陆侵略政策的重要一环，因此"满洲乐土"这一说法只适合日本人，对于其他移民民族来说只是一句空话。通过作品中农民的自陈，可以看出日本殖民政策的虚伪性和欺瞒性。

诗歌创作方面，《满鲜日报》的很多作品在现实透露的表现上有很强的代表性，它们记录了暗郁现实下朝鲜人普遍的心境。如咸亨洙的《悲哀》，单从题目就可以看出其创作意旨。作者无法生活在幸福的人间，甚至失去了对天上的兴趣，因为"担心那里会像这里一样孤独"。在被描述得近乎完美的"王道乐土"中的生活尚且如此，那么所谓的"天堂"也不过是一种欺骗。对现实生活的绝望浇灭了人性对美好的渴望，也代表了当时绝大多数人的感受。

在对"王道乐土"下真相的透露中，大多数作品都以一种阴暗的色调贯穿于始终。柳致環在《发怒的山》中虽然没有透露愤怒和抵抗的对象，但却巧妙地将自我意旨融于天空与山的对立之中。比起包容的蓝天和不愿屈服的高山，作者怀有更多的是痛苦和郁愤。如果说在这篇作品中柳致環没有揭示愤怒的根源，那么在接下来《生命的书》中他给出了答案，即这种郁愤是来自充满生命活力的原始种族力量。阿尔泰山脉下延续的生命，自出生就带有蛮夷的野性和果敢，这一性格形成了对现实天然的抗拒。作

---

① 연변대학 조선언어문학연구소, *중국조선민족문학대계*（11），소설집—김창걸 외，하얼빈：흑룡강조선민족출판사，2002，p.443.

品在现代文明和种族本能的对立中,表现了对未开化野性和淳朴的向往。应当说在这一时期的众多诗歌中,这是一部为数不多地展现激情和力量的作品。

　　本应以美好景象现身的"王道乐土"画卷在"满洲"现实统治下却是一幅贫苦破败的景象,处处充满着贪婪、丑恶和压迫的社会现实碾碎了人们寄予"新国家"曾经的期待,这对于已饱受移民期待与现实落差之苦的朝鲜人来说无异于二次伤害。事实上,"满洲国"建立的根本目的即旨在通过一个可操纵的政府实现对东北全境有力合法的控制,而普通民众的生活状况根本不在他们关注的范围之内。殖民统治下的文学作品虽是在不经意间将社会真实的一面展现在世人面前,但却让我们从一个侧面接近了这个立体丰满的伪满世界。

结　语

　　伪满时期"满洲"朝鲜人文学上承朝鲜民族 19 世纪末那场气势磅礴的大规模移居拓土，下启殖民地多重压迫下坚定顽强的定居历程，从文学层面对日帝统治下的"满洲"朝鲜人生活进行了全方位立体式的再现。作为存现于殖民统治时期的移民文学，它用民族语言展示了 20 世纪前半期"满洲"的风土人情和社会面貌，同时也再现了这一时期朝鲜人的心理纠葛和情感意志。从所处时代和社会环境的独特性上来说，伪满时期"满洲"民族史是自朝鲜民族形成以来具有独特意义的一段历史，这一时期的文坛也展现出了与以往文学迥然不同的面貌和特征，对它的研究具有不容忽视的文学意义和价值。

　　中国朝鲜族文坛的形成经历了移居期、定居期和独立期三个主要阶段，伪满时期"满洲"朝鲜人文学处于移居后期和定居的过渡时期，同时也是为独立期打下基础的重要阶段。伪满文学与之前的移居文学共同构筑了 20 世纪前半期朝鲜文学的深厚根基，这一根基为新中国成立后朝鲜族文坛的形成提供了宏大背景。此外，对于朝鲜半岛来说，伪满后半期的文学也填补了 1940 —1945 年韩国"暗黑期"的文学空白，由此可以说它是韩国文学史上一笔不可多得的珍贵遗产。伪满文坛兼具移居期和定居期的双重特点，在承袭朝鲜文坛前一时代阶级文学色彩的基础上加入了移居、定居、抗争和妥协等主题元素，颂扬时政的文学表象下涌动着现实逃避和批判抗争的暗流。关注朝鲜人移居生活的金昌杰、姜敬爱、申曙野、朴启周、尹东柱、宋铁利、千青松、李旭等作家大多将视线集中于朝鲜人在离乡和思乡背景下的情感落差、生活体验和社会意识，这些内容主要通过以离乡历程和移居苦难为中心的作品体现出来；而定居期以安寿吉为代表的玄卿骏、金镇秀，以及作品数量不多的黄健、李琇馨、崔明翊、咸亨洙等作家的创作，则在筹划民族长久发展的基础上将视线投向于对永久定居问题的关注，这一主题主要通过对定居者在扎根和融合过程中经历的悲喜情仇的记录体现出来。在以移居和定居为主要脉络的文学体系下，伪满的大环境也为文学主题的生成提供了现实背景，面对日本的殖民侵略朝鲜人表现出了对峙和迎合两种不同的姿态。一部分阶级和民族意识强烈的作家，如姜敬爱、安重根、尹东柱以及抗日游击区一些无名作家创作的以抗争和对立为主题的作品，形成了伪满时期带有鲜明风骨气韵的抗争文学核心，也代表了朝鲜文学中最具民族情怀的脊梁书写；而那些在殖民严酷文化政策下或主动或被迫屈服的朝鲜人则将文学当作了政治宣传的工具，安寿吉、玄卿骏、尹海荣、韩赞淑、李学仁等作家在作品中都或多或少表现出了妥协迎合的倾向，这其中也不乏政策呼应和殖民服务的作品。在日本操控下的异国创作环境中，离乡和思乡、扎根和融合、对峙和斗争、妥协和逃避成为伪满时期"满洲"朝鲜人文坛最为关注的四大主题，同时它们也代表了20世纪初"满洲"朝鲜文学内容的基本走向。

作为朝鲜近代文学的一个重要分支，伪满时期"满洲"朝鲜人文学的繁盛与韩国文学被遏制的窘境形成了对照，它使朝鲜的文学余脉在非本土实现了延续和发展。无论从文学团体的建立、文学刊物的创办还是作品的创作与发表，这一时期都将多年累积的文学成果逐渐显像化。具有前期创作基础的朝鲜本土作家与"满洲"乡土作家的结合，实现了朝鲜文学原有基础和现地文学地域特色的融汇。伪满时期"满洲"朝鲜人文学中移居主题的作品将关注的焦点集中于记录前期民间的苦难和现实克服意识，在主题上表现出了对故土的强烈依恋和思乡之情。对于世代面朝黄土背朝天的农耕民族来说，家和故乡有着超越地域意义的文化内涵。而对于被迫离开家乡在外漂泊的人们来说，对家和故乡的依恋则更为强烈和持久。伪满朝鲜文学中有关移居这一主题的作品，渗透着朝鲜农耕民族在被迫离乡后溢于言表的思乡之情。因此可以说，离乡和思乡是这一时期朝鲜移居文学的主旋律。在理想与现实、思乡情绪与故乡幻灭、表象与内在的多重矛盾交织中，他们不断地寻求化解之法。由于移居题材作品的创作环境特殊，即处于朝满生活圈的转换过程中，因此在文学手法上展现了家族化记录、地方情调和亲近自然的艺术特点，这是朝鲜人移居历史过程中所独有的，也是其他主题作品中不常见的文学特色。

伪满时期以扎根和融合为主题的作品，记录了以安寿吉为核心的朝鲜文人为寻求民族发展出路而不断摸索的历程。在艰难的现实面前，生活于夹缝中的朝鲜人试图交流、妥协，甚至不惜借助日本人的力量，这是"农民道"和"北乡精神"产生的前身，也是集中了移居民生存意志的选择。在《北乡谱》中，安寿吉认为："我把朝鲜人开拓满洲的精神支柱看作是'稻魂'。'稻魂'简单地说，就是要有一颗把稻谷秧苗看作是自己子女的炙热的心。""农民道"是源自土地爱和民族爱的真挚情怀，在情绪的转化上，需要有和原始情感割裂的勇气。在那个年代，对于选择接受"第二故乡"的人们来说，在这里不止于"定居"，而且要"生存下来"和"发展下去"。新身份的认同、开拓民与原住民的冲突、"满洲"爱与民族爱的调和等问题被作为文学模式选取的着眼点，可以看出移居民在定居过程中所经历的挣扎和为定居而付出的努力。在艺术手法上，渗透的北乡情结和无形的中国化元素彰显了定居文学的突出个性，也表征着定居时期的朝鲜文学开始逐渐接受中国文化。总之，此类主题的作品不但集中体现了朝鲜人在定居阶段所经历的阵痛和思索，而且真实再现了移居民为实现扎根和融合的最终目标而进行的身份转换和文化认同的过程。

伪满时期"满洲"朝鲜人文学作品真实记录了为维持生计而背井离乡的朝鲜人在"满洲"的艰难生活。日帝的残酷统治、中国官厅的镇压、原住民的歧视和排斥、马匪的掠夺和同族无良朝鲜人的剥削将移居民的生活逼近了绝境，他们遭遇了其他民族历史上罕见的苦难。在极度苦痛的生活中，通过现实磨难激发出的抗争意识具有不可回避性，因此这一时期的抵抗情绪在很多作品中都有着或多或少的流露。虽然大部分的抵抗情绪不能以显像的形式表现出来，但其背后所隐含的阶级意识和民族意识却始终未被磨灭，这种反抗代表了作为社会最底层的朝鲜移居民源自内心的真实情绪，也形成了黑暗时期具有指引力量的文学风骨。伪满时期"满洲"朝鲜人文学中体现殖民压迫和现实反抗这一主题的作品，除通过生活化、个体抗争的创作形式表现出来之外，游击区内无名氏和集体创作的抗日文学也属其列。这类作品爱憎分明、形式简短、节奏明快、易于传播，在抗日思想宣传、鼓舞民众斗争意识方面功不可没，它的出现为抗日战争的胜利提供了强有力的精神后盾。

日帝统治末期寄身于他乡的朝鲜移居民不得不去思考如何生存下去的问题，无论是新故乡建设，还是体制协力的作品初衷大体都源于此。在身份意识和本体性的摇摆中，一部分人既不愿抛弃初衷，也看不到理念指引下的希望，由此而陷入迷惘和绝望。他们或表现为人为刀俎、我为鱼肉的无奈，或表现为自甘堕落的随波逐流。以妥协迎合和政策服务为主旨的作品的出现，让人们不禁思考其缘由。张春植在《日帝强占期朝鲜族移民文学》中认为，主要原因包括两个方面：一是日本长期殖民主义渗透造成的客观结果；二是移居至中国的朝鲜人为显示优于朝鲜本土的生活而刻意夸大现实的美好。应当说，这两个原因是从日本殖民侵略和朝鲜人移居两大客观事实出发得出的结论，它们结合了内外因素，在分析此类作品出现原因的范围内不可或缺。但同时不可否认的是，时政附逆类作品出现的规模之大、种类之繁多固然包括了以上两种客观因素，但同时也存在着一定的主观因素。从趋利避害的角度来看，朝鲜人对伪满政权的依附反映了他们民族自信心丧失、抛弃恢复亡国信念的心理取向。这种心态从人性角度出发可以理解，但从民族角度来看，这段文学史确实算不上光彩。

移民现实和殖民统治形成了伪满时期"满洲"朝鲜人文坛极其特殊的社会背景，这一环境造就了它有别于正常时期文学的特质。伪满时期"满洲"朝鲜人文学作为韩国文学的重要组成部分和朝鲜族文学的前身，无论其文学水准和艺术成就的高低，都是韩国和中国文学史上不可或缺的一部分。在以往由于对这一时期的文学存在偏见，因此其研究也一直处于被忽视的边缘。希望这一状态能够随着文学研究开放性的扩展和包容性的加深而逐步得到改善，也希望伪满时期"满洲"朝鲜人文学在文学研究的大家庭中逐步获得应有的重视和瞩目。

参考文献

一 外文文献

（一）作品集

[1] 연변대학조선언어문학연구소, *중국조선민족문학대계（9）소설집—현경준*, 하얼빈 : 흑룡강조선민족출판사, 2002.

[2] 연변대학조선언어문학연구소, *중국조선민족문학대계（10）소설집—안수길*, 하얼빈 : 흑룡강조선민족출판사, 2001.

[3] 연변대학조선언어문학연구소, *중국조선민족문학대계（11）소설집—김창걸 외*, 하얼빈 : 흑룡강조선민족출판사, 2002.

[4] 최문식, 김동훈, *윤동주시집*, 연길 : 연변대학출판사, 1996.

[5] 허경진, 허휘훈, 채미화, *중국조선민족문학대계 6—김조규, 윤동주, 리욱*, 서울 : 보고사, 2006.

[6] 허경진, 허휘훈, 채미화, *중국조선민족문학대계 8—강경애*, 서울 : 보고사, 2006.

[7] 홍윤희, *한국문학대전집 13 최서해·강경애*, 천안 : 태극출판사, 1981.

（二）专著

[1] 김관웅, 윤윤진, *서방모더니즘문학사론*, 연길 : 연변대학출판사, 1999.

[2] 김열규 외, *再读大陆文学*, 서울 : 대륙연구소출판부, 1992.

[3] 김윤식, *한국근대작가론고*, 서울 : 일지사, 1981.

[4] 김윤식, *안수길연구*, 서울 : 정음사, 1986.

[5] 김장선, *위만주국시기 조선인문학과 중국인문학의 비교연구*, 서울 : 도서출판 역락, 2004.

[6] 김장선, *만주문학연구*, 서울 : 도서출판 역락, 2009.

[7] 김재용, 만주, *경계에서 읽는 한국문학*, 서울 : 소명출판, 2014.

[8] 김호웅, *재만조선인 문학연구*, 서울 : 국학자료원, 1997.

[9] 권철, *광복전 중국 조선민족 문학연구*, 서울 : 한국문화사, 1999.

[10] 권철, *중국조선족문학 (상)*, 연길 : 연변대학출판사, 2000.

[11] 박은숙, *일제강점기 재중조선인 문학연구*, 북경 : 민족출판사, 2007.

[12] 박청산, *김철수, 이야기 중국조선족역사*, 연길 : 연변인민출판사, 2000.

[13] 박창욱, *중국조선족역사연구*, 연길 : 연변대학출판사, 1995.

[14] 소재영, *間島流浪 40 년*, 서울 : 조선일보사, 1989.

[15] 소재영 외, *조선족문학연구*, 서울 : 숭실대학교 출판부, 1992.

[16] 송민호, *일제말 암흑기 문학연구*, 서울 : 신론사, 1991.

[17] 오상순, *중국조선족소설사*, 심양 : 료녕민족출판사, 2000.

[18] 오상순, *중국조선족문학사*, 북경 : 민족출판사, 2007.

[19] 오양호, *한국문학과 간도*, 서울 : 문예출판사, 1988.

[20] 오양호, *일제강점기 만주조선인문학연구*, 서울 : 문예출판사, 1996.

[21] 오양호, *만주이민문학연구*, 서울 : 문예출판사, 2007.

[22] 윤영천, *한국의 유민시*, 서울 : 실천문학사, 1987.

[23] 윤윤진, 지수용, 정봉희, 권혁률, *한국문학사*, 상해 : 상해교통

대학출판사, 2008.

[24] 윤윤진, *중국조선인문학과 중국조선족문학의 개념설정문제에 대하여*, 연길 : 문학과 예술, 2006.

[25] 이병기, *국문학전사*, 서울 : 신구문화사, 1987.

[26] 이명재, *식민지시대의 한국문학*, 서울 : 중앙대학출판부, 1991.

[27] 이상경, *강경애의 삶과 문학*, 서울 : 한국여성연구소, 1990.

[28] 임범송, 권철.조선족문학연구, 하얼빈 : 흑룡강조선민족출판사, 1989.

[29] 임종국, *친일문학론*, 서울 : 평화출판사, 1963.

[30] 장춘식, *해방전 조선족이민소설연구*, 북경 : 민족출판사, 2004.

[31] 장춘식, *일제강점기 조선족이민작가연구*, 북경 : 민족출판사, 2010.

[32] 전성호, *일제하 중국조선인 소설연구*, 춘천 : 다나출판, 1997.

[33] 전성호, 림연, 윤윤진, 조일남, *중국조선족문학비평사*, 북경 : 민족출판사, 2007.

[34] 조동일, *한국문학통사*, 서울 : 지식산업사, 1992.

[35] 조성일, 권철, 최삼룡, 김동훈, *중국조선족문학사*, 연길 : 연변인민출판사, 1990.

[36] 조선족약사편찬조, *조선족약사*, 연길 : 연변인민출판사, 1986.

[37] 조정래, *한국근대사와 농민소설*, 서울 : 국학자료원, 1998.

[38] 채훈, *일제강점기 재만한국문학연구*, 서울 : 깊은샘, 1990.

[39] 최경호, *안수길 연구 : 실향시대의 민족문화*, 서울 : 영설출판사, 1994.

[40] 최일, *조선현대작가들의 중국체험소설연구*, 연길 : 연변대학교, 1999.

[41] 현룡순 외, *조선족백년사화*, 하얼빈 : 료녕인민출판사, 1982.

（三）期刊论文

[1] 김미란, "만주, 혹은 자치에 대한 상상력과 안수길 문학", *상허학보*, No.25, 2009.

[2] 김종희, "중국 조선족 문학과 김창걸의 소설", *한국의 민속과 문화*, No.7, 2003.

[3] 김재용, "안수길의 만주체험과 재현의 정치학 : 국민국가체제 내에서의 디아스포라적 상상력", *만주연구*, No.12, 2011.

[4] 김학면, "재만작가 김창걸 소설에 나타난 '식민지 파시즘'", *한국현대문학연구*, No.22, 2007.

[5] 김형규, "김창걸 소설 연구", *한중인문학연구*, No.21, 2007.

[6] 류은종, "김창걸 《암야》에서 이룩한 문체론적 표현의 빛나는 성과", *중국조선어문*, No.6, 1996.

[7] 서은주, "만주국 재현 서사의 딜레마, 혹은 해석의 난경", *한국근대문학연구*, No.22, 2010.

[8] 이남호, "안수길 단편소설 연구", *한국문학이론과 비평*, No.61, 2013.

[9] 이해영, "김창걸의 해방전 소설 연구", *한중인문학연구*, No.39, 2010.

[10] 이해영, "만주국의 국가 성격과 안수길의 북향정신——안수길의 재만 시기 작품을 중심으로", *국어국문학*, No.160, 2012.

[11] 이해영, "안수길의 장편소설 <북향보>의 현실인식", *한국현대문학연구*, No.43, 2014.

[12] 이해영, "위만주국 조선계 작가 안수길과 '민족협화'", *국어국문학*, No.172, 2015.

[13] 이해영, "안수길의 해방전후 '만주' 서사에 나타난 민족 인식—타민족과의 관계를 중심으로", *한민족문화연구*, No.50, 2015.

[14] 장병희, "일제 암흑기의 재만문학연구 : 길창걸 단편소설을 중심으로", *어문학논총*, No.11, 1992.

[15] 표언복, "중국 조선족작가 김창걸의 문학 일별", *목원어문학*, No.16, 1998.

[16] 표언복, "'타락한 시대'의 '타락한 글쓰기'방법 : 현경준의 아편서사 연구", *현대문학이론연구*, No.47, 2011.

二　中文文献

（一）专著

［1］［美］艾布拉姆斯:《镜与灯——浪漫主义文论及批评传统》,北京大学出版社 2004 年版。

［2］北京大学中文系文艺理论教研室:《论文艺》,人民文学出版社 1980 年版。

［3］郭庆光:《传播学教程》,中国人民大学出版社 1999 年版。

［4］姜飞:《跨文化传播的后殖民语境》,中国人民大学出版社 2005 年版。

［5］姜念东等:《伪满洲国史》,吉林人民出版社 1981 年版。

［6］李春燕:《东北文学史论》,吉林文史出版社 1998 年版。

［7］李茂杰、孙继英:《苦难与斗争十四年·中卷》,中国大百科全书出版社 1995 年版。

［8］童庆炳:《文学理论教程》,高等教育出版社 2010 年版。

［9］滕利贵:《伪满经济统治》,吉林教育出版社 1992 年版。

［10］［美］韦勒克、沃伦:《文学理论》,江苏教育出版社 2010 年版。

［11］温越、陈召荣:《流散与边缘化:世界文学的另类价值关怀》,甘肃人民出版社 2011 年版。

［12］万嘉熙:《伪满军的内幕》,政协吉林省委员会文史资料委员会 1988 年版。

［13］徐颖果:《离散族裔文学批评读本——理论研究与文本分析》,南开大学出版社 2012 年版。

［14］杨冬:《文学理论》,北京大学出版社 2009 年版。

［15］尹允镇:《朝鲜现代小说艺术模式研究》,辽宁民族出版社 1997 年版。

（二）期刊论文

［1］崔鹤松：《浅谈姜敬爱的东北背景小说》，《黑龙江民族丛刊》2012 年第 4 期。

［2］崔鹤松：《姜敬爱小说中的女性意识及其变化》，《黑龙江民族丛刊》2013 年第 1 期。

［3］崔一：《殖民地语境下韩国现代作家的"东北"形象》，《东疆学刊》2006 年第 7 期。

［4］崔一：《浅论姜敬爱小说〈地下村〉的悲剧意识》，《才智》2013 年第 5 期。

［5］陈道谆：《文学的"言""象""意"审美辨析——对"言不尽意"和"立象尽意"中国古典文论观点的审美解读》，《海南广播电视大学学报》2010 年第 1 期。

［6］范庆超：《时代缩影·民族悲歌·心灵憩园——朝鲜族诗人尹东柱及其诗歌创作》，《沈阳师范大学学报》（社会科学版）2012 年第 4 期。

［7］冯臻：《浅谈姜敬爱小说中的女性形象——以〈人间问题〉中善婢为例》，《安徽文学》2013 年第 3 期。

［8］华敏、雷子金：《〈暗夜〉：日帝统治时期间岛人民的抗争星火——金昌杰小说短论》，《延边大学学报》（社会科学版）1999 年第 2 期。

［9］胡金凤、房君：《从朝鲜移民看日本帝国主义侵略东北的本质》，《广播电视大学大学学报》（哲学社会科学版）2008 年第 1 期。

［10］金长善：《韩国黑暗时期亲日文学研究新视角》，《外国文学动态》2008 年第 4 期。

［11］金海鹰：《日本强占期在满朝鲜诗人沈连洙诗歌"自我形象"研究》，《当代韩国》2004 年第 9 期。

［12］金训敏：《反思与探索——东北沦陷期文学研究之一》，《吉林大学社会科学学报》1988 年第 4 期。

［13］金依俚：《文学研究方法综述》，《娄底师专学报》1985 年第 10 期。

［14］金颖：《论近代辽宁省地区水田农业的发展与朝鲜移民社会的形成》，《满族研究》2007 年第 4 期。

〔15〕雷鸣:《日本殖民统治下的伪"满洲"文学探究》,《福建论坛》(人文社会科学版)2011 年第 2 期。

〔16〕李葆琰:《救亡文学发展轨迹》,《新文学史料》1994 年第 5 期。

〔17〕李秀兰:《在黑暗的原野上呐喊——萧红与姜敬爱的女性悲剧意识比较》,《中华女子学院学报》2008 年第 2 期。

〔18〕刘仁顺:《现代韩国小说中的中国及中国人》,《当代韩国》2004 年春季号。

〔19〕刘艳萍:《慈母与悍母——姜敬爱与萧红小说的母爱描写》,《延边大学学报》(社会科学版)2009 年第 4 期。

〔20〕刘艳萍:《绚丽悲壮与素雅凄婉——论萧红与姜敬爱小说的审美意蕴》,《东疆学刊》2009 年第 4 期。

〔21〕刘艳萍:《杜鹃啼血,昭示不平——萧红与姜敬爱小说底层女性悲剧之比较》,《延边大学学报》(社会科学版)2009 年第 8 期。

〔22〕刘艳萍:《姜敬爱与萧红小说的性别悲剧与性别意识》,《延边大学学报》(社会科学版)2010 年第 4 期。

〔23〕刘艳萍:《主流叙事与人性书写——姜敬爱与萧红小说的主题意蕴之比较》,《东疆学刊》2010 年第 4 期。

〔24〕刘艳萍:《姜敬爱与萧红小说语言描写艺术之比较》,《延边大学学报》(社会科学版)2011 年第 2 期。

〔25〕任润德:《略谈尹东柱诗作的反抗性》,《延边大学学报》(社会科学版)1992 年第 2 期。

〔26〕孙岩、王苗:《清末民初朝鲜移民东北的影响》,《理论界》2008 年第 4 期。

〔27〕孙岩、王苗:《清末民初朝鲜移民我国东北的原因探析》,《前沿》2008 年第 9 期。

〔28〕石岩:《伪满时期日本对东北少数民族的民族政策》,《满族研究》2012 年第 1 期。

〔29〕沈卫威:《试论东北流亡文学研究的几个问题》,《绥化师专学报》(社会科学版)1987 年第 4 期。

［30］唐恬恬：《20 世纪 30 年代中韩左翼女作家创作中的女性意识变化——以萧红、姜敬爱创作中体现的民族国家意识为中心》，《当代韩国》2010 年冬季号。

［31］吴晓明：《伪满洲国文学研究在当前的突破》，《海南师范学院学报》（社会科学版）2007 年第 1 期。

［32］杨宇：《浅论日本殖民统治东北时期的"伪满洲文学"》，《文学教育》2012 年第 4 期。

［33］张伯逸：《论朝鲜族著名作家金昌杰的短篇小说创作》，《延边大学学报》（社会科学版）1998 年第 2 期。

［34］张春植：《与星对话——朝鲜族现代诗人尹东柱与他的诗》，《民族文学研究》2010 年第 4 期。

［35］张春植：《论金昌杰的前期小说创作》，《民族文学研究》2002 年第 4 期。

［36］张春植：《安寿吉与他的"北乡"情结》，《当代韩国》2000 年夏季号。

［37］张春植：《朝鲜族移民小说与身份认同》，《民族文学研究》2008 年第 3 期。

［38］张美红：《中韩两位文学才女萧红、姜敬爱文学作品中的悲剧意识》，《语文学刊》2008 年第 3 期。

附　相关作品选读

稻子（节选）

安寿吉

前　章

满洲建国前两年的夏天。

白天热气从日落时分开始消散，夹杂着雨的乌云被风吹卷着，黄昏的天空像笼罩了浓雾一样昏暗。雨点像是要倾泻下来，可这会儿黄昏的烟雾又逐渐散开。星星开始闪烁，微蓝的天空也逐渐显现。

早知道这样就按原计划给学校的屋顶糊泥了，灿洙望着消散面积渐大的烟雾自言自语着。虽是这么想，不过能在没蚊子的屋子里舒服地躺着看书，也不失为一种悠然的享受，想到这里他突然不再埋怨这多变的天气了。

白天在学校工地干活太劳累了，本想偷懒缓解一下疲劳，可却没有尽情休息的空闲。刚看了没几页书，就睡着了。这时，他突然被嘈杂的声音惊醒，此时已经过了午夜。睁开眼睛，听到了从田里传来的狗项圈声在耳畔回响。

狗项圈声像是在催促雨水——几天前下的雨使水田的雨水很充足了，现在短期内不但不需要雨，反而再下的话 W 河可能会有泛滥的危险。而且，比这更急迫的还有学校的施工建设。

灿洙想着学校明天预定的施工又要出差了，内心很焦灼。乌云低压下来，从周围水田里隐隐传来的狗项圈的声音，让人更急迫，而无尽的黑暗却丝毫没有动摇。雨似乎马上要铺天盖地地下起来了，这一触即发的危机就像战争之前的状态一样。灿洙边想着——边咂着嘴回到了房间。

虽然努力想要睡着，可是眼睛却闭不上，头像被雨水浇过一样清醒。把灯打开，刚拿起书来，隔壁就传来了母亲和父亲吵架的声音，这让他没法把精力集中在书本上。

"又开始了！"

灿洙想起在父母间的矛盾就像低垂的乌云，他们的问题也不是那么容易就能解决的。所以自己尽可能不去听他们吵架，让声音被避过去。

吵架的声音逐渐变小，比起父亲，母亲的攻势更为强烈，说话的频率也变得越来更高。母亲十句话，父亲也就一句话，什么"不想听"、"让邻居折腾"等之类的非常低沉的顶嘴。比起母亲经常重复的长话，不时听到的父亲的简单的一两句话更刺激着灿洙的神经。

看起来是要持续到天亮的老两口的吵架，也因像子弹落下一样的瓢泼大雨而中断。不管怎样，还是让灿洙有了些许安慰。

母亲出去盖上了酱缸，把柴火抱进了仓房。这空当，灿洙隐隐听到父亲掐断烟的声音。灿洙的父亲朴俭知很爱烟，灿洙也是。相隔十年，再次见到父亲的时候才发现自己喜欢吸烟原来是源自父亲的遗传。可能也是因为这个，那时的他更为强烈地感受到血亲的情感。

他刚来这里还是两个月前。

朴俭知和灿洙的嫂子金女及其侄子，还有鹰峰屯的村长洪德浩一起来到了 C 客运站。洪德浩是朴俭知儿媳金女的父亲，除单纯迎接亲家的礼仪之外，在建设学校事情上对负责这件事的人给予高规格的礼遇应该是更重要的理由。朴俭知知道洪德浩的意思，所以在接到灿洙后，就马上向同村人炫耀下自己的儿子。

从火车上下来，灿洙感到自己像被人扔到原野上一样，周围连棵树都没有。不知道自己在哪，心里掠过了一丝空虚。但当看到出来迎接自己的父亲、洪德浩、嫂子和哥哥留下的九岁的侄子那一瞬间，他意识到这里也是同胞生活的地方，最亲近的亲人来迎接自己感到十分高兴，内心变得充实起来。

朴俭知也高兴得不得了，扒开周围的满洲人，找到了灿洙的行李，直接扛在了肩上。在准备把行李放在车上的空当，嘴里的卷烟还在一直叼着。看到他这个样子，人们觉得很尴尬，不过也挺可笑。在去往鹰峰屯二十多里的路上，烟卷一直没离开他的嘴。灿洙这时也明白了自己为什么那么喜欢吸烟，嘴角不禁扬起了微笑。

朴俭知比十年前和灿洙分开时老了很多。灿洙一眼就看出父亲扛着行李的双肩消瘦、双手皮包骨，他能十分清晰地感受到父亲这十年间遭受的苦楚。在布满皱纹的脸上，现出了无法隐藏的喜悦，灿洙虽然猜出这期间父亲经历了不少的痛苦，但也能感觉到他们现在的生活已经有了很大的改善。

接近村口的时候，原野的水田上刚插秧不久的稻子在阳光的照射下旺盛地生长着，这种欣欣向荣像是象征着鹰峰屯居民们的生活一样，给灿洙留下了很好的印象。但能过上今天的生活，背后却隐藏了移居民们多少外人不知的心酸和血泪。这些苦楚从那些把这里当作故乡的人们口中能听说、从洪德浩和父亲布满皱纹的脸上可以看出、从寡妇嫂子金女那里能找到真实的证据。

○

鹰峰屯位于吉林省××县 H 平野 W 河流域，是一个朝鲜人居住的部落。这里大多是广阔的原野，但在部落东部的平野中间很突兀地耸立出一块山包。与其说是山包，不如说是三十尺高的一块岩石。这个部落都是 H 道 H 郡鹰峰里的人们，因为他们的故乡就在叫作鹰峰的山岗上，他们认为和它有着因缘，所以就把那块岩石叫鹰峰，村子被叫做鹰峰村，按满洲的方式命名为鹰峰屯。

如果细究鹰峰屯的名字从什么时候开始叫起的，应该是在部落最开始进行水田开垦的时候。洪德浩虽然经历过这些过程，但似乎也说不太清楚。

洪德浩 26 岁时来到了满洲。主要在奉天方面那边晃悠，作为张作霖军队的雇佣兵，他做了一年半的转钱生意、两年的鸦片生意，之后把这几年间赚的钱拿去赌博，最后都输光了。出入于赌局的时候，作为一个押会的主赏，洪德浩在那个圈子小有名气。但最后还是所剩无几，最后两手空空地离开了。

之后，他在北满西伯利亚附近流浪，经历了三五年的磨难之后，一分钱没有赚到，又重新回到了奉天。到那里在赌局牵头参与分成，又过了三年。之后回到故乡把金女嫁给了朴俭知做儿媳妇，过了一年左右的忧郁生活，在奉天到处求人和欠人情。正当这时，听说有一个之前被认作是自己养子的韩启运买了吉林省××县的县长，并到那里赴任了。洪德浩抱着怎么也可以依靠这人经营点什么的想法，不顾家人的反对就投奔到那里去了。

"这次一定要找到一份事业，赚到钱以后再回去——"

洪德浩在一年前还过着没有目标和计划的生活，从现在开始要重新规划一下了。他下定决心，要在结下缘分的满洲重新开始生活，即使赚钱再难也要努力衣锦还乡。

他作为韩启运家里的门客免费食宿，每天过着悠闲的日子。有一天，他做了一个奇怪的梦。

他梦到在茫茫的原野上，东面火光冲天，无数的火花升起，这其中一只大鹰飞起直冲向云霄。这个梦清晰得很。

洪德浩一下惊醒，想起原来自己在押会门的种种往事和过去那些乖张的习惯，禁不住笑起来，但这个梦却是记在了心里，希望哪天能解开这个梦。之后的某一天，W 河附近的满洲人地主方致源过来找韩县长。

他和县长看起来很久以前关系就很好，他们因为一段时间未能联系而互相道歉，而后又十分高兴能再次见面。

几天后，方致源在家里招待县长。他们特地准备了马车，并带上了下人。县长与夫人一起，让洪德浩也一起过去，去方地主家看看。路上，他们在原野上发现了一块很大的岩石。

他们一行人等十分纳闷，在这个山都没有的地方，这个大岩石是从哪里滚来的。

"从天上掉下来的？"

洪德浩说着，突然发现这个岩石和故乡的鹰峰很相似，但是要比家乡的鹰峰小些。解梦的事让自己一直很伤脑筋，难道前不久的梦和这个岩石有关？发出的火光——洪德浩觉得在这岩石附近一定会发生些什么，他又向四周张望着，这根本不像是在这平坦的荒芜地上出来的东西。

这时马车到了 W 河，越过了沙子堆成的筑堤时，车上的人都向后仰着差点翻倒。后座的人向前倾倒的那时，洪德浩脑中猛地闪过一道火光，他突然想起了什么，心扑通扑通地跳起来。马的四蹄嘚嘚地趟过宽度不过十几米的江，向前拉着车。听到被马蹄激起的江水声，洪德浩在马车上坐不住了。

"就是这个！"

要把江水引到荒芜地，把它变成水田。这个计划在他心里开始萦绕。

回到方致源的家里，那天晚上洪德浩去了韩县长的房间。他把白天想到的事情告诉了县长，并提出了自己的想法。

"这是大好事啊！"

韩县长马上表示赞成，第二天早上就差人把方致源叫来了。

韩县长和方致源在偏屋谈了大概一个小时，然后他把洪德浩叫了过来。

"方先生也赞同你的意见，认为这是好事。"

县长面带微笑说道。

方致源态度也很宽厚，说这主要得靠你们的力量。洪德浩表示感谢，那天至此告别。五天之后，方致源又来到了韩县长的家，和县长三人对于水田开垦等事宜进行了具体商议。洪德浩给出价格想要买下这片荒芜地，但方致源说不能卖，可以以以下的条件借给他们。

荒芜地在三年内无偿租与，三年后水田被开垦后还回。第一年给提供开垦费用，并召集农户劳力，第二年到收获为止的劳资和粮食由方致源给予预贷。贷款在三年内还清即可，条件还算不错的。

加上新开垦地旱田，以三七比例分成，收成的三成交与地主，七成给佃农。

洪德浩爽快地答应了下来。首先开垦费用、人力费可以预贷出来很吸引人，而且三年期间和自己的土地没有区别，开垦完以后可以吃到自己种植的粮食更是利好。不仅如此，连旱田也加在一起，即使水田开垦第一年失败了，在肥沃的土地用三年的时间还是能够延命的，从这点看来，应该是没有比这更好的条件了。三年期间如果做得好的话，不用花一分本钱，就可以攒到几千元是很令人兴奋的。所以他打算叫来故乡在水田开垦上技术十分娴熟的亲家朴俭知，并通过他再叫来几户人家。

朴俭知从那时起离开了故乡，打算来到满洲，那是和洪德浩通信几次之后的事情。

但洪德浩自己还不是很有把握，苦闷了几天。信是寄出去了，但一次都没有收到回复。虽是如此，但朴俭知已是不离开故乡不行了。

为什么会这样呢？他在故乡生活窘迫的原因是由于朴俭知一时的失误造成的。

以前朴俭知家里虽算不上是富人，但从父辈继承下来的作为佃农的身份，家中还有两三个仆人可以使唤，一年之内生活的吃穿用度还是不成问题的。

朴俭知作为勤勉的农民，对水田种植有着先天的熟练技术。家里人口不是很多，大儿子结婚以后，俭知正准备把自己奉为掌上明珠的女儿（灿洙的姐姐）嫁出去时，她却不幸染上伤寒离世了。失去女儿以后，他身心受到了重大创伤，他再不似以前的朴俭知。

埋葬了女儿后的第二天，朋友灿尺为了改变他一蹶不振的状态，也为了解开他的心结，就给他介绍了一个女人认识，没想到这下朴俭知却一发不可收拾。

年过四十的农夫和二十四岁的花柳姑娘，虽然年龄差距不是很大，但这香玉性格却比较怪异。脸蛋和身材不是很出众，却不喜欢年轻的小伙子，而对朴俭知感兴趣。朴俭知把农活和家事都交给了大儿子，拿着不多的钱都花在了香玉身上。

朴俭知本在故乡可以使唤自己的仆人，可现在条件却不允许了，不得不自己出去打工维持生计。这时，他发现自己和香玉的感情也产生了裂痕。

他从洪德浩那里接到信件大概也是这个时候，所以对于洪德浩的召唤，他回应很是积极，原因就在于此。

朴俭知的妻子对他的所作所为已是怒火中烧，所以想着不能让花心的男人再自己过去满洲，于是决定跟丈夫马上一起离开。

"母亲如果走的话，我们也一起走。"儿子益洙夫妇想要一起过去的重要理由，是因为洪德浩是金女的父亲，益洙走了不可能把金女一个人留在这里，况且金女自己也坚持要和他们一起过去。

洪德浩在信里也提到，最好能再带过来几户佃农。朴俭知和益洙一起过来，也是洪德浩心里暗自希望的。

如果生活贫困到无以为继的程度，人们很希望马上离开。但大多数人还是觉得不能轻易离开故乡，即使饿死也是在自己的家乡最好。出于这样的想法，想要和他们一起走的人并不多，但还是有十几人有意向一起过去。到最后，由于父母的挽留或其他原因，决定和益洙一家一起过去的就剩下了民植、志浩和吴孙三个人。

他们再次分析了现有状况，而后写了回信，准备离开家人，独自闯荡了。

就这样，以朴俭知为首的十三人一行离开了鹰峰里，在一个晚秋的黎明时分出发了。

到 K 驿站为止的四十里路，不坐车是不行的。洪德浩让他们把过日子的器具——水瓢就不用说了，就连小瓦罐都带过去，所以一行人等的行李已经堆积如山。

村里人们出了四辆牛车，上面装满了东西，也坐满了人，能看出他们对这些马上要离开的人的惜别之情。

早上离开鹰峰里的人们，还在担心在正午时候赶不上北行的列车。

灿洙毕业于普通学校，在乡政府做事。

他乘着牛车把家人送到车站。朴俭知家族里只留下灿洙一个人。还没到十七岁，给他自己留下，确实觉得很舍不得。在朴俭知的心里，不舍的程度不比他母亲差。

朴俭知比起妻子，对灿洙的爱更多些。灿洙从普通学校以第一的名次毕业以后，去了很正规的乡政府。从那时起，他就打算着三年以后要成为乡书记、超过高领秘书，成为优秀的绅士，他一直急迫地等着那一天。朴俭知期盼着儿子出人头地可以向乡亲们炫耀呢。可这一走就不可能了，他还是很惋惜的。

人们在车里没有交谈，车子沿着坑坑洼洼的村路前行，人们的身体也时而前后倾斜。在黎明的雾气中，他们望着渐渐远去的肃穆的鹰峰。

男人们在车里对于离开故乡似乎没有什么留恋，说笑打闹着。当然，对他们来说，也不是完全没有孤单的想法，只是大家结伴而来，使旅途能更有了趣味。而且喝着朋友为给他们送到 K 站自愿驾牛车带过来的白酒，推杯问盏间他们看起来像是要出征的兵士。

〇

在韩县长的推介下，一行人等顺利地通过了国境。到了 H 平原的时候，已经是飘雪的午后了。

故乡晴朗的天空下，漫山被枫叶染红，田野上波涛涌起的麦穗带来的清新空气沁人心脾。人们一直以为平时在田里干活和晚上归家时都会看上几眼的鹰峰，将会是自己永远生活的地方，至少也不会离它太远。对于鹰峰的感情，就如同和自己的亲人、邻居一样。此时此刻，这种思念开始在这些离乡人的内心涌起，让他们觉得空虚而寂寞。

雪不久就停了，乌云笼罩着，田野上鸟群的叫声还在荡漾。

方致源等人早就准备好了迎接的队伍。他在山东出生，年轻时曾去过朝鲜，在仁川附近经营了一家小布店。可以说是在朝鲜白手起家，用朝鲜语进行日常沟通是没有问题的。对于这些和自己渊源深厚的朝鲜人，他的内心有着深深的理解。

— 195 —

之所以对水田开垦给予优厚条件，是因为在朝鲜的时候他知道那里有很多水稻。在满洲比起旱田，水田的利润更多。不久前，他了解到水田的利用价值，并想把数十万平的荒芜地开垦成水田，但满洲人却没有人会水田开垦技术。于是，他给在朝鲜时和自己关系好的人们写了信。但那些人觉得来到满洲就意味着要过上流放生活，所以没人给他回信。就这样，他内心虽觉得可惜，但也没有办法。一年后，洪德浩出现并提出了和自己一样的想法，他马上表示赞同并支持。

他在朝鲜的时候对于朝鲜人的生活有着充分的了解，所以对于这些把自己故乡作为栖息地的异邦人用十分宽厚的心去待他们。在开垦事业上，不但按照最初的约定给予他们费用上的支持，而且表现出作为这里主人的雅量和厚意。

这不仅仅是方致源个人的厚意，当时政府和方致源也有着相同的见解，给移居民提供生活处所时也体现了大国风范。在人口稀薄、开垦地域非常辽阔的满洲，进行水田开垦可以通过资源的发掘来增强国力。政府发放移居证欢迎越境的百姓，并通过先移居过来的地主来召唤朝鲜的农户，也是想借助朝鲜百姓的力量来实现满洲荒芜地的开垦。

韩县长应允了洪德浩的请求，也是为了迎合政府增强国力的政策。

但是作为这里原住民的农民们却不这样想，他们觉得这些朝鲜人就像挂着水瓢、成群涌入的乞丐，对他们充满着敌意，并试图压制他们。

因为是原住民，所以他们更担心自己的耕地被侵占。

对于不懂得水田的他们来说，湿地或地势较低地方的土地并无多大的用处，平时也是放在那里闲置。所以，原住民觉得他们集体搬迁过来肯定是要占用自己已经开垦的土地。如果那样，他们的生活根基就会被撼动。

与方致源的好意正相反的原住民们的冷漠态度，朝鲜一行人在一到达这里的时候就感受到了。

方致源和洪德浩商讨之后，决定把原住民佃农的房子腾出一间，给朝鲜一行人等落脚。

正忙于秋收的原住民佃农们停下了手里的农活，聚集在一起。方致源让他们把最大的一间房让出来，能看出来他们并不情愿而迟迟不动。这时，方致源发火了，吵嚷着"怎么还不动？"接着就把屋里的被子和面袋都扔了出去。迫于情势，他们不得不把家具行李挪到了别的屋子，但脸上明显表现出不满的情绪。

这样对峙一阵之后，虽然腾出了一间屋子，但生活空间构造不同，而且屋子里还有一股刺鼻的气味，让人觉得心里很不舒服，一行人等都不愿把行李拉进去。

之后的某一天，大概是他们到这里之后的第四天吧。不断涌起的乡愁，因连续几日的疲劳刚要消散，没想到一行人等又遭遇了另一件事。

漆黑的夜晚，和着狗叫声，阵阵嘈杂把他们从美梦中惊醒。

屋子里黑漆漆，外面也是伴着黑暗的吵闹声，听起来不像是两三个人的样子。不仅前面，后面也有，他们猜应该是屋子被完全包围了。是马匪吧？可却听不到马蹄的声音。虽然听不懂他们的话，但是能听得出来他们异口同声的怒气，好像是"马上滚出来！"的意思。屋子里的人们吓坏了，屏住了呼吸。这时外面开始砸门敲窗，之后有石子不断地砸向窗户。

如果不出去的话，他们把门砸坏冲进来的话我们反而成了瓮中之鳖。最后，他们决定拿着棒子准备出去，最前面的是益洙，然后是志浩、吴孙和民植，其后是朴俭知，再之后是女人们，她们已经被吓得失魂落魄，看男人们出去了，他们下意识地抱着孩子紧随其后。打开门以后，第一个出来的是益洙，外面的人们马上把他抓住了。

这时志浩准备去救益洙，却不想被外面无数的石子击中，志浩没有空闲管益洙，只能一面避开外面抛来的石子，一面挥动手里的棒子奋力向外冲去。

外面的人们挨了志浩的棒子，有人倒下了，之后就让出了一条路。益洙被交给了后面的女人们，男人们跟在志浩的后面高喊着：

"你们杀人吗！"

这时吴孙、民植和朴俭知都拿着棒子冲了出来。

四个人向着院子宽阔的地方跑去，而后面的人们紧追不舍，漆黑的院子中间一时间开始了一场激烈的打斗。

伴着狗叫声，声声悲鸣穿过天际。

被这样的声音惊到，方致源和住在他家的洪德浩慌忙跑来。

他们拿着灯笼赶来，才看清打架的双方中有原住民。可能因为洪德浩的说明，原住民感觉自己的房子被霸占了、土地被抢走了，既然这样干脆在落脚前把他们赶走，才想出这样的办法。

方致源和洪德浩各自安抚双方，让他们平静下来。虽是如此，这些来客们内心的伤痛却无法抚平了。

虽是秋天，但给人感觉却像是故乡的冬天。天气逐渐转凉，内衣都像是被打透了一样。女人们的哭声、孩子的哭声，那种凄惨让壮丁们都忍不住眼角湿润、肩膀抽动。

对于佃农，方致源一边劝服，一边压制。

"这些人绝不是害我们的，他们知道我们这里生活好，所以才来到这里，他们都是些淳朴和无辜的百姓。我之前曾在这些人生活的地方生活过，很了解他们善良温顺的内心，善待这些客人是我们应该做的。大家想想，如果你在日暮时饿肚子，看到远处的灯盏，拖着疲惫的身子找到一户人家希望能要到一碗饭、睡上一夜觉，这时你是给游子一碗饭、让他们睡上一晚觉，还是拿棒子把这些人打走撵走？这些人可能是会给这家带来旅福的人——现在的移居民就是我所说的游子，而各位就是主人。各位今天晚上对这些尊贵而可怜的客人动手，难道是对的吗？"

洪德浩这样一说，方致源也按照以上的意思说了一遍。

但是他们好像并不理解方致源的意思。不但不明白他的本意，而且好像一点没听懂的样子。虽表现出不满，还是在黑暗中各自悻悻地回家了。

○

方致源通过洪德浩再三转达了歉意，然后跟着散开的佃农们一直到他们家，好像还在劝说着什么。

以朴俭知为首的年轻人们多少都受了些伤。朴俭知鼻血流到了嘴角，眼角也有血迹。民植的后脑勺被砸到，从脖梗到上衣都被血染红了。吴孙前胸被击中，感觉呼吸困难，一直用手捶打着胸口。意外的是，志浩几乎没受伤，只有裤子被撕破了一半，露出半个屁股有拳头大小的瘀血，黑红黑红的，可能是被棒子打的。

他们回家了。

"益洙没事吗？"

有人问道。

"益洙跟在后面出去了。"

这时益洙母亲似乎预感到了什么，身体颤抖着，慌忙说道。他刚出去时挨了打，为了追上那一伙人跟着追过去，而后倒下了。过会缓过神以后，却不听母亲和妻子的劝告，执意向黑暗中追去。

"在我们后面追出去？"

民植惊慌地又问了一遍。

"我劝他也不听！"

母亲说道。

"完了，出大事了……"

大家都瞪圆了眼睛，开始去找益洙。

朴俭知撕开裤脚，取出一条已经变黑的棉花，塞到鼻孔里。民植从洪德浩老婆家乡带来的小缸里舀出些酱，捏成豆饼，贴在了自己头部的伤口上，然后又用毛巾包好，出去了。

一队人马跟着洪德浩打着灯笼到江边寻找，另一队则在家里拿着煤油灯到房后去找。

"益洙啊！"

人们在江边喊着益洙的名字，那边也在喊着：

"益洙啊！"

一时间，喊益洙的声音在茫茫的黑暗中听起来很焦灼。

大概十分钟后。

"这不是益洙吗？"

拿着煤油灯的一队那里传来了声音。

益洙在离他们住处大概不足百米的垄沟上像尸体一样躺着。

大家都朝那边跑去。

益洙头被打碎，腰断了，眼睛直勾勾地但似乎什么都看不到。呼吸困难，已经不像人样。

人们赶过来，把益洙扶到吴孙的背上，在大家的搀扶下回到了家里。

金女和母亲大哭着，不知该怎么办。洪德浩马上把床铺好，金女把那床旧被和夫妇枕头拿过来，这还是他们结婚时做的。

母亲端了一盆凉水过来，把毛巾洗好给他擦拭伤口，然后包扎吓人的伤口。但是，已经没有希望了。

昏暗的油灯下面，人们围着躺着的益洙，他们脸上都是激愤和悲伤的表情。狗叫声逐渐停下，过去了让人窒息的几分钟。

金女摇动着丈夫的身体，看他没有任何感觉，哭的更惨烈了。母亲朝悲痛地坐着的朴俭知跑去。

"为什么要把益洙带过来？为什么把他带来，让他这样在群殴中被打死？都是你的罪过，老老实实做农活哪会来到这里？都是那个婊子，把土地给吞了，现在连我们儿子也给夺走了，这下你心里舒服了吧？"

然后朝着德浩说：

"亲家你安的是什么心，非要拉着老头子来这？现在看到什么样了吧？你要好自己好得了，为什么把整个村里人都拉到这里啊？"

说完以后在地上跺脚放声大哭，金女也开始放开喉咙大哭起来。朴俭知叹了一口气，洪德浩很尴尬，不知如何是好。旁边围着的人们也只有悲痛地闭上嘴坐着——

这时，志浩突然站起来，

"谁给他们惯的臭毛病，想干什么就干什么？"

说着，踹开门就往外走。洪德浩赶紧跟过去，拽住了他。

"和这些无知的人没日没夜的打架咱们也忍了，官府说保护我们，可什么事都不管，还能对他们有什么指望的？"

洪德浩这样说，但仍难以平复大家激愤的情绪。

"什么？给无辜的人打死了，难道我们就这样看着不管？"

"老头子是要看着我们都死掉，然后再保护我们？"

"那就从老头子开始收拾！"吴孙说着就要起来，但在民植的劝阻下瘫坐下来，然后用手捂住脸呜呜地放声哭起来。

就在气氛十分激烈的时候，益洙无力地说了声"母亲"，然后又没了声息。

益洙好容易睁开闭上的眼睛，费了好大的力气发出声音。这时母亲靠近益洙的头坐下了。

屋子里的人们都把头转向益洙的方向。快没了气息的益洙动了下嘴唇，大家都在等他说些什么。益洙的嘴唇抽搐了一下，费了好大力气张开嘴，但是却没有发出声音。

"益洙！你想说什么就快说吧。母亲在这里，父亲、金女还有乡亲们都在这里，你快说吧！"

母亲把脸贴近益洙的脸，哀求地说道。益洙的嘴唇又吃力地动了一下，所有人都不出声，都把身体当作鼓膜一样努力地去听益洙的话。

"母亲，那个……"

益洙的嘴无力地闭上了，母亲脸颊上的眼泪滚滚而下，金女用裙子捂住了脸。

"那个，什么……"

"金女在这，父亲也在这里……"

母亲的话和益洙抽动的嘴唇同时停下来。

"那里，鹰峰……"

益洙说着，脸上现出了孤独的神色，他拼尽力气好容易发出了声音。

"鹰峰——鹰峰——那里——鹰峰……"

"嗯，你快点振作起来，只要振作起来就带你回鹰峰……"

母亲的眼泪一下子涌出来，脸上像被雨水浸湿了一样，却无心擦拭。

"益洙只要醒过来我们马上回鹰峰里，只要他醒来……"

吴孙接着母亲的话说，益洙马上摇着头吃力地说，

"不是，不能走，在这里开垦土地……然后赚钱……我们的水田，我们卖的水田和土地……"

然后，稍微休息了一下。

"接着传下去……不能空着手回去，空手……"

接着，就像树叶落下一样，把头向枕头一边无力地歪下去，然后死了。屋里的人们哇的一声放声大哭起来。

方致源叫来满洲人韩奕，在益洙死去之后的四个小时——黎明时分把他放在驴背上拉走了。

益洙的葬礼进行了三天。

来到这里还没落稳脚跟就要办丧事，没有条件按照家乡的仪制来做了。但如果不为在异乡的惨死的他好好操办的话，怎么能安慰留下的人们悲痛之情呢？

人们用旅途剩下的钱和方致源、洪德浩给的抚恤金到县城买了些棉布，当作是寿衣。给男人每人一个头巾，女人每人一个土布毛巾。金女穿的丧服是用生白布做成的裙子和上衣。

埋葬的地点决定定在洪德浩之前发现的鹰峰旁。

灵车是临时做的，志浩和民植分别在灵车前后。

灵车后面是穿着丧服的金女，然后是朴俭知夫妇，其他人跟在后面。

悲怆的葬列队伍，肃穆而凄凉。

金女和母亲都没有哭，因为哭出来只会更悲伤、更痛苦。

所有人都默不作声，把悲痛咽下去。

把土刨开，尸体放进去，再埋上。

坟墓完成了，太阳开始向地平线倾斜。

无论女人、男人，还是孩子，都围着益洙的坟，内心充满了哀悼。谁都不想抬脚离开这里，就这样一直站着。

夕阳西下，光线也逐渐暗淡了，刮起的风让人觉得凉飕飕的。

好不容易，女人和孩子都回去了，剩下的男人们——是益洙的朋友和洪德浩、朴俭知。

洪德浩拿着白酒，把家乡拿来的明太鱼干当下酒菜，在坟墓前他们开始喝起来。几杯酒下肚，话题自然提到了以后的生活。洪德浩此时不知该说些什么，朴俭知也很羞愧，觉得自己没什么建议可提。推杯问盏间，年轻人中主张要回家乡的人就是吴孙。益洙这样死掉了，我们还有什么脸面在这里待下去？也没脸再见益洙的母亲和妻子了。但我们要想办法袭击他们，来为益洙报仇，然后再回故乡。

这样说着，他气得站了起来。

但民植却不这样认为，他当然赞成为益洙报仇，可我们从这个地方离开……那就意味着我们输了。能实现我们刚来这里时的理想，对于我们来说才是最大的胜利。现在发生了纠纷，我们就离开，那不是正遂了他们的愿吗？看到我们打退堂鼓害怕了，那些人会肯定拍手大笑，我们多丢脸啊？所以咬牙也要坚持下来，把荒芜地开垦出来，一直坚持到把田野上的这些岸崖都填平为止。一分一分地把钱攒起来，然后堂堂正正地回故乡。不然，当时出来的时候给人感觉像是要拔龙角一样的气势，结果没到一个月就带着老婆孩子灰溜溜地回去了，这像话吗？这对故乡的人惭愧啊！这里躺着的益洙也会赞成我的建议，因为他在临死前向母亲说的话就是这个意思。

"那你们在这里继续被他们虐待吧……想种水田还是他妈的什么，我不管了，反正我一分钟都不想在这多待下去了。"

一杯白酒下肚，已经微醉的民植把吴孙的手抓住又放下。

"你怎么这么说话……现在咱们不正在商量吗？你这么说合适吗？"

"不像话又能怎么样？像你们一样执迷于稻子，连朋友死了都无动于衷才可怕呢！就算我被他们打死，在你们心里也是水稻更重要。我这个朋友根本不名一文，所以我在被打死之前，和你关系还算是朋友时，要先逃回去了。我的身体得自己来照顾，别的都没用，难道我说的不对吗？"

"你说什么？"

民植直接给了吴孙一嘴巴。

"你真是疯了……来满洲没几天已经变成蛮夷人了……来呀！过来打呀！本来以为会被蛮人给打死，结果没想到还能死在你民植手里……"

然后慢慢脱下上衣，靠近民植的鼻子下面去说到，

"好啊，打啊！"

"打不死我你也不是人……你这不认朋友的家伙！"

然后抓住了正低着头的民植的后脖颈。

志浩和朴俭知、洪德浩马上上前把他们拉开，吴孙摇晃着身体，

"哎呀——可怜的益洙,我可怜的朋友啊!"

一边说着,一边朝家里走去。

后面的四个人什么话都没有说,跟在后面。

这时,东边的大地已经像染上墨汁一样被罩上了帷幕。

寒鸦群朝着北方的天空哀号着飞走了。

○

第二天清晨。

吴孙和民植并肩朝着鹰峰方向走去。

"昨天我好像醉了。"

吴孙说着。

"嗯!"

民植淡淡地回答。

"空肚喝白酒,酒劲特别大,喝两口就醉了。"

民植看着吴孙说到,

"想起来我打你耳光了?"

"是啊,想起来说什么不认识朋友那样的话了。"

"这人怎么回事呢?"

"是啊。"

两人一起在益洙的坟墓前面停了下来。

早上的太阳升起来了,鹰峰上一片明媚。

阳光洒在两个人的身上,映出华丽的光芒。

田里农民们已经到处耕地忙碌起来,拿着豆筐来回耕作。两个人朝着朝阳,舒展开胸怀和胳膊,心情十分爽快,有想大声喊出来的冲动。两人一起爬上了鹰峰,益洙的坟就在这山底下,雾气散开,山脚下是一望无际的荒芜地。

右边是哗哗流动的江水,阳光散开,放出了闪烁的光芒。人们所在的家里都忙起早上的活计,孩子们三三两两的在院子里玩耍,一派和谐的景象。这样的氛围,让人没法发生矛盾和反目成仇,十分平和舒服。

"真好啊……"

吴孙说到。

"什么？"

民植故意转移话题。

"把这江水引到荒芜地，变成水田……不只十万平，二十万平都绰绰有余……这不费劲，很容易做到……"

吴孙用手指着荒芜地和江水，身体靠近民植说到。

"昨天谁吵嚷着说我只认稻子，不认朋友呢……"

民植接着吴孙的话说到。

"哈哈哈。"

"哈哈哈。"

"对不起，都是因为酒嘛。"

"吴孙啊，"

民植开始表情严肃起来。

"为什么那样呢？"

"因为益洙的死，谁痛苦的多？谁痛苦的少？"

然后他紧紧抓住了吴孙的手。

"对不起。"

吴孙没有说话，他也紧紧地抓住了民植的手。

他们一起从鹰峰上下来。

在益洙的坟墓前，两个人并肩站了好久。

○

官府开始对这次事件进行了细致的调查，对于伤人方的责任人给予了适当的处理。

当然，这是韩县长的好意。

民植一方的人们更有了勇气和力量。

我们咬紧牙关，到明年的时候让这里到处都是麦田，大家在默默地发誓。

就这样，鹰峰屯开拓的第一阶段就以益洙的牺牲为始，有计划地开展起来。

朴俭知对于引 W 河水进田的事，进行了实地的考察、研究和计划。

年轻人们在 W 河堤上伐下白杨树，准备盖房子。

天气一天天转凉，没有房子对于妇女和孩子来说更可怜。

冬天，为了抵御寒冷房子尽可能盖在比较低的地方，暖炕也搭好了。鹰峰下面搭暖炕正适合，因为这里有好多的石头。屋顶用谷秸盖好，墙用石头和泥和在一起，以抵御寒风。虽然看起来像个窝棚，但就过冬来说还算不错。

朴俭知目测要比不太好用的测量器更准确。在低洼处打下木桩，壮丁们挥起撬和铲就开始挖起了地基。还有一个硕大的院子，但要等到明年春天继续施工。现在马上就要冷了，土地也变得越来越硬。点上火以后，让地融化开，然后再继续挖。无论女人还是孩子，大家都一起参与进来。刮风也好，下雪也好，人们都不愿休息。虽然手脚冻僵了，但却感觉不到痛苦。稻子！稻子！把稻子种在这广阔的土地上我们就赢了，一年之后就可以了，其他的事情没有必要再去回想。和原住民的冲突也只是为了迎接稻子长出的纪念。只有稻子！在稻子面前任何牺牲都能够忍受。和修建引水渠一样，掌握建造出水渠的技术是这个工程的当务之急。但这并不容易。江水的"ㄱ"（朝鲜语）字就是这样弯折以后过来的，ㄱ字是一横加一竖完成了三角形的两条边，然后再加上一笔才形成了三角形。当然，从江里出来的水也是一样，要到别的地方溜达一圈然后才回到我们的江。不需要经费，只需要人手。只要有力气就可以，但是人手不够很可惜。这时只好给故乡写信求助，过完年以后，韩浩过来了。

二月份，杜浩过来了。

每次有援兵来的时候，先来的人们都觉得更有力气。

就这样一直挖着，挖着。

水渠的开凿结束以后，人们开始在这里用犁翻耕荒地、用水浇地，就这样不知不觉，第二年的惊蛰已经过去好久了。

被开垦的土地大概有十垧。

做农活很简单，稻种都是最后来的人拿过来。

也没必要施肥。

意外的是，水很好。对于稻子来说是好水，但对人来说却不适合。有人拉肚子，还有人生了疮。

成人们已经适应了，大多数没事，但没有抵抗力的孩子有的拉肚，也有的孩子死去了。

对稻子很好的水，死了一两个孩子也不是什么大事。这也有可能是因为没有卫生常识，孩子死掉的事在家乡也时常发生。只要稻子能茁壮长起来就好，人死了也许就是宿命吧。

○

秋天到了。

这是一个丰收年。

一年前还是光秃秃的荒芜地，现在黄色的稻麦已像波涛一样翻滚了。

人们站在田头，默默地回想过去的一年。只是踩着田埂、背着手。

人口增加了，力气也更足了。稻子丰收带来的喜悦让人们心潮澎湃，内心充满了感激。特别是一想到益洙就更是如此。

不久，到了中秋。

人们割下稻子，用新稻米做成打糕，把田里收割的小豆当豆馅做成松饼。所有人都到益洙的坟前，用收获的粮食和割下的草祭奠死去的益洙。

祭奠阴福以后，人们开始在坟前奏起了农乐。这对于安慰益洙的灵魂，是再好不过的了，大家一致赞同。

几天前，年轻人们就熬夜做了农乐舞的帽子和帽缨，并把锣和长鼓都拿了过来。

民植敲长鼓，洪德浩做领队的锣手。志浩和后来的四个年轻人抓虎，吴孙和另一个后来的年轻人戴着帽子，和着音律一上一下地甩圆圈，所有人都兴高采烈地跳起舞来。

只有朴俭知，想起儿子自己一个人独自坐着，静静地看着这些沉浸在喜悦中的人们。可过了一会，他按捺不住了，一下子站了起来。

加入到人们的圆阵中舞动起来，看到朴俭知也进来，人们更开心、更兴奋了，围成了两个大圈。

朴俭知又抢过民植的长鼓，抖动着腿和肩膀，一边跳舞一边和着节奏。这时随着锣鼓声的喧闹，领队锣手也开始着跳了起来，一会儿工夫所有人都挥汗如雨，气喘吁吁。

"好了！"

现在我们开始喝酒吧。女人们揭开锅盖，烙起饼来。人们拿起来大碗盛酒，好不过瘾。酒也是女人们在家里自己酿的。

这时，农乐又开始了。

原住民们无论大人孩子都出来一起围观，吃到了新米的他们坐在益洙的墓前行礼哀悼，女人们用打糕和酒招待他们，并给孩子们分了饼。

方致源也在其中，看了农乐以后十分羡慕。原住民们这时也开始意识到朝鲜人并没有侵占自己的耕地，只是填平了那些不能用的洼地后种出了稻子。他们惊叹于朝鲜人的手艺，看到他们一起玩乐的样子更是觉得饶有兴趣。

"好，好！"

洪德浩把方致源推荐出来，让他跟着一起加入到乐队中去。

大家都兴奋地敲鼓玩乐，这时吴孙抓回了准备要逃掉的方致源，让他在后面伸开胳膊一起跳起舞来。

农乐越来越快了，方致源跟在后面按照吴孙的要求不断地伸展臂膀。看到他滑稽的样子，原住民们忍不住哈哈地大笑着拍手。

玩到高兴时，人们又唱起了《齐鼓隆咚呛》。

志浩的嗓音非常好，首先唱起来：

"在满洲广阔的土地上，"
所有人都跟着唱，
"齐鼓隆咚呛！"

稻子长出来了，

齐鼓隆咚呛！

我们在哪儿，稻子就在哪儿。
齐鼓隆咚呛！

有稻子的地方就有我们。
齐鼓隆咚呛！

我们有的是什么？
齐鼓隆咚呛！

锄头和瓢！
齐鼓隆咚呛！

只有那个，但别笑话我。
齐鼓隆咚呛！

用锄头挖地，用瓢装。
齐鼓隆咚呛！

满洲是个好地方。
齐鼓隆咚呛！

实现了我们生活的梦想！
齐鼓隆咚呛！

毒 品

姜敬爱

"我登记上了！"

宝德父亲一下子起来喊道。

"你要什么花招？你这个杀人犯！杀了你老婆，像你这样的家伙，法律容不得你。"

巡警跑过去抓住了宝德父亲的脖颈。

"什么？……老婆，老婆……？"

宝德父亲一下清醒过来，盯着巡警。巡警立马给了他一耳光，宝德父亲用手捂住被打的腮帮，无奈地看着巡警。同时也瞥到了哇哇大哭的孩子，那哭声就像是身上着了火一样。

"妈妈，妈妈！"

只要孩子一哭妻子一定会出现。他的眼前又出现了妻子，宽厚的眉间充满了忧愁，印堂发黑，眼睛失去光泽。宝德，别让孩子哭了。妻子带着哭腔说道。可是环顾四周，妻子却没有出现，他只看到了宝德，衣带解开、站在地上，脚还踩在自己的衣带上。马上要倒下的样子，一直在哭，胸膛起伏着，一直平整的头发现在也蓬乱不堪。

让人心头为之一震，回头一看，妻子不在，只有踩着解开的衣带、站得快要昏倒的孩子。——

"这家伙，走吧！"

宝德父亲被穿着皮鞋的脚踢到了院子里。

X

黑暗像湖水一样包围四周，望着这里湿润的松叶、露水，树林被环绕着。很奇怪，偶尔浮现的星光和突然出现的丈夫的脚步声，天黑得让人感到害怕。进这山沟里到底要干什么，为什么出发前这个男人一再催促我把孩子哄睡着呢？要是早知道会到这么远的地方来，我肯定背着孩子。带着这样的心理，她不断地问自己，就像嗓子要冒出火一样。此时她也像平时一样，一着急就张不开嘴。而且一想到男人的脾气，最后还是用牙咬住舌尖憋住了。脚被绊住，差点倒下。出发前男人告诉她，我们去一个地方。想到可能是丈夫骗自己，不禁眼泪要流出来。

松叶轻轻掠过肩膀，还能闻到松脂的香味。斑驳的树影间闪烁的星光，就像宝德的眼睛一样，想到这还有一丝驻足的勇气。本来不想跟着一起来，但无法抗拒丈夫的呵斥，却没想到会来这么远的地方。听了他的话，把孩子哄睡着以后，一起出来了。这么天真地相信了丈夫的话，还没法拒绝。想到这，她感到自己很可恨。俩人走过的路旁，虫子发出的叫声就像孩子睡着时的呼吸声。

难道是想杀死我？在像蜘蛛网一样的星光下突然冒出的想法。两年前，丈夫曾在后院的杏树上上吊的样子她还隐约记得，一想起来就不禁浑身起鸡皮疙瘩。可想死却没死了，这次是要杀死我吗？我死了宝德怎么办，想到这些她又不想走了，但脚还在艰难地挪动着。想象着孩子还在吸吮着乳汁，她真的不想和孩子分开。她转过身，看到一片松叶抽打着他的脸庞。

"宝德该醒了，咱们回去吧。"

而他无声地在后面推着她的后背，她更害怕了，想要喊出来求救，可还是继续又上了一个斜坡路。越过这个山冈，膝盖就像折了一样，丈夫拉着她又进到了山里，她哆哆嗦嗦地上了一个山脊，这时看到了一个村子的灯火，她只想哭出来。

"这里危险，我在前面走。"

突然丈夫说了句话，然后就走在了前面。想要大喊出来的恐惧拂过舌尖，突然又开始害怕这些灯火。这是去找谁呢？自从丈夫吸鸦片以后，她就养成了怀疑和害怕他的习惯。失业后，因为苦闷曾经试图自杀的他，被财日拉去染上了吸鸦片的恶习。之后就经常大声吵嚷，也经常被村里的老娘们笑话，难听的话总是不绝于耳。有一天不知道偷了一个商店的什么东西，被揍了一顿。为什么去招惹那个疯女人呢？脸被打的青肿不堪，至今仍有疤，一想到这她的嗓子就不禁哽咽了。

走过斜坡路，就十分平坦了。喧闹的风声就像孩子的哭声一样，伴着风声她不由得想起宝德是不是哭了，忍不住自己嘟囔着。

过了一会儿，他们来到了一个布店的门前。这里只有偶尔经过的几个人，很安静。丈夫进了商店里，主人模样的一个中国人很高兴地迎接出来。

"刚过来啊，我们一直等着呢。"

边说边笑着朝外面张望，突出的眼睛让人联想起哈巴狗的眼睛，额头的疤痕油光锃亮。而丈夫呢，眼睛失去光芒、有气无力，似乎马上要昏倒，和这个气色好的中国人比起来看着太苍白了，时而看起来像是个二汉人……绿色和红色的绸缎光像雾气一样笼罩着商店。丈夫不时把头转过去点一下。难道是因为吸鸦片才这样的吗？她正纳闷，却在模糊间似乎意识到了什么，觉得脸突然发热。站在那个马上要把自己看穿了的中国人面前，很别扭，她就跟在丈夫身后。闻着这绸缎的味道，想着给宝德做点什么，跟着溜达到院子里。在后面看到丈夫走路晃晃荡荡的，难道也是因为鸦片吗？她的这一举动被中国人看在眼里，似乎看懂了她的心思。她的心不停地砰砰乱跳、手也在颤抖着。红色的门前，丈夫和中国人嘀嘀咕咕地说着什么。

"我进屋去办点事。"

打开门后，他想要把她推进去。毕竟是吸鸦片的人，然后什么话也没说进了屋。放不下黑暗中消失的丈夫的脚步声，她把门打开了。可商店门又咣地一下关上了。一会儿会过来吧？她把身体靠在门上，头脑中突然浮现起靠在门槛上的宝德的样子。几天前，宝德过门槛的时候就曾摔倒过，那个场景她仍历历在目。怎么办？怎么办？她急得团团转。

过了一会，她听到了朝这边走来的脚步声。

"宝德该醒了。"

她哽咽着嘀咕，心里担心着，不会就只剩中国人了吧？这时脚步停下来。

"老公！"

往陈氏身后望去，并没有丈夫，只是一片黑暗。她觉得头发根都要竖起来了。这时陈氏猛抓住她的手说：

"边氏回家了。"

听到这话，她飞快地甩掉那只手，哇的一声大哭出来。过会儿好不容易忍住了，马上试图着逃脱这里。这时裙扣开了，裙子掉了下来。

"宝德他爸！"

陈氏马上抓住她的领口，把试图逃脱的她抱住，拖回了屋里，然后把门锁上了。

"老公，快来呀！"

就像被装进了轿子一样，不知道发生了什么事，她像疯了一样想要从这个屋里逃出去。喊了几次，嗓子都哑了，却只感到从喉咙里冒出的阵阵火气，陈氏眼里像要喷出毒火一样，抓住她并试图给她按倒在地。

"救命啊，救命啊！"

她一边敲墙一边大声喊叫，可声音却根本传不出去。声音在屋里回响，她的嘴唇就像要烧着了一样。陈氏捂住她的嘴，让声音发不出来。汗刷刷地流下来，手已经都被汗水浸湿了，几乎喘不过气来。被攥紧的拳头打中，血流出来把脖子都浸湿了。陈氏的眼睛像灯头一样发出可怕的光，不知道用汉语嘟囔着什么。然后用一个破抹布堵住了她的嘴，她嘴里就像咬住了刺一样，连鼻子都被串在了一起。陈氏解下自己的腰带，像疯了一样把她的手和脚都捆住，擦了下额头的汗，露出了邪恶的笑。空气里到处充满这带着血丝的眼里透出的兽性，他的呼吸也像狗一样的粗暴。肚子上令人恶心的肉突出来，到处都是流出的黄色的口水。不想看到这人恶心的样子，她闭上了眼睛，隐约在头脑中浮现起丈夫，不知道他现在在哪儿正跷着二郎腿吸着鸦片的样子。

"老公！老公！"

望着门口，她拼尽力气喊出的声音，现在已经成了呻吟。

第二天，陈氏又出现在他身旁，给她发烧的头上放了一条毛巾。既然身体已经脏了，就镇静下来吧。发着烧，浑身都难受得很。现在身边只要有宝德在就满足了，她时而想。从凌晨开始，她就在怀疑是不是丈夫把自己卖给了二汉人，可那也只是一时的想法，现在丈夫已经回家了。不管这是哪儿，都不能死在这里。一想到宝德，心里就满是焦灼。听到旁边拧毛巾的声音，不由得抬起头来，看到陈氏露出黄牙的笑。拧毛巾感觉就像宝德撒尿的声音一样，她闭上了眼睛。

"这样就好了，我会给你金戒指和绸缎衣服，噢。"

陈氏笑着。她拿掉毛巾，把身子转过去，用颤抖的手捏住发胀的乳房射出了乳汁。她眼前又清晰地浮现了宝德的样子，孩子呼出的带着奶香的味道似乎吹到了自己的双颊。孩子边喊着妈妈，边在屋子里找自己，脚和膝盖被炕席的刺扎到了，鲜血直流。

"宝德他爸昨天回家了吗？"

她突然问道，陈氏高兴地回答，

"回家了，拿着钱回去了。"

听到钱这样的话，她一下子哭了起来。

就这样一天过去了，到了晚上，宝德妈把所有的希望都寄托在这个晚上了，故意表现出发蔫的样子，为的是尽量让陈氏放松警惕，转移他的注意力。她看起来气色好了一些，但并不明显。陈氏时而扭着屁股出去到商店，忙着给她买些吃的或者上的药。但每次出去都只是十分钟的功夫就回来，并时刻注意着她的动向，她很讨厌他瞪着让人发冷的白眼珠。可能因为生火了吧，屋子逐渐暖和起来。用黄手剥开水果，陈氏的额头渗出油粒般大小的汗珠，两颊看起来油光锃亮的。能看出来陈氏的诚意，拒绝了几次他献的殷勤，这次她接受了他递过来的水果，咬了一口。瞬间，她觉得自己的牙像是被什么顶住了一样，突然想到宝德，他现在吃什么呢？对此时的自己来说，吃剩下来的果肉就像是吃孩子的肉一样，想到这不由得吐掉了。之后，一股鲜血从她的嘴里流了出来。

可能过了半夜时分，她抬起头。幸运的是，陈氏睡着了。她屏住呼吸，一边稍稍挪动着身体起来，一边注意陈氏的动静。他不会没睡着吧？不安的空气围绕着整个屋子，只有钟表的声音和不知哪传来的虫叫的声音。这时哪怕一声喘息都足以让人吓一跳。从被窝里挪出来，一股类似像宝德尿布的味道扑鼻而来，让她心里不禁想到这会儿要能抱抱他该多好。这也让她鼓起了勇气，抓起衣服悄悄地朝后门跑去。轻轻把门打开，似乎听到了一点点动静，让她心扑通扑通地跳着，不知如何是好。"这娘们，去哪啊？"好像到处都是这样的声音。到了厕所以后，她先看看周围的情况。如果从前面出去的话，有一个商店。那只能越过篱笆，可篱笆被铁锁缠着，不好过。竖起耳朵听着里屋，又小心地看着商店那边。犹豫了一会，陈氏要醒了该怎么办？干脆把衣服扔到窗外，挂到篱笆上。

这时脚就像被什么东西抓住了一样，哆哆嗦嗦地一心只想早点出去，害怕得快疯掉了。脚下一滑，脸被锁链划了一下，可她还是咬着牙用力抓住铁丝。如果松开手的话就好像永远见不到自己的孩子和丈夫了一样，不知道为什么突然有这样的想法。铁锁的声音在空中回荡。如果被陈氏发现了他就会发狂的，想到这她不由身子一颤。突然眼前一黑，不知道怎么回事。原来是自己的身子倒挂在篱笆外面了，她才发现内衣和脚都被夹在锁链上了。她迅速抓起衣服、抽出脚，咣当一下掉在地上。这时感觉像是被什么东西抽到了，这时才发现是陈氏追了过来。她拼尽力气反抗，却不想把头撞到了一块石头上。接着，她发疯了一样一口气跑了好远，黑暗像暴风雨一样环绕在自己周围。逃离了街市，她爬上了一个山坡。呼呼吹来的山风裹住她的身体，那声音就像孩子的哭声一样。朦胧中，家出现了，正在啼哭的宝德眼角像冰晶一样挂着的泪珠，那么可爱和可怜的眼泪……她的眼睛湿润了，从脚底发出的火气抓住了她的身体，让她倒下。然后继续跑。倒在宝德旁边的丈夫正沉醉于鸦片，现在如果过去的话只想抱住他痛快地大哭一场。没有埋怨，只有高兴和伤心。其实应该是丈夫向她谢罪才对，说自己以后再不吸鸦片了。想到这些，不知所措的兴奋之后又是眼前一黑，摔倒了。喊了一声"老公"，站起来继续跑。本想稍微歇一口气，可又怕倒下了再跑起来会一下晕倒。额头上流下的不知是汗还是什么，折磨着眼睛、也流向后脖颈。似乎是下雨了，也没工夫管那么多了，只想早点到家。哗哗的铁链声掠过头顶，她艰难地跑着，时而摔倒。可似乎还被铁锁牵绊着。她缓过神来，这次一定要把它弄掉，然后好好抚养我的宝德，哭着又站起来。最后，村里的灯光像是被火烧红的铁丝发出的光一样，长长地伸展着。面对着灯火，现在如果有追过来的人的话连杀死他的心都有。

只有星光还依稀浮现，树林里宝德妈报着见到丈夫和宝德的希望，像疯了一样。一不小心摔倒，倒下后爬起来又接着跑。嘴里进了很多泥土，脸像着火了一样发烫。不知从哪里流出的血，随着跑的震动已经浸满了全身。树林里摇动的风让头发舞动起来，"这次一定要戒掉，一定戒掉。"她下意识地自己嘟囔着。接下来又疯了一样的继续跑，时而不知额头撞到了哪里，伤口流出血来，衣服也被撕得破烂不堪。本来已经在篱笆上被撕破的衣服，再破的话可怎么办？现在感觉力气马上就要用尽。戒掉！戒掉！戒掉！每次都是这样给自己打气喊出来，重新站起来，可身体却越来越沉。胳膊动不了，腿也不听话了，想抬起头来也是徒劳。我是不是要死了？可我的宝德怎么办？一想到这个她又呼一下站起来，但又倒下去。

"孩子啊！孩子!"

张开满是泥土的嘴这样喊道。似乎听到了应答声，她把耳朵贴在地上，为了听到孩子的声音屏住呼吸。这次用力放开嗓子、咬住舌头，大声地喊着孩子，可却什么声音也听不到。把头抬起来，似乎是背着宝德的丈夫来找自己了。突然站起来，可又倒下。不知道自己是怎么倒下的，吮吸着自己的手指。眼睛像要冒出火一样想闭上，可又突然亮了一下。

"孩子，来吃奶吧!"

她向着天空嘶叫着，树林里似乎看到丈夫的破烂衣衫，突然精神又是一震。她大吼一声哭了出来，然后还想继续爬，可是胳膊腿都动不了了，又倒下了。

孩子啊，孩子……不知道丈夫怎么样了，现在是不是已经成了被登记的鸦片商人……静静地，她咽下了最后一口气。

二百元稿费

姜敬爱

亲爱的弟弟 K：

很高兴上次收到你的信。知道了你病弱的身体好了很多，很开心。不管怎么说，健康都是第一位的。

K，你说马上要毕业了，但是和喜悦相比痛苦更多，和希望相比失望更多吗？是啊，环境那样，也免不了会出现问题。但你在痛苦和失望中一

定要有所感悟，这样才能在燃烧的希望中发现新的路

　　K 啊，来信中你问到的关于姐姐的恋爱观和结婚观，那我就用信件简单地写给你吧。虽然现在用文笔表达的还不是很好，但我还是要把最近经历的全部生活和由此产生的情感都告诉你。呵呵，感觉就像做梦一样，希望你自己判断取舍。

　　K 啊，我最近在 D 报纸上连载了长篇小说，并得到了二百元稿费，你也知道吧？那是我人生中第一次自己赚到钱。那时在头脑中，突然产生了各种空想。

　　K 啊，可能让你想不到的是，我从小就在并不富裕的家庭中成长，长大以后也经历着各种挫折，自己学到的一点点知识也是多亏了你姐夫的帮助。所以从小时候开始就没穿过什么好衣服，吃的也都是小米饭。在学校念书时，根本买不起学习用品。每次开学初，都因为没有书而哭闹，最后好不容易才弄到别人给的旧书。因为没有纸和笔，也不知哭过多少次。

　　K 啊，到现在我还清楚地记得。上一年级的时候，因为第二天考试没有笔和纸，所以没办法就偷了同桌的，结果被老师发现以后责骂了一通，周围的孩子们也开始叫我"小偷""小偷"。老师惩罚我下课时不许出去玩，在屋里罚站。我站在玻璃窗旁边，看着小伙伴们在操场上堆雪人、拍手大笑，多么羡慕！被罚站的我看着雪人的嘴和眼睛，也不由笑了出来，但马上又哭了。

　　K 啊，虽然我曾经有过偷别人东西的想法，但之后不管生活多窘迫，都没再偷过。因为从你姐夫那里拿到的钱刚够交伙食费和学杂费。有时学杂费交不起，我就不敢抬头看老师了，有不会的问题也不敢直接问老师。所以自己自然没有自信，像傻子一样，也没有一个朋友。因为孤独，只能依靠上帝了。每天晚上回宿舍的时候，我都会去教堂放声大哭地祈祷。但这样并没有减缓我的孤独，日复一日地痛苦着。看着其他人拿着阳伞、穿着漂亮的衣服，戴着毛围脖，我心里很是羡慕。现在想起来，那种想法多可笑，可那时却羡慕的眼泪都要出来了。看着那些戴着松软围脖的伙伴，就想过去摸摸。现在还能想起，在女中学校时代没有戴过的毛线围脖的感觉！有时丈夫会说，你自己为什么不织一个？每当那时，我就会想

起在女中学校的时光,触碰着伙伴们那松软的围脖时的幸福感,此时再次感觉到了。

K 啊,那时夏天到了,第二天就要放暑假回家了,同学们都为回家而忙碌着。那时人们都穿草鞋、浆过的麻布裙子和衬衫,看起来就像蜻蜓的翅膀一样轻盈,手里拿着白色和黑色的阳伞。那时我不知该做些什么,只是特别想拥有一个自己的阳伞。现在邻居家的夫人们虽然也有阳伞,但那时却以为不是女学生就不能拿阳伞。对那时的我来说,阳伞就是女学生的一种标志,还不懂事的我觉得如果没有一把阳伞的话连家都不想回了,所以就经常哭。这时同屋的一个同学看出了我的心思,可能想捉弄我,就把一把折断的老阳伞放在了一边。我看到以后十分高兴,可马上意识到不能拿,只能郁闷地坐在一边。这时同屋笑着出去了,她一出屋我就马上抓过那把伞,打开一看,却是一点完好的地方都没有。那时我感到一种无法言说的郁愤和痛苦,哽咽着说不出话来,但却舍不得扔掉它。

K 啊,我就像走上另一条路,你现在也大概知道我过去的生活了吧……本来想和你说我现在的生活,却把过去的事儿也翻出来了。K 呀,因为刚才说的稿费,我晚上好久都睡不着,就想这钱该做些什么。现在回想起来觉得很不好意思,可那时真的很想买一个冬天的毛外套和围巾、皮鞋。想到那些金牙、金戒指什么的,对我来说真的很兴奋……不知道丈夫会说什么,但那是我自己赚的钱,所以必须我来支配。这次机会如果不买的话,以后可能再也得不到了。——我闭上眼想着。给丈夫买一套西服?这些都想过,但当稿费真的攥在自己手里的时候,K 呀,我却高兴得不知如何是好。

那天晚上我出神地望着闪耀的烛火,

"这钱做什么好呢?"

为了听听丈夫的想法,我问道。丈夫默默地坐着,然后像是自言自语一样。

"像我们这样没有钱反而觉得心里更踏实……既然有了,就要用,最急的事应该是让同事雄浩住院……"

听到这样意外的回答我突然感到眼前一黑,什么话也说不出来。看着

—— 218 ——

丈夫的脸，感觉像狗一样，眼睛像牛眼珠一样丑陋。

"还有洪植的妻子，这个冬天我们帮助她一下，怎么样？"

我不再想听丈夫的话了，把头转过去，默默地望着墙壁。当然，不管是丈夫的同事雄浩还是洪植的妻子，我也不是认为他们不可怜。在拿到这个钱之前，我还在想着尽我全力去帮助他们，但是真把二百块钱拿到手里时，我一点那样的想法都没了。没办法，这就是我的真实情感。丈夫见我没有回答，看了我一会儿，然后用低沉的声音说：

"那你想怎么用这些钱呢？"

我咬住舌头，忍住的眼泪这回一下流了出来。这一瞬间，映入我眼帘的丈夫就像是石头脑袋一样冥顽不灵，言行让我觉得憋闷而失望。结婚当时，因为条件不允许，我没有像其他人一样要求他买结婚戒指和皮鞋。当然，自己也没有钱，这些也不是自己不能理解的事情。但是现在有了钱，不是丈夫赚来的，而是自己赚到的。用这个钱去买自己想要的戒指和皮鞋难道不是很正常的吗？但是这个傻子居然完全没有这样的想法，我觉得非常失望。我现在穿的皮鞋还是几年前得中耳炎去首尔的时候，丈夫的朋友金景浩的妻子穿过以后给我的，有点小。

那时我是心里很不乐意，但没有说出来。我怎么会喜欢穿别人穿过扔掉的鞋？但看到自己的鞋时又忍住了，没办法拒绝。后来仔细看看这鞋，倒也没什么地方破损。所以给丈夫写了一封信，几天后丈夫回信说可以要，这样我就穿上了这双鞋。但每当看到这双鞋的时候，自己都会觉得心里不舒服。今天再想到那双借穿的皮鞋，内心的痛苦和委屈就更加无法抑制，我从抽泣到最后像个孩子一样张开大嘴号啕大哭起来。丈夫这时突然猛地一下子站起来，抽了我一个嘴巴。没办法忍住郁闷的我，一下子崩溃大喊起来。

"凭什么打我！"

我马上反驳到，丈夫的眼睛瞪得像老虎一样，露出凶狠的光，接着又过来抓我的头发。这时，烛灯也被一下推到了地上，里面的灯油流出来，整个房间都充满了煤油的味道。

"杀了我吧！杀了我吧！"

我声音哽咽着大喊道。我想反正这也是最后一次了——丈夫这时咆哮道，"像你这样的人死一百次都活该。我以为自己很了解你，原来你是有一分钱都不认识丈夫的吝啬娘们！拿着你的钱明天回娘家吧，和你这样的抠女人我没法生活下去。你这像狐狸精一样的臭娘们……你现在不是也想要变成所谓的摩登女郎和骚货嘛！我没资格做一流作家的丈夫。把头发烫了，脸上抹上粉，戴上金表和金刚石戒指，穿上毛外套吧！我是无产者，不想变成那样所谓的文人。马上滚出去！"

说完，抓着我的手给我拉出去，我被撵出了家门。K 呀，你不知道北方的风有多冷，虽然来这里有四年了，可我从没感受过那晚的那种寒冷，像是被整个世界抛弃一样的感觉。凄冷的月亮挂在空中，雪花伴着凌厉的风嗖嗖地飞舞着，皮肤就像刀割一样，身体在酷寒中颤抖。我抱着肩膀，蜷缩在风雪中。这时头脑中假设了无数种可能，怎么办？到底该怎么办，我在心里不断地问自己。最先想到的是不能和这个男人继续生活下去了，即使给我金子也不再回去了。可我怎么回家乡呢？家乡……一想起那些到处都是爱嘲笑人的八婆和母亲哀怨的样子，我就不由得身体一颤。那去首尔的报社或者杂志社？一想到以前女记者到处被散布的艳闻，似乎只有堕落的份儿……那样的话，要不去东京学习？可是学费谁来给交呢？那不是学习，而是一种堕落学习。我现在能得出的结论是什么？无论去哪里，似乎都找不到欢迎我的地方。要不等那只老虎消了气再回到自己的房间，除了那个男人已经没人能收留我了。

K 呀，这是爱情吗？这是什么？我那时眼泪再次涌出来，同时想起那只老虎说过的话。洪植的妻子和孩子挨冻的样子、只剩下骨头的雄浩的脸，开始在我头脑中浮现。丈夫进监狱后颤抖的母子！在监狱中得了心脏病后呻吟的雄浩！我手里攥着的二百元……这个是可以救他们的。我现在身体还是健康的，还再去期望什么不就是虚荣吗？到那时我才突然意识到自己做了一个很危险的梦。

K 呀，对我来说金表、金戒指、毛外套有什么用？用这个钱如果能救了一个同事的命是多么荣光，而且还是丈夫的同事。不，也是我的同事。此时，我又回到了家门前，

"老公，我错了。"

很意外，门一下打开了，我扑向了丈夫。

"老公，我错了，真的。"

我哽咽着哭了出来，我知道，现在的哭和刚才的哭完全不一样了。K，这时丈夫长出了一口气，抚摸着我的头说。

"我也不是完全不了解你的想法。虽然只穿着一套裙子和一件衣服……但是别扔掉，穿着呗，有什么可担心的呢。但再看看雄浩和洪植的妻子，我们手里有钱，却不管同事病死饿死，应该那样做吗……所以一定的环境下是一样，一有了钱我的想法就和之前不一样。"

丈夫很为难，沉默了一会。我出去的这段时间，他想了很多，觉得和我这样发泄自己有错，这时我也抑制住了自己的愤怒，敞开心扉、充满激情地对丈夫说，

"老公，我们自己有一套便宜衣服、再买些米就够了，剩下的钱都给他们吧！我们以后不是还能赚嘛。"

丈夫一下抱住我，

"谢谢你能这样想！"

K 呀，也不知道你有没有觉得枯燥，写了这么多。我知道你现在马上毕业，会有很多的设想。当然，这些设想不能没有，我绝不是要制止你的设想。但应该把设想再进一步，让它到达现实的彼岸。

现在三南的灾民怎么样了？还有那些背井离乡去满洲的几万人们还会再回来吗？到了满洲谁给他们穿衣吃饭呢？那里真的比故乡好吗？有人成了别人的佣人，还有人哭哭啼啼成了富豪的小妾，他们不也是在这广袤的土地上徘徊吗？不只是三南的灾民，最近在郁陵岛也有很多人从南部上岸去了元山。你知道吗？整个朝鲜的贫苦大众和整个世界的无产阶级都在饥饿线上挣扎。

K 呀，因为讨伐团的进入，间岛每天都是枪声和刀声，到处充满了恐怖让人不寒而栗。农民们不敢下地务农，也不敢去山上砍柴。为了维持延命，只能先去比较安全的地带，如龙井市和桔子街，可以后怎么继续生存下去呢？在这里，人命比狗命贱啊。

K 呀，你说现在因为没法升到上级学校、不能拥有一个温馨的家而悲观，是吗？闭上眼睛想想，你的悲观是多么没有价值的悲观。也许某一个机会就会实现你的理想，但现在暂时你和大多数人的处境是一样的，难道能因为这个自杀吗？

K 呀，你在书上学到的知识就已经很优秀了，现在需要把它放在实践上才能变成真正的知识。这段时间只需要在提升你的社会价值方面下工夫。离开社会价值，只在提高交换价值上下工夫，你就会成为落伍者和失败者。这绝不是把你商品化或者物件化。作为一个人，在人格上所应采取的也是两个方面，这一点我希望你能明白。

图们江

金朝奎

说是小溪，却水声巨大，
说是江，却身材娇小，
图们江啊！
只要叫起你的名字，内心就会澎湃……

本不想离开的夜晚，哽咽着，
被泪水填满的山沟，
兀良哈岭，在江对岸的哪里？
云彩上的种种传说，
是在诉说流浪的孤独吗？

西伯利亚季风驱赶着烈火，
与北进的日本海气流相遇，
吐血一样喷薄，而后耸立，
江岸边出现的沙山。

风，雨，闪电，痛哭的声音，
江边一天都没有晴朗过，
半岛上一束花都没开过，
大陆永远是动荡的狩猎地带，
江水啊，你浸湿了密林，
那是中枪梅花鹿的血管吗？

命运的渡口，
波涛翻滚的声音……
父亲的行李上，
贫穷的小瓢在呜咽，
在乳汁枯竭的妈妈怀抱，
孩子拼命哭喊。

啊，这样哭着过去，
过去以后，
为什么没有回来的船呢？

胸怀着年轻的梦想，
只身在夜里偷渡过河的
我的朋友过去以后，却再没回来，
江水像花叶一样四散开，
在很多的名字里，
你也一起被埋没、流逝了吗？

啊，故乡现在也离我们越来越远了，
小时候追赶凤蝶的小山坡，
落叶因冷风而呼啸，
我也像我的朋友一样，不再回来，

流浪的孤魂在旷野上被埋葬，
即使这样，霞光还是火红地映着坟墓。

图们江，受难的江岸，一定要保重，
我要踏上新的土地，
即使有盛开的玫瑰，
谁又知道是否在迎接我？

啊，既有的约定变得渺茫，
被流放的游子的路上，
梦像泡沫一样消失，
告诉你不要抛弃希望，
向水声咆哮的江岸边，
送上我最后的告别。

胡 弓

金朝奎

胡弓
和你没有亮光的窗户一起，让人感到悲伤，

没有一座山，环视四周也只有地平线，
黄昏像悲哀的葬列一样抽泣，
即使到了晚上，无法睁开眼睛的村子的窗户和
拨动胡弓琴弦而瞑目的村子的思想和
胡弓
每一句悲痛的传说都是哀伤的曲调。

女孩为什么不托着灯盏？

你听着歌曲，夜色渐渐变浓。

胡弓，比起思念没有亮光的窗户的回忆，
更应学会在晚上燃起灯火。

——母亲的摇篮曲，
——忘记南方的乡愁，
胡弓啊，你要整夜不停地哭泣吗？
（离开这里，去那边的山、大海和黄河）
和你没有亮光的窗户一起，让人感到悲伤，

山　林

尹东柱

时钟滴滴答答撞击人们的心，
山林在忐忑不安地呼唤共鸣。
年轮已有千载的幽暗的山林，
自有其愿意拥抱疲乏之躯的基因。
黑暗出自山林黑色的波动，
践踏着年幼的心灵。
晚风飒飒摇晃树叶，
令人在恐怖中颤抖心惊。

序　诗

尹东柱

仰望苍穹，
至死都无丝毫的羞愧，
风掠过树叶，

我因此而苦痛。
我用心为明澈的星歌唱，
挚爱死亡的一切，
我行将启程，
继续我的路，
今夜，风擦星而过。

十字架

尹东柱

追赶来的阳光，
现在教堂的顶端，
挂在十字架上。

尖塔那样高，
怎样上去的呢？

听不到钟声，
吹着口哨踱步。

孤独的小伙子，
就像
幸福的耶稣和基督，
如果十字架许诺。

就会垂下头颅，
像花一样的开放的血，
在渐黑的天边，
默默地流着。

另一个故乡

尹东柱

回到故乡的那晚，
我的白骨也一起回来。

昏暗的房直通宇宙，
带着似从天而来声音的风吹着。

看着在昏暗中，
美丽风化的白骨，
眼泪是我哭，
白骨哭，
还是美丽的灵魂哭呢？

志操高洁的狗，
整夜地吠着黑暗。

吠着黑暗的狗，
追着我。

走吧，走吧，
像被驱赶的人们一样走吧，
白骨切切地，
走向另一个美丽的故乡。

路

尹东柱

丢了。
不知道在哪里丢了什么，
两只手在兜里摸索着
……
路从早上通向晚上，
又从晚上通向早上。

摸索着墙石我不禁落泪，
定睛望去天空蓝得很羞愧。

走在一棵草都没有的路上，
墙的那一边只剩下了我，

我活着，
只为找回丢了的东西。

数星星的晚上

尹东柱

一颗星是追忆，
一颗星是爱，
一颗星是孤寂，
一颗星是憧憬，
一颗星是诗，
一颗星是妈妈、妈妈。

金 鱼

李 旭

白孔雀展开羽翅，
想念着大海，
和七色的彩虹，
在莲花鱼缸的
朦胧思绪中，
啪啪地拍着尾巴。

因不幸的命运，
而内心焦灼，
黑色眼窝里发出了火光，
并抖动着金黄的鳞片。

想在赤色的山林中，
随心所欲地玩耍珍珠，
隔窗望去，
在青色的南川，
让希望起飞。

五 月

李 旭

五月，
碧色的波涛装扮着正午的牧场，
蔷薇香气溢满宽阔的丘陵，
羊背上响起哨声，
浅粉色的云彩朵朵开放，

望着云雀画出的谱表，
树叶也吹起了笛子。
这喜悦——
这旋律——
我们是呼吸丰饶自然的太阳的儿子，
风俗着五月绿色的宇宙，
习性着五月绿色的大地。

帽儿山

李 旭

这片土地养育着年轻的生命，
海兰江和布尔哈通河，
是帽儿山创世纪的佳缘。

这里包含各色的生活，
龙井村和野鸡岗，
是守护帽儿山的小花园。

拥抱着蕴含着亿万呼吸的大地的热情，
连接蓝色的天空，默默地安坐，
帽儿山就像伟大的先人一样。

你的头上，太阳和月亮走过，
积累的愤怒释放的那天，
会飘扬自由的旗帜。

我们越过图们江，
第一次看到的帽儿山还会青葱吗？

等待百年?

还是等待千年?

黎明的波涛奔腾着,

云朵升起,

帽儿山只是载着雾气上升!

踯躅花开,

白雪覆盖,

帽儿山就像梦一样!

哦!

但是帽儿山,

你至今还没有过屈辱,

是我们的榜样。

我爬上了山,

假装成摩西,

成为伊斯兰,

觉醒了他的启示。

现在飞上山,

在众人中大声呼喊,

你听到了山的回声,

你,山的回声——